하얼빈 리포트

하얼빈 리포트

소설로 읽는 안중근 이야기

유홍종 장편소설

소이연

이 책을 항일 독립전쟁의 영웅 안중근 의사에게 바친다.

차례

생떼띠엔느 성당

1

프랑스 알자스 로렌의 예술 도시 메스(Metz)는 4월이 되자 완연한 봄기운으로 바뀌었다. 강변 숲은 녹음이 짙어지고, 저녁 햇살이 반사된 강물 위로 백조들이 긴 목을 둥글게 구부리며 유유히 떠 있는 풍경이 무척 한가롭다. 아까부터 백조를 바라보던 마샤 김은 천천히 고개를 들어 석양의 하늘을 그윽이 올려다본다. 그녀의 눈앞에는 동화 속의 성채처럼 선명한 생떼띠엔느 성당의 아름다운 자태가 펼쳐져 있다.

메스 시의 생떼띠엔느 성당은 3백 37년 걸려 완공한 유럽풍 고딕 양식 건축물 중의 하나다. 유럽에서 가장 높은 42미터의 천장을 가진 이 성당은 반원형의 내벽 기둥이 아치형 천장의 궁륭을 떠받치고 있는 모습으로 유명하다. 세계적인 화가 마르크 샤갈이 그린 스테인드글라스가 몽환적인 색채를 뽐내고 있다. 마샤 김은 성당 안으로 들어가 제대 앞에 무릎을 꿇었다.

"주님! 먼 세월의 강을 수없이 건너 비로소 이곳에 왔습니다. 앞으로 제게도 안중근 토마스처럼 구국에 헌신할 기회와 용기와 성령의 힘을 내려주시옵소서."

마샤 김은 그동안 대한의군 특수부대 소속으로 조국의 독립을 위해 숱한 시련과 역경을 겪어왔지만 조국은 여전히 일제의 쇠사슬에 묶인 채 탄압과 핍박에 시달리고 있고, 그녀는 여전히 유럽에서 발이 묶여 귀국조차 할 수 없는 상황이다. 마샤 김은 기도 중에 민스크의 최올가 페트로브의 말이 떠올랐다.

"언니, 저는 제 아이를 위해 10년의 형기를 마치고 반드시 살아서 출옥하겠어요. 그때까지 제 아이를 부탁드려요."

최올가는 러시아의 극동 연해주 크라스키노의 항일 독립군 지도자 최재형의 딸이다. 그녀는 모스크바 에너지 대학을 마치고 회사에 다니던 중, 조선족 부르주아 출신이라는 죄로 러시아 혁명정부에 의해 체포되었다. 남편은 총살당하고, 그녀는 교정 노동수용소에서 복역 중이다. 최올가의 처지를 보면 죽음의 고비를 여러 번 넘기고도 살아 있는 자신이 기적처럼 느껴졌다.

얼마나 많은 조선인들이 절망과 고통 속에서 죽어갔던가. 그 처절한 비극의 현장들을 떠올리면 단 하루도 살 수가 없을 것 같았다. 조선인들에게는 독립이 목숨보다 더 소중한 꿈이다. 그 속내는 조선인이 되어보지 않고는 이해하지 못할 것이다. 마샤 김의 귀에는 문득 안중근의 말이 환청처럼 들렸다.

"나는 천국에 가서도 마땅히 조국의 광복을 위해 싸울 것입니다. 대한 독립 만세 소리가 천국에서 들리는 그날, 나 역시 여러분과 함께 춤추며 목이 터져라 만세를 부르겠습니다."

안중근이 죽기 전에 한 말이다. 그녀는 안중근이 저세상에서 해야 할 말을 미리 알고 살았던 당시의 혜안이 놀라웠다.

"그래, 밀알 하나가 땅에 떨어져 죽지 않으면 한 알 그대로 남지만, 그 밀알이 죽으면 더 많은 열매를 맺으리라."

그 말도 안중근이 성서를 인용하며 해준 말이다. 그가 대한의군의 하얼빈 작전을 통해서 조국의 젊은이들에게 들려준 장엄한 메시지는 "꼬레아 우라!(대한 만세)"였다. 얼마나 감동적이고 처절한 외침이던가. 그가 하얼빈에서 하늘을 향해 외친 대한 만세는 마샤 김의 귀에 지금도 울리고 있다.

그 순간 마샤 김은 크게 놀라 눈을 번쩍 뜬다. 생떼띠엔느 성당 제대 뒤에서 산타할아버지처럼 흰 수염과 구레나룻을 덥수룩하게 기른 빌렘 신부의 모습이 눈에 들어왔다. 마샤 김은 지팡이를 짚고 서서 성당 안을 두리번거리고 있는 빌렘 신부를 향해 손을 번쩍 들어 흔들었다.

"신부님! 여기요."

마샤 김은 손만 흔들었을 뿐, 목소리는 입 안에서만 맴돌았다. 이어 흰 수염에 희끗거리는 백발의 사제가 마샤 김을 발견하고 손을 번쩍 들고 천천히 제단 아래로 걸어 내려왔다. 노신부와 마샤 김은 누가 먼저랄 것도 없이 서로 와락 끌어안았다. 두 사람의 기뺨은 눈물이 대신해주었다.

"신부님, 다신 못 볼 줄 알았어요."

"마샤야! 널 여기서 만나다니, 이게 꿈이 아니냐."

마샤 김의 세례명 마샤는 마리아의 러시아어 애칭이다. 그녀의 정식이름은 김여경, 러시아 이름은 마샤 파블로바 김이다. 극동 러시아 연해주의 얀치혜(지금의 크라스키노) 한인촌에서 태어나 교민학교에 다니던 9살 때, 얀치혜를 떠나 황해도 신천군 청계동으로 귀국했다. 마샤 김의 아버지 김헌주는 조선 대궐에서 외국어 번역 및 통역을 관장하고 가르치던 사역원(외국어 교육기관)의 러시아어 교수였다. 그 시기에 김헌주는 대한제국 황실의 외무대신 이범진의 추천으로 고종황제의 특명을 받아 극동 러시아 연해주에 파견된 군관들의 통역과 연락업무를 담당하는 직책을 수행하던 중이었다.

그는 러시아 크라스키노에서 한인 사업가로 성공한 최올가의 아버지 최재형(최 표트르 세묘노비치)이 지휘하는 항일지하조직에 가담, 대외 정보활동을 수행하던 중, 북간도 주둔 일본 첩보대의 저격 리스트에 올랐고, 일본 첩보부 소위 사키라에게 피살된다. 그렇게 아버지를 잃은 마샤 김은 우스리스크의 얼어붙은 겨울 숲속에 아버지의 시신을 묻고, 분노와 슬픔을 겨우 참아가며 복수를 맹서했다. 하지만 마샤 김은 곧 어머니를 따라 귀국해야 했다. 마샤 김이 황해도 신천군 청계성당에서 만난 빌렘(Willhelm, 한국 이름: 홍석구) 신부는 프랑스 동북부 알자스 로렌의 선교사 출신이다. 그는 파리 외방전교회 신학교에서 사제 서품을 받은 후에 곧바로 조선 선교사로 파견되었다. 빌렘 신부는 프랑스 샤를르 달레 신부가 번역한 《조선 천주교회사》와 조선의 천주교 박해 시절에 순교한 프랑스 신부 쥐스트 브르트니에르의 《쥐스트 브르트니에르 신부의 생애》를 읽고 난 후, 조금도 망설이지 않고 조선 선교를 자원했다. 조선 천주교회는 천주교 사제가 한 명도 없는 가운데 자생적으로 교회가 창립된 곳으로, 세계 가톨릭 역사상 유례가 없는 기적이 일어난 땅이다.

조선의 유교 학자들은 중국어 번역판 천주교 교리를 읽고 스스로 하느님의 존재를 깨달아 신앙공동체를 만든 이래, 평신도들은 정부의 극심한 신앙 박해를 받으면서도 순교의 피를 흘리며 기적처럼 성 교회를 구축한 나라로 우뚝 섰다.

"조선 학자들이 천주 교리서만 읽고 신앙적 확신과 신념을 갖고 순교를 자청할 수 있었던 것은 하느님의 영적인 계시가 아니고는 있을 수 없는 일입니다."

빌렘 신부는 위대하고 신성한 조선 땅을 주저 없이 신앙의 모국으로 삼았다. 그는 젊은 시절에 한국에 온 후, 조선어를 배워서 몇 년 후에는 조선말로 강론을 할 정도로 영성이 큰 사제가 되었다. 그가 서툰 발음으로 애써 조선어로 미사 강론을 할 때마다 신자들은 마치 무대공연을 보듯 손뼉을 치고 발을 구르며 웃곤 했다. 본당 교우들은 빌렘 신부의 강론 내용보다 푸른 눈의 서양 신부가 실수를 연발하면서도 맛깔스럽게 구사하는 서북 사투리를 듣는 재미가 더 컸다. 그처럼 선교에 열정을 쏟았던 청년 시절의 빌렘 신부는 이제 몸이 여위었고, 말투는 느려졌으며, 기력도 쇠진해 보였다.

"그 시절에 신부님의 조선어 강사가 누구였죠?"

"글쎄, 누구였지? 난 그 시기에 운 좋게도 예쁘고 똑똑한 소녀 강사를 만난 행운의 주인공이었지. 그 어린 강사가 이젠 어엿한 조선독립군 망명전사가 되어 내 앞에 나타났구나."

빌렘 신부와 마샤 김은 손을 잡고 한참 동안 웃었다.

"그 시절이 정말 있었는지 실감이 안 나네요."

"나도 꿈만 같다. 우리들에게 그런 동화 같은 시절이 있었다니, 더구나 널 다시 만나게 되다니, 이건 기적이다. 우리가 헤어진 후로 얼마나 긴 세월이 흘렀지?"

"24년의 긴 세월이 흘렀어요."

마샤 김은 프랑스 동북부 알자스 로렌의 메스역 플랫폼에 도착한 후에 가장 먼저 빌렘 신부와 헤어진 날짜부터 꼽아보았다. 빌렘 신부와는 성당에서 함께 지낸 날들보다 떨어져 산 햇수가 더 많았지만, 그 시절의 기억은 아직도 유실되지 않고 견고한 추억의 밑돌이 되어 되살아나는 듯했다.

"마샤야! 요즘은 해만 지면 눈에서 잠이 쏟아진단다. 그래서 그럴 때마다 하느님에게 내가 떼를 쓰고 있지. 내가 잠든 동안 감쪽같이 소로시 천국에 데려가 달라고…."

"신부님의 시간도 하느님께서 이미 예정해 두셨을 텐데, 그게 어디 떼를 쓴다고 들어줄 일인가요?"

"하긴, 가만있자, 네 숙소는 낭시수녀원 피정의 집 게스트룸으로 미리 잡아두었으니 그리 알고 있거라."

마샤 김은 빌렘 신부와 사제관에서 밤이 늦도록 지난 이야기의 꽃을 피웠다. 이윽고 빌렘 신부는 책상 서랍에서 낡은 노트 묶음을 꺼내더니 마샤 김에게 건네주면서 말했다.

"마샤야, 내 손때가 묻은 이 노트에는 내가 젊은 시절 황해도 청계마을에서 만났던 모든 천사들과 인연의 실타래로 엮인 천국의 동화가 한 권으로 담뿍 담겨 있단다. 이제 이 세상에서 이 일기를 읽고 울고 웃을 사람은 너밖에 없구나. 이걸 몽땅 너한테 줄 터이니, 다 읽고 나면 네가 아궁이 속에 던져 넣어라."

마샤 김은 이 세상에서 단 한 명의 독자를 위해 빌렘 신부가 남겨준 그림일기 동화집을 받아 가슴에 꼭 껴안았다.

녹두꽃 필 무렵

2

　1895년 5월이다. 중국 랴오둥(요동)반도의 남단 뤼순항에는 여느 날 오후처럼 갈매기들이 한가롭게 날고 있다. 불과 몇 달 전까지만 해도 청국기가 펄럭이던 해군함대들은 볼 수가 없다. 대신 뤼순항만에는 일본의 욱일기가 펄럭이는 해군함정들이 정박해 있다. 1895년 4월 17일, 일본이 청일전쟁에서 승리하자 청국의 북양대신 리훙장은 일본 추밀원(천황의 자문기관) 고문 이토 히로부미와 시모노세끼에서 강화조약을 맺고 "청국은 일본에 랴오둥반도와 타이완을 영원히 일본의 영토로 넘겨준다. 청국은 조선의 종주권을 포기할 것이며, 조선의 독립을 보장할 것이다. 그리고 일본에 2억 냥의 전쟁보상금을 내놓는다"라는 항복각서를 썼다. 그 돈은 일본의 4년간 국가 예산이다.

일본이 중국으로부터 전쟁 전리품으로 랴오둥반도를 넘겨받자, 유럽의 삼국 군사동맹(러시아, 프랑스, 독일)은 산둥반도에 해군 연합함대를 집결시켜놓고 일본을 향해 뤼순항에서 철군할 것을 압박했다. 유럽 삼국은 랴오둥반도가 일본으로 넘어가는 것을 인정할 수 없다는 입장이다. 일본 총리 이토 히로부미는 어쩔 수 없이 굴복, 삼국동맹을 주도한 러시아에 훗날의 복수를 다짐하며 뤼순항을 포기할 수밖에 없었다.

마침내 러시아 황제는 청국 리훙장과의 밀약을 통해 1898년부터 뤼순항에 러시아 제1태평양함대를 주둔시키고, 뤼순항을 러시아 극동 해군기지로 삼았다. 그로부터 10년이 지난 1905년 5월, 뤼순항의 방파제에는 두 명의 조선 청년이 산책을 하고 있다. 그들은 지금 러일전쟁이 남긴 상처의 흔적들을 둘러보면서 얘기를 나누고 있다. 낡은 정장에 맥고모자를 쓰고 구레나룻이 거뭇거뭇한 청년은 안중근(27세), 그의 옆에는 친구 이도엽이 점퍼 차림에 카메라를 메고 있었다. 이도엽은 조선의 한성에 있는 《황성신문》의 해외통신원이다.

지금 뤼순항은 러시아 해군함정이 철수하고 일본 연합함대가 차지하고 있다. 일본은 10년 전 뤼순항에서 철수하면서 훗날 반드시 러시아로부터 뤼순항을 되찾고 말겠다는 다짐을 한 후에 러일전쟁에서 승리하여 국가적인 목표를 끝내 이루었다.

"뤼순항은 결국 센 놈들 차지가 되는군."

안중근은 뤼순항에 정박한 일본 연합함대에서 펄럭이는 일본군

욱일기를 바라보면서 말했다. 이어 이도엽이 안중근에게 뤼순의 군사 지정학적 특징을 설명해준다.

"여긴 해군기지의 강점을 두루두루 갖춘 천연 요새라서 해군 강국들이 눈독을 안 들일 수가 없는 곳이다."

"요즘도 옛날 전쟁에서나 듣던 천연 요새가 있나?"

"우선 여긴 조선반도와 중국의 양안을 낀 지형적인 위치가 좋고, 항만의 들머리가 좁고, 항만을 둘러싼 산들이 군함들의 은폐·엄호에 유리하고, 내항이 배불뚝이처럼 크고 수심이 깊어서 대형 함대들이 정박할 수 있으니까."

안중근은 고개를 끄덕였지만 그닥 석연치 않은 표정이다.

"그런 좋은 조건이지만 러일 간 뤼순해전 때 일본함대들이 항만 어귀를 틀어막고 포격을 퍼붓자, 러시아함대들이 앉은 자리에서 고스란히 당하지 않았나?"

"일본 해군은 뤼순항의 장점을 약점으로 바꾼 전술로 이긴 것은 맞지만 비겁한 선제타격이었지."

러일전쟁은 초반 개시부터 일본의 반칙으로 시작되었다. 1904년 2월 8일, 일본 해군은 선전포고도 없이 뤼순항의 러시아 해군기지에 치명적인 선제타격을 날렸다. 러시아함대들은 일본의 구축함 편대의 기습 함포사격으로 항만 입구가 봉쇄당한 채, 이틀 만에 7척의 함대가 피격당했다. 이미 수년 전 국제만국평화회의(1899년)에서는 선전포고 없는 선제타격을 금지하는 국제법이 정해졌지만 일본은 국제법을 무시하고 선전포고 없이 극동 주둔 러시아해군부터 제거한 것이다. 안중근과 이도엽이 얘기를 주고받는 사이에 그들은 어느덧 뤼순시의 왕찐호텔 앞에 도착했다. 말이 호텔이지 2층 복합건물에 십여 개의 침실을 갖춘 여인숙이다. 그들이 숙박계를 쓸 때 주인이 말했다.

"조선 청년들이시군. 어서들 오시오. 난 제물포 출신 조선족이오. 우리 동포들에게는 푸첸성 특산품 우이산수 우롱차를 한 잔씩을 대접해드립니다만, 한번 맛보시겠소?"

노주인의 말투는 억센 중국어 억양에 실린 조선말이었다. 그래도 정확한 한성 표준말이어서 귀에는 익숙하게 들렸다. 그들은 숙소 뒤뜰에서 시국 환담을 나눌 기회가 있었다.

"러일전쟁이 끝나고 조선 청년들이 중국으로 많이 옵니다. 아예눌러 살 곳을 찾는 사람도 있고, 밀수업자, 죄짓고 피해온 범법자, 모두 제각각이지만 그들의 말을 들어보면 모두가 하나같이 조선이왜놈들 손에 넘어간다고 합디다만."

잠깐의 어색한 침묵이 흐른 후에 도엽이 입을 열었다.

"잘 아시겠지만… 조선의 명줄이 간당간당합니다."

그 말에 노인은 긴 한숨을 내쉬며 고개를 끄덕인다.

"짐작은 했지요. 왜놈들이 전쟁을 일으켜 되놈들과 로스케를 저리 아작을 내놨으니, 이젠 조선을 삼킬 일만 남았지요. 양반과 관리들이야 왜놈들에 빌붙어서 잘들 살겠지만, 힘없는 민초들만 노예로 살아야 하니 참담하게 됐습니다."

노주인의 표정은 금세 어두워진다. 도엽은 괜한 말을 했다 싶었지만 틀린 말도 아니었다. 일제는 청일전쟁 때도 조선을 먼저 치고들어와서 군사 교두보를 확보한 후에 중국과 느긋하게 전쟁을 치렀고, 러시아를 칠 때도 군대와 군수품 보급선을 확보하기 위해 한일 국방동맹이라는 명목으로 조선 국왕 고종을 압박했다. 그래도 고종은 계속 조선의 중립만 외쳤다.

"어르신께서는 청일전쟁 때도 여기 사셨습니까?"

"그럼요. 그때도 지금처럼 숙박업을 하고 있었지요."

"일본군이 뤼순에서 민간인 대학살극을 벌여서 세계가 치를 떨었는데, 어르신께서는 그 고비를 무사히 넘기셨군요."

"살아남긴 했지만 무사할 리가 있었겠소?"

노주인 역시 가족을 잃고 죽지 못해 산 세월이 수십 년이다. 왜군들은 뤼순을 점령한 후 시민과 전쟁 포로 6만여 명을 한풀이라도 하듯, 미친개들처럼 학살하고 불을 싸질러대며 뤼순시를 지옥으로 만들었다. 노주인의 어린 딸도 집 앞에서 일본군에 목덜미를 낚인 채 어디론지 끌려갔고, 딸 찾아 나선 아내도 행방불명이 되어 아직도 소식이 없다.

"어르신, 청국이 일본에 왜 그리 쉽게 패배했지요?"

"그건 제가 군수물자 납품 일을 해서 잘 압니다. 청국 관료와 군대가 부패로 썩어 문드러졌는데 이길 재간이 있겠소?"

조선의 평양전투에 참전한 청국군은 북양대신 리홍장의 군벌 소속이었다. 북양대신의 사조직 군대들은 모두 최신 마우저 소총과 연발총으로 무장했고, 포병 역시 75밀리 중포를 보유한 막강한 군사력을 갖고 있었다. 당시 일본군의 개인화기는 구형 단발식 무라타 소총이 전부였다. 그나마 최전방에 공급된 예비탄약조차 절대량이 부족했다.

하지만 청국군들은 비적 떼들과 불량배나 범법자 출신들로 부대를 만들어 훈련도 없었고, 군기도 빠진 데다가 군 지휘 통제가 무너진 오합지졸에 불과했다. 평양 주둔 중국군들이 민간인 약탈과 부녀자 납치, 강간 및 폭력 범죄가 극심해서 조선인들의 청국군에 대한 민심은 극도로 악화되었다.

반면에 일본군의 군기는 강했고, 훈련이 잘된 정규군이어서 선제공격이 시작되자 청국군들은 기다렸다는 듯이 탈영을 시작했고, 청국군은 총 한 번 쏘지 못하고 순식간에 무너졌다.

청국의 북양총리대신 이홍장은 자신의 정치적 기반이었던 북양군의 와해가 염려되자, 전세가 불리해지면 즉각 퇴각하여 안전을 도모하라는 지시를 내려놓고 전투를 시작했다. 청국군 사령관 섭지초는 그 이유로 결사 항전을 하지 않았다. 첫 교전이 끝난 평양 전투의 하루 전적 상황판을 보면, 일본군의 사상자는 180여 명, 청국군 사상자는 2천여 명, 탈영병이 4천여 명으로 집계되었다. 청국 정부의 공식 소식통을 통해 패전이 외신에 알려지는 순간, 청일전쟁은 이미 상황이 끝났다. 일본의 승전은 전쟁 전부터 예약되어 있었다.

3

안중근은 1879년 9월 2일, 황해도 해주의 수양산 아래 광석동
에서 부친 안태훈과 모친 조성녀 사이 3남 1녀의 맏아들로 태어났
다. 조부 안인수는 조선 대궐의 문관 정3품 통훈대부와 진해 현감
의 명예직을 지닌 향반 가문이었다. 안중근의 선대는 고조부 때도
유복했지만 조부 안인수는 타고난 재무관리의 재능으로 미곡상을
경영하여 큰 재산을 모았다. 그가 해주, 봉산, 연안 일대에 사들인
소유 전답의 규모만으로도 안 씨 가문은 황해도에서 세 손가락에
꼽히는 부호였다.

안중근은 유복한 집안에서 "등에 7개의 점박이별을 갖고 태어
나서 북두칠성의 기세를 받았다"라는 소문이 퍼져 어려서부터 유
명세를 탔다. 안중근의 아명 응칠(應七)은 7개의 별과 관련된 예시
가 있었지만, 그는 태생적으로 문관과 무관의 기질을 가졌다. 안중
근의 부친 안태훈은 일찍이 진사시에 합격하여 관직 등용의 기대
를 모았다. 하지만 조부는 아들이 정계나 학계의 파벌에 예속되기
를 원하지 않았다. 조부 자신도 현직을 버리고 통훈대부와 진해 현
감의 명예직만 고수했던 것은 정치와 학문으로 명예와 출세를 추
구하지 않겠다는 목표가 있었다. 그 시기에 조선은 강대국들이 패
권전쟁을 벌이던 중이었다. 조선 대궐은 친중수구파와 친일개혁파
로 갈려서 권력투쟁이 날 새는 줄도 몰라서 파벌에 소속되기를 피
하는 현상도 있었다.

한편 가톨릭 선교사로 조선에 입국한 니콜라스 빌렘 신부는 1891년에 제물포(답동)성당의 초대 주임신부와 갓등이(왕림) 본당의 주임신부, 용산 예수학교 교장을 거쳐서 1896년에는 황해도 선교 전담 책임 사제가 되었다. 빌렘 신부가 진사 안태훈과 소년 안중근(7세)을 만나서 집안과 깊은 친분 관계로 얽히게 된 것도 그와 비슷한 시기였다. 빌렘 신부가 황해도 마렴공소에 부임하여 기와집 한 채를 매입하여 성당과 사제관으로 개축하고 천주교 매화본당을 건립, 서울교구에 본당 승격 허가신청을 낸 것도 그즈음이었다.

안중근은 소년 시절에 해주의 소현서원에서 처음 한문 공부를 시작하면서 평생의 오랜 친구 이도엽을 만났다. 이도엽은 황해도에서 신천과 경계를 이룬 안악골에서 태어났다. 이도엽의 부친 이황공은 조선 후기 성균관 유생과 진사시에 통과한 후에 참판직을 끝으로 퇴직하고, 고향 향교의 훈도가 되었다.

이황공의 아내는 도엽을 낳은 후에 불행하게도 둘째를 출산하다가 세상을 하직했다. 그로 인해 이도엽은 어머니와 태어나지도 못한 동생을 한꺼번에 잃었다. 이황공은 그런 가정사의 불행을 잘 견디고 정신적으로 재기한 후로는 평생 재가하지 않고 독신으로 초야에 묻혀 후학을 가르치며 아들 도엽을 강한 남자로 키웠다. 당시 안중근의 집은 해주의 광석동이었고, 이도엽은 안악군 용문면 매화리였다. 진사 안태훈이 아들 안중근을 자신이 세운 서원에 넣지 않았듯이 이황공 역시 아들을 자기 서원에서 공부시키지 않고 율곡 선생이 해주에서 후학을 양성하기 위해 세운 소현서원에 넣었다. 안중근과 이도엽은 5살 때부터 소현서원에서 동갑내기로 평생의 친구가 되었다. 둘은 단짝으로 그림자처럼 붙어 다니며, 서원 공부에 몰두했다. 천자문을 함께 익힌 것은 물론 여름이면 해주의 용당진 바닷가에서 온몸이 구릿빛이 될 때까지 물장구를 치며 놀았다. 안령저수지의 낚시터에서 서로 월척 방어를 낚아 올리기도 했고, 겨울에는 꽁꽁 언 광석천 개울에서 팽이치기와 썰매를 즐겼다. 수양산 아래 불타는 단풍, 사곳에 피는 봄 매화와 그 향기에 취해 벌에 쐬어 함께 울기도 했다. 강변의 달집태우기와 쥐불놀이, 농악대의 춤사위 놀이를 하며 둘은 2년 동안 어린 시절의 추억을 쌓으며 해주에서 함께 보냈다.

이도엽이 9살이 되었을 때, 부친 이황공은 아들을 사촌형 이우엽의 일본 유학에 동행시켰다. 이도엽은 일본 유학을 떠날 때, 안중근에게 한지에 필묵을 풀어 이별의 편지를 주었다. 중국의 후한서가 역사서로 공인되면서 누락된 고대 예언서의 낙장에서 찾은 명언을 첨부했다.

"내가 귀향하는 날, 너는 나와 하나가 될 것이고, 나 또한 너와 하나가 되어, 우리는 더 큰 하나로 이어질 것이다. 응칠아, 우리 어른이 되어 다시 만나자. 안녕!"

그 후, 이도엽은 일본의 도쿄 세이조 중학을 마치고 어학전수원에서 영어와 러시아어 과정을 이수했다. 이도엽의 장래 희망은 외교관이었다. 이도엽과 함께 일본 유학을 떠난 사촌형 이우엽은 도쿄도 세타가야구의 농업학교를 마친 후에 그곳의 농학 연구원으로 남게 된다. 이도엽은 재정 형편상 대학까지는 무리라고 생각해서 사촌형에게 귀국 여부를 의논했다. 그때 그는 사촌형으로부터 예기치 못한 말을 듣게 된다.

"나는 네가 지금 공부를 포기하는 것은 반대다. 조선은 지금 시국이 어지러워 귀국해도 네가 설 자리가 없다. 지금까지 한 공부도 허사가 되고 말 것이다. 지난번 작은아버님께서 네 장래를 나한테 맡기겠다고 하시면서 귀국을 서두르지 말고 실력을 다지는 데만 전념하라 이르셨다. 마침 미국 보스턴대학에서 유학을 마치고 돌아온 일본인 선배한테 네 얘길 꺼냈더니, 너 정도 실력이면 자격이 넘친다며 입학추천서를 써주겠단다. 더 큰 세상에 도전해 보는 게 어떠냐?"

이도엽은 사촌형 말에 토를 달지 않고 따랐다. 공부 복이 있었는지, 그는 미국 유학 절차가 술술 풀려서 워싱턴행 여객선에 오르게 되었다. 이도엽은 보스턴대학 인문학부에서 정치외교사를 전공하던 2년째, 부친이 위독하시다는 소식을 듣자, 유학을 접고 서둘러 귀국했다. 그가 태평양을 횡단하는 오랜 항해 끝에 가까스로 고향에 도착했을 때 아버지는 이미 보름 전에 세상을 하직한 후였다. 1897년 이른 봄, 그의 나이 19살 때였다. 이도엽은 구월산 기슭에 안치된 부친의 묘소를 찾아가 술잔을 따르고 큰절을 올린 다음, 아버지가 한지에 필묵으로 쓴 유언장을 읽었다.

"도엽아! 나는 너를 봉건왕조와 유교 권력의 낡은 쇄국주의 뒤주나 가훈의 옹벽에 가두지 않고 야생의 매처럼 높은 하늘에 풀어놓아 길렀다. 너는 거기서 네 영혼이 강해졌을 것이라고 믿는다. 네가 더 높고 넓은 세상에서 너 스스로 다스릴 수 있게 되었다면 너는 이미 세상의 반을 이룬 것이다. 도엽아! 네가 귀국한 후에도 조국이 일제에서 벗어나지 못하고 억압을 받고 있다면 그때 너는 가장 먼저 무엇을 해야 할 것인지 깨닫게 될 것이다. 그것이 네 운명이고 소명이다."

이어 이도엽은 곧바로 황해도 신천의 청계동 성당을 찾아갔다. 그는 성당 앞마당에 있는 커다란 느티나무 그늘 아래 서 있었다. 청계성당은 높은 곳에 기와를 얹어 회당을 짓고, 지붕 위에는 작은 십자가 탑을 세워놓았다. 사무실은 앞마당 건너편 기와집 별채에 따로 있었다. 이 성당은 안중근의 부친 안태훈이 사비를 들여 짓고 서울교구의 뮈텔 주교에게 청원서를 올려 매화동 본당의 설립 허가를 받은 후에 빌렘 신부를 주임신부로 모셔올 수 있었다.

그때가 1896년 12월 초, 안중근의 나이 19살 때였다. 안중근은 이듬해인 1897년 1월에 빌렘 신부로부터 토마스라는 세례명으로 영세를 받았다. 이도엽은 안중근의 소식을 안악군 매화동 제2대 본당신부로 부임한 프랑스 선교사 우도(Oudot Paul, 한국명: 오보록) 신부로부터 들었다. 그날 청계동 성당사무실의 창틀에는 흰 고양이 한 마리가 웅크리고 있었다. 페르시안 친칠라였다. 이도엽은 황량한 조선의 시골에서 미국 보스턴대 기숙사에서 본 고양이를 보자, 반가웠다. 이어 흰 캡에 은회색 여름 수녀복을 입은 젊은 수녀가 성당 마당으로 들어섰다. 수녀는 이도엽을 보자 습관처럼, 하이! 하고 손을 들었다.

"저기, 수녀님. 혹시 실례지만…."

그때 디냐 수녀는 두 손을 흔들며 조선말을 몰라서 미안하다는 제스처를 썼다. 그들은 얼굴을 마주 보고 와락 웃었다. 이도엽이 영어로 "이 성당에 안응칠이라는 청년 있어요?"라고 묻자, 수녀는 상대방의 영어를 듣고 크게 반색했다. 시골동네 조선 청년의 입에서 영어가 나오는 게 신기했다.

"잠시만요. 제가 사무실에서 조선인을 불러드리겠어요."

수녀는 종당 걸음으로 사무실로 달려갔다. 이도엽은 지금 안중근이 어디서 무엇을 하며 사는지조차 몰랐다. 오래전 언젠가 도쿄 유학 중에 기숙사에서 받은 안중근의 편지 봉투에 "조선 황해도 신천군 청계동 천주교회"라고 써 있는 주소를 잘 간직하고 있었다. 미국 보스턴에 있는 웅장한 트리니티 교회나 서울의 명례방에 있는 종현성당(명동성당)처럼 멀리서도 눈에 띄는 그런 큰 건축물이 아니다. 이 성당은 시골의 여느 집보다 조금 크게 지은 전통 한옥 기와집이다. 곧이어 사무실 문이 열리면서 젊은 조선 처자가 나왔다. 긴 머리를 묶고, 흰 티에 소매를 걷어올린 와이셔츠, 긴 스커트와 흰 운동화를 신었다.

순간 이도엽의 눈에서 섬광이 번쩍 나는 듯했다. 그녀 역시 이도엽의 눈빛에 이끌리듯 다가왔다. 이곳에 웬 도시 청년이 나타났지? 요즘 서울 양반 자제들이 주로 입는 개화풍의 검은 정장 관복(흑단령)에 흰 와이셔츠에 맨 좁은 넥타이, 그리고 구두를 신은 청년의 모습은 한성 거리에서나 볼 수 있는 모던보이의 행색이다. 잠시 서로 마주 바라본 둘 사이에는 의아하고 불편한 침묵의 기류가 흘렀다.

"안토마스를 찾아오신 분이신가요?"

마샤 김의 강렬한 눈빛이 너무 눈부셔서 이도엽은 그저 고개만 끄덕거릴 뿐이었다. 여자의 묶인 뒷머리에서 머리카락 몇 올이 풀려나와 바람에 휘휘 나부꼈다. 갸름한 턱과 입술선이 야무진 선한 미모가 인상 깊었다. 마샤 김은 눈빛이 예민하고 구레나룻이 검은 남자가 예사롭지 않아 보였다.

"누구시죠? 지금 안토마스 형제는 미사 중인데요. 곧 끝날 거예요. 잠시 사무실로 가셔서 기다리시는 게 어떨까요."

이도엽은 여자를 따라 사무실로 갔다. 아까 본 수녀는 눈에 띄지 않았다. 벽에는 십자가와 로마의 바티칸 교황 레오 13세와 서울 교구장 샤를 마리 뮈텔 주교의 흐린 흑백사진을 넣은 액자가 걸려 있었다. 작고 아담한 사무실 탁자에는 두꺼운 라틴어 성서와 미사 경본이 놓여 있었다. 열린 창문에서 라일락 향기가 코끝까지 솔솔 밀려 들어왔다.

"작설차? 아니면…서양 커피도 있어요."

젊은 처자가 물었다.

"신부님이 서양 분이신가요?"

이도엽은 사제가 누군지 궁금했다.

"조선에 계신 사제는 모두 프랑스 신부님들이시죠."

청계성당 주일교사 마샤 김은 말본새나 행동이 확실하고 서구식 품위와 매너를 갖춘 여자였다. 잠시 후, 아까 마당에서 만난 수녀가 나타났다. 조선 처자는 그때서야 수녀를 가리켰다.

"이쪽은 디냐 수녀님이십니다. 프랑스 마리아니스트회 소속이신데 빌렘 신부의 초대로 1년간 조선의 선교 현장을 실습하기 위

해 파견되셨어요. 그리고 제 이름은 마샤 김입니다. 주일학교 교사
직을 맡고 있어요."

그 말이 끝나자마자 문이 벌컥 열리면서 안중근이 사무실로 들
어섰다. 안중근과 이도엽은 서로 달라진 모습에 알아보지 못하고
잠시 머뭇거렸다. 이도엽이 먼저 나섰다.

"네가 웅칠이구나."

"네가 도엽이라고?"

안중근은 7살 때 헤어진 후, 12년 만에 만난 이도엽의 모습을 몰
라보았다. 곧이어 이도엽은 안중근을 통해 빌렘 신부를 소개받았
다. 그날 오후 빌렘 신부가 열어준 이도엽의 귀국환영회에는 마샤
김과 디냐 수녀가 참석하면서 청계성당에서 구국동지회가 새롭게
결성되었다.

4

안중근의 나이 일곱 살 때, 순흥 안씨 참판공파 24대 안인수는 선대가문의 텃밭이자 고향인 해주부 광석동을 떠나야 했다. 그는 막대한 해주의 재산을 모두 정리하고 80여 명의 대가족을 이끌고 구월산 지류의 천봉산 계곡 땅, 지금의 신천군 두라방의 험하고 외진 청계동을 피난처로 집단이주해 왔다.

황해도에서 손꼽히는 재산가이자 대궐의 통훈대부 명예직을 가진 안인수는 왜 고향 땅 해주부 텃밭을 떠나 벽지 산간마을로 삶의 터전을 옮겨야 했던 것일까? 그 사건의 중심에는 진사 출신의 아들 안태훈이 개입되어 있었다. 23살의 청년 진사 안태훈은 대궐로부터 입궐 통보를 받고 한성의 남산골 청학동(필동)에 사는 친구 이종래의 집에 머물렀다.

이종래는 본래 해주부 태생으로 안중근의 아버지 안태훈과는 서원 동기였다. 이종래의 부친이 한성으로 이주해온 것은 성균관 직강(교육 담당 정5품)이 되었을 때였다. 한성의 남산골 청학동 천우각은 주변 경관이 빼어나고 육각 정자가 있고, 계곡과 숲에는 신선들이 살고 있어서 청학들이 자주 날아든다고 해서 신선 같은 마을 이름이 붙게 되었다. 안태훈은 이번 진사시에서 해주나 가까운 군현에 발령을 받으면 경험 삼아 관직생활을 해볼 생각이었다. 혹시면 지방관리로 발령이 나면 보직을 포기할 생각이었다. 그 시기에 그는 한성에서 말로만 듣던 유명한 서재필과 홍영식 같은 개화파

정객들도 만날 수 있었다. 서재필은 증광시에 급제하고 관직에 오른 후, 일본 토야마 육군하사관학교 훈련을 마치고 귀국하여 약관의 스무 살에 조선군 군사훈련소 사관장이 되었다.

홍영식도 식년 문과에 급제하고 규장각 관직에 올라, 일본을 시찰하고 귀국한 후, 미국에 다녀왔다. 그는 병조참판을 거쳐 조선 우정국 총판(우체국장)에 오른 28세의 엘리트였다. 안태훈은 입궐 통보를 받은 날, 금릉위(왕족의 직위) 박영효가 주관하는 모임에 참석했다. 그 자리에는 김옥균을 비롯한 서재필, 홍영식, 서광범, 김윤식, 윤치호 등 젊은 개화파들이 몰려왔다.

"여기 진사시 통과자 70명 전원은 관직 등용에 앞서 조선 정부가 파견하는 일본 국비 장학생들로 선발되었습니다."

그 순간 진사시 통과자들 좌석에서 와! 하는 탄성이 터졌다. 축하객들의 박수도 쏟아졌다. 새 관직 등용이 발표되는 자리에서 갑자기 일본 국비장학생으로 선발된 그들에게는 예기치 못한 행운이 주어진 탓에 모두 어리둥절했다. 일본 유학 국비장학생 혜택은 전례로 보아도 미래의 관직에 출세를 보장받는 필수코스였다. 그들은 모두 기쁘고 마음이 들떠서 금릉위 박영효가 하는 말에 귀를 기울였다.

"이젠 젊은 세대가 조선의 근대화를 이끌어야 합니다. 일본에 가시면 문명국의 제도와 문물을 잘 숙지하고 귀국한 후에 민족 자강과 부국강병의 초석이 되어 주시길 바랍니다."

이미 대궐의 게시판에는 70명의 국비 장학생 선발자 명단이 고시되었다. 당시 친일 급진개화파들은 조선의 낡은 봉건체제를 끝내고, 일본의 명치유신처럼 국가혁신을 주장하며 대궐의 수구 세력과의 권력투쟁에 도전하던 중이었다. 1880년 조선이 일본과 강화도조약을 체결한 당시의 조선과 일본의 국력 차는 너무 컸다.

조선이 노새나 가마를 타고 있을 때, 일본은 철도가 달리고 있었다. 조선의 배들은 목재로 만든 판옥선이었지만, 일본은 군함과 상선 등 대형 증기선이었다. 일본은 화력발전을 일으켜 전등을 쓰고 있었지만 조선은 촛불과 등잔불이 고작이었고, 조선이 봉홧불과 파발마가 통신수단이었지만 일본은 전신을 통해 순식간에 소식을 전했다. 그 시기에 일본을 시찰하고 귀국한 예조참판 김홍집은 고종에게 중국 외교관 황쭌셴(황준헌)이 쓴 《조선책략》이라는 책의 내용을 이렇게 제시하고 있다.

"전하! 현재 중국과 조선에 가장 위협적인 국가는 러시아입니다. 우리는 중국과 친교를 두터이 하고, 일본과는 깊이 결속하여 러시아의 침략을 저지해야 합니다. 그것이 청국의 안보에도 유리한 방패막이 됩니다. 황쭌셴은 조미 군사동맹은 조선과 청국에 서로 좋은 신의 한 수라고 말했습니다."

그 이후 고종은 1882년 청국의 중계를 통해 한미수호통상조약을 체결한다. 그것이 조선이 외국과 맺은 최초의 국제조약이다. 고종은 기존 구식 군대를 유지하면서 별도의 신식 군대 별기군 80명을 선발하고, 조선 주재 일본공사관의 무관 소위 호리모토를 교관으로 초청해 지휘관들을 훈련시켰다. 별기군들에게는 최신 총기와 군복을 지급하고, 월급도 구식 군대의 5배로 책정했다. 월급이 밀린 적도 없었다. 그러자 구식 군인들이 차별대우를 그대로 두고 볼

리가 없었다.

마침내 1882년 6월 5일, 임오군란의 폭동이 터졌다. 구식 군대들은 폭동을 일으켜 병조판서의 집을 습격했다. 이어 구식 군대들은 고종의 반대파 세력인 흥선대원군과 결탁, 그의 지휘를 받고, 일본공사관을 습격, 방화하고, 신식 군대 별기군 훈련 교관 호리모토를 살해했다. 주한 일본 공사 하나부사는 조선의 반란군 습격을 피해 본국으로 달아났다. "대궐을 습격해서 민 황후를 죽여라. 그것만이 너희들이 살길이다." 대원군의 사주를 받은 반란군들이 대궐을 습격하자, 민 황후는 궁녀로 위장하고 홍계훈 장군의 보호를 받아 대궐 탈출에 겨우 성공, 충청도 국망산으로 깊이 피신했다.

그러나 대원군의 무리수는 끝내 부메랑이 되어 날아왔다. 고종은 관군을 장악한 대원군을 제압하기 위해서 청국에 진압군 파견을 요청했고, 청국의 리훙장이 3천 명의 병력을 이끌고 조선으로 진입했다. 그 소식을 듣고 일본군 1천 5백 명이 한성으로 들어와 청국군과 대치했다. 청국과 일본은 "양국은 조선에 군사를 파견할 때는 서로 사전에 통보해야 한다"라는 조약이 있었기 때문이었다. 청국과 일본이 한성에 군사력을 집결하자, 조선 대궐에서도 친일파와 친중파가 극단적으로 대립하면서 둘 사이가 먼저 내전에 돌입했다. 마침내 조선의 급진개혁파 세력의 중심인물인 김옥균은 친위 쿠데타를 통해서 조선에서 청국 세력을 몰아내고 정치혁신을 이룰 작전을 세웠다.

1884년 12월 4일 저녁 7시, 조선 최초의 우정국 낙성식 축하연이 열리는 날이다. 급진개화파 세력들은 축하연회장에 참석한 집권수구파들을 한 자리에서 폭탄 한 방에 제거하려는 거사 음모를 꾸몄다. 하지만 그 작전은 폭탄이 불발되면서 실패로 끝났다. 고종의 긴급지시를 받은 한성 주둔 청국군과 조선군 3천여 명의 연합 병력이 대궐로 진입하면서 친일개화파를 지원하는 일본군과 창덕궁 후원에서 무력충돌을 벌였다. 그것이 청일전쟁의 전초전이 되었다.

바로 그날 밤, 진사 안태훈은 영문도 모른 채, 서울 교동에 있는 금릉위 박영효의 저택 사랑채에서 개화파 문객들과 함께 있었다. 그들은 창덕궁에서 요란한 총격이 들리는 순간, 모두 놀라서 밖으로 뛰쳐나갔다. 그때 박영효의 집 하인이 허겁지겁 달려와 서둘러 문객들에게 외쳤다.

"전쟁입니다. 어서들 피신하시오. 금릉위 어르신께서 문객들에게 급히 피신하시라는 분부를 내리셨습니다."

안태훈과 동료 진사들은 서둘러 작별 인사를 나누고 황급히 박영효의 저택에서 빠져나가 어두운 밤길을 마구 뛰기 시작했다. 박영효의 교동 집은 남산골 청학동의 이종래 집에서 그리 멀지 않은 거리에 있었다. 이종래는 안태훈의 귀가를 초조하게 기다리다가 인기척을 듣고 뛰쳐 나갔다. 창덕궁에서는 총격 소리가 한성의 밤하늘을 굉음처럼 계속 울렸다.

"지금 창덕궁에서 청국군과 일본군이 교전을 벌이고 있네. 저들의 승패에 조선의 운명이 엇갈릴 것이네."

안태훈은 이종래의 말을 듣고 놀랐다. 그가 교동 금릉위 박영효의 사저에 있을 때도 그런 위기의 사태가 닥칠 것을 미리 예측한 사람은 아무도 없었다.

"자넨 그 사실을 어떻게 알았는가."

안태훈이 이종래에게 물었다.

"낮에 종현성당에 다녀왔네만, 사대부 집안의 교인 자제가 사태를 귀띔해주었네. 그때부터 자네가 걱정되어 한달음에 달려왔네만, 암튼 당분간 외출을 삼가게. 지금 내가 사태를 파악하러 창덕궁에 사람을 보냈으니 기다려 보세."

그날 밤 개화파 김옥균의 무력정변은 일본군의 퇴각으로 완벽한 실패로 끝났다. 김옥균과 박영효를 위시한 개혁파 세력들의 쿠데타는 '3일천하'로 자멸하고 말았다. 특히 쿠데타를 배후에서 무력으로 지원하겠다고 약속한 일본 공사 다케조에는 일본 해군함정을 타고 도주해버렸다. 그 결과 일본으로 달아난 김옥균은 상하이에 갔다가 대궐에서 보낸 자객에 의해 암살당하고 그의 부친과 동생은 투옥된 후에 감옥에서 옥사했다.

서재필은 미국으로 망명하여 목숨을 건졌지만, 가족들은 모두 정적들에 의해 피살당했다. 홍영식의 부친과 가족 20여 명은 집단 자결로 생을 마쳤고, 박영효는 일본으로 망명했지만, 그의 부친은 구속된 후, 옥사하고 모친마저도 처형되었다. 친청파 수구 세력들은 급진 친일개화파에 연좌제를 적용하여 가족들까지도 철저한 숙청을 단행했던 것이다.

안태훈은 박영효가 선발한 일본 유학생 70명의 명단에 들었다는 이유로 친중수구파 세력의 블랙리스트에 올라 그날부터 피해 다녀야 하는 궁지에 몰렸다. 그 시기에 7살의 안중근은 집에서 아버지를 볼 수 없었다. 부친 안태훈이 남산골 친구의 집에 숨어서 은신 중이었기 때문이다. 그는 해주 집에 피해가 안 가도록 일체 연락도 끊었다. 친분이 깊은 해주 현감 정덕현은 안중근의 조부 통훈대부 안인수를 은밀히 청사로 불러들여 사태를 전해주었다.

"여보게, 지금 대궐에서는 친중수구파들이 괭이들처럼 눈을 부릅뜨고 개혁파 인사들을 찾아내어 말살하는 데 혈안이 되어 있네. 형조에서 수배자들 명단이 내려왔는데, 뜻밖에 자네 아들 안 진사 이름이 체포자 명단에 들어 있었네. 이번 무력정변과는 관련이 전혀 없는 데도 단지 일본 유학 장학생 선발 명단에 올랐다는 게 이유네. 일단 소나기는 피해놓고 봐야 하지 않겠는가. 어서 아들이 연고 없는 곳으로 피신하도록 하게."

통훈대부 안인수는 그 말을 듣고 가슴이 철렁 내려앉았다. 해주 현감은 위로해주려고 그렇게 말했지만, 현청까지 수배령이 내렸다면 구속은 시간문제였다. 이건 당분간 소나기만 피해서 해결될 일이 아니다. 대궐에서 파벌싸움이 점차 커지면서 그 바람이 지방까지 그 영향이 끼쳤다. 그것은 현감의 손에서 해결될 일이 아니라는 것도 문제였다. 그 시기 젊은 층 대부분에게는 개화사상이 대세였다. 조선은 청국의 속방에서 벗어나 민족 자강과 부국강병을 이루어야 하는 대의명분이 젊은이들 사이에 공감대를 이루고 있었다. 그러나 갑신정변으로 민족 자강은커녕 국가권력은 청국의 손에 무더기로 넘어갔다.

안인수는 반정부 인사명단에 오른 아들을 권력의 탄압에 방치한 채 불안해서 살 수가 없었다. 특히 이번 혁명 거사는 주동자들에게 연좌제가 적용되어 가족들까지 화가 미쳤다. 개혁파 주동 세력의 가족들에게는 피바람이 몰아치는 학살이 자행되고 있지 않는가. 안인수는 서둘러 한성으로 달려갔다.

가족 문제를 진지하게 의논할 수 있는 중앙권력의 실세는 순종왕후의 숙부이자 현직 대사간 직에 있는 당상관 김종한밖에 없었다. 통훈대부 직위에 있는 안인수는 김종한의 부친인 전직 판서 김계진과 두터운 친분을 유지하고 있다. 대사간의 직책은 국왕의 잘못을 바로잡고, 고위관리들의 비리 적발과 인사문제는 물론 법 제정에 간여할 수 있는 막강한 권력을 가졌다. 김종한은 안인수를 안심시키면서 위로의 말을 건넸다.

"어르신의 얘기는 제 아버님으로부터 이미 자세히 전해 들어서 잘 알고 있습니다. 저도 젊은 시절 한때는 개화파였습니다만, 태훈이는 이번 무장정변과 전혀 무관하다는 것을 알고 있습니다. 단지 금릉위가 주관한 일본 유학생 국비 장학생 명단을 반대파들이 문제 삼고 있습니다만, 진사 통과자들이 개혁파와 무슨 모의를 했겠습니까. 저들은 단지 국비 장학생에 타의로 선발된 것밖에는 죄가 없습니다. 이번 일은 제가 나서서 그들이 쓴 누명을 벗겨보도록 하겠습니다."

"태훈이는 관직에 나설 맘도 없었네만 일본 유학이면 이번 기회에 견문도 넓힐 겸, 다녀오는 것도 나쁘진 않겠다 싶었는데, 일이 이렇게 꼬이게 될 줄은 정말 몰랐네."

"태훈이는 지금 어디 있습니까?"

"한성 어딘가에 있는 것 같네만 지금은 연락이 끊겼네."

대사간은 시종 여유 있게 웃으며 말했다.

"이번 정변은 워낙 엄중해서 사소한 관련자도 징벌이 무겁습니다. 일본 유학생 선발 명단 중에는 개화파만 있는 것은 아닙니다. 친중수구파 자제들도 다수 포함되었기 때문에 이 문제는 제가 윗선과 별도의 논의를 거친 후에 따로 연락드리겠습니다. 너무 심려하지 마십시오."

안인수는 그 말을 듣고 해주로 돌아왔지만, 마음이 가볍지 않았다. 그 후 며칠이 지나서 안인수는 대사간이 서사를 통해 보낸 편지 한 통을 받았다. 대사간 김종한이 윗선과 논의를 거친 결과, 안태훈은 징계를 풀어주는 대신 엄중한 조건 하나를 내걸었다. 안인수는 두말없이 그 조건을 받아들였다. 이번에 대궐에서 부는 피바람을 피할 수만 있다면 무슨 일이든지 감당해야 한다. 집권 친중수구파 세력들은 해주에서도 명망 높은 무반의 가문이자 막강한 재력가 안 씨 호족의 정치적 영향력을 이번 기회에 해주에서 밀어내고 싶었다. 그 상황에서 징계 수위가 대폭 낮춰지게 된 것은 대사간 김종한의 중재로 가능했다는 사실이 훗날 뒤늦게 밝혀졌다. 안인수는 해주에 전답 3백 석지기만 남겨두고 해주, 봉산, 연안 일대의 수천 석지기의 전답을 비롯한 재산을 정리하기 시작하면서 큰아들 안태진에게 말했다.

"맏이야, 오늘 셋째가 한성 청학동 친구 집에 은거 중이라는 서신을 받고 귀가하라는 답장을 보냈다. 살아 있었으니 그것만 감사할 뿐이다. 태훈이가 돌아오는 즉시 우리는 이곳 고향 해주를 떠나야 한다. 너희 여섯 형제가 가능한 빠른 시일내에 우리 가족들이 살아야 할 새 터를 찾기 바란다."

아버지 안인수의 말에 다섯 아들 태진, 태현, 태건, 태민, 태순은 모두 눈을 휘둥그레 뜨고 놀랐다. 더구나 그들이 이주해야 할 곳은 첫째 해주부에서 백 리 밖이어야 한다. 둘째 외관(지방관리)들이 주재하지 않는 곳이어야 하며, 셋째 인적이 드문 외진 곳으로 죄인들을 귀양보내기 좋을 만큼 은둔지여야 한다. 안태훈 형제들은 도대체 무슨 일로 선대가 대대로 살아온 해주를 떠나서 귀양지 같은 시골의 한촌을 찾아서 집단이주를 해야 하는지 이해가 가지 않았다. 지금까지 아버지의 말씀에 한 번도 토를 단 적이 없던 아들들은 이번 일이 셋째 태훈의 진사 합격과 보직에 관련된 사건이라는 것을 짐작하면서도 자세한 내막은 알지 못했다. 그러자 만아들 태진이 겨우 용기를 내서 아버지에게 물었다.

"아버님, 집안에 무슨 일이 있었는지요?"

안인수는 모든 답변을 뒤로 미루었다.

5

해주에서 안중근의 가족들이 충격에 빠진 바로 그 시간에 안태훈은 청학동 친구가 데려간 한성 명례방의 교리강습소에 은신하고 있었다. 대궐에서 개화파가 일으킨 정변 이후로 포도청의 나졸들은 한성의 번화가는 물론 한산한 주택지역 길목에서도 젊은 남자들을 마구 붙잡아 불심검문을 강행했다. 그런 불길한 상황에서 의금부의 관속 서리가 해주부의 친척에게 안태훈의 이름이 개화파 지명수배자의 명단에 올랐다는 비밀정보를 은밀히 일러주었다. 일단 의금부의 체포자 명단에 오르면 그 명단은 지방관까지 내려가 추적 수사가 계속된다. 안태훈의 명단이 해주부에 내려온 순간, 해주 현감은 이속을 통해 그 사실을 안인수에게 급히 알렸다. 그때 안태훈은 남산골 청학동에 있지 않았다. 이종래는 포졸들이 청학동 수색에 들어간다는 정보를 입수하고 재빨리 움직였다.

"아무래도 여긴 위험하네. 날 따라오게. 자넬 한성에서 가장 안전한 은신처로 숨겨주겠네."

"한성에 그런 곳이 어디 있겠나."

"종현학당이 바로 그런 곳이네."

안태훈은 얼마 전, 이종래가 종현학당(현 명동성당) 천주교 교리강습소 강사라고 말해준 기억이 났다. 그는 피난처가 썩 마음이 내키지 않았다. 그래도 지금은 친구에게 목숨줄을 맡겨둔 이상 찬밥 더운밥을 따질 처지가 아니었다.

"지금 명례방골 한옥 주인은 프랑스 블랑 신부님이시네. 거긴 외국인 거주지역으로 특별관리를 하는 곳이어서 의금부 관속이나 형조 관리의 출입이 제한되어 있네. 거긴 한 번 입실하면 석 달은 외출이 금지되는 것이 문제긴 하네만."

"아니! 거기에 그리 오래 머물러도 되나?"

"숙박은 걱정하지 말게. 이번 기회에 속세를 싹 잊고, 깊은 절간에 들어갔다고 생각하게. 일단 학당에 들어가면 오직 성서의 하느님과 경서의 옥황상제가 어떻게 다른지 깨우치고만 나와도 자네는 학문적으로 큰 성과를 얻는 것이네."

명례방 언덕의 기와집들은 본래 이조판서 윤정현의 사저였다. 건물은 바깥채만 60여 칸이 되는 대규모 기와집들이 즐비해 있었다. 정조 때 윤행임은 시파 학자로 예조판서를 역임했으나 천주학을 신봉했다는 이유로 탄핵을 받고, 신지도로 귀양 가서 참형을 당한 순교자였다. 그 후 윤행임의 아들 이조판서 윤정현은 청렴결백한 대신이라는 이유로 고종으로부터 명례방의 60칸 한옥을 하사받았다. 그 이후에 프랑스 파리외방선교회는 종현성당 부지로 60칸 한옥 부지와 함께 그 앞에 있던 사역원 역관 출신 천주교 신자 김범우(토마스)의 명의로 된 땅까지 모두 사들였다. 파리외방선교회는 그 터에 천주교 조선교구청과 서구식 고딕 양식의 대성당을 지을 계획이었다. 종현 대성당이 건립되기 전인 1895년까지 명례방 터의 60칸 한옥 기와집은 주교좌성당과 신앙집회와 교리학당으로 사용되었다. 그 시기에 종현동 주교좌성당에는 선교사 마리 장 구스타브 블랑 주교가 제7대 조선 교구장으로 부임해 있었다. 이종래는 안태훈을 안전한 피신처로 데려가긴 했지만, 사실 안태훈이 늘 궁금하게 여기던 서학(천주학)을 사제나 교리 전문강사를 통해서 체계적으로 배울 수 있게 해주고 싶은 뜻이 더 컸다. 그가 종현학당에서 다른 수강생들과 숙식을 하면서 석 달 동안 공동체 생활을 하게 되면 하느님을 더 빨리 깨우칠 수 있다는 기대가 컸다. 이종래(바오로)는 블랑 주교에게 안태훈을 멀리 해주에서 온 진사 출신 유학자로 소개하고 "제가 해준 말 한 마디로 하느님을 알고 싶어 하는 영성을 갖춘 사도"라고 추천했다. 사실 안태훈은 청학동 집에서 이종래와 천주학에 관한 얘기를 많이 나누었다. 그는 정조 시대의 저명한 남인 학자 이가환, 이벽, 이승훈, 정약용 등 명문 유학자들이 왜 서학에 깊이 빠졌는지 잘 알고 있었다. 그들은 경학에 없는 하느님의 존재에 대한 규명이 서학에 나오는 것을 읽고 충격에 빠진 것이다. 안태훈 역시 이종래에게 그 얘기를 들었다.

안태훈은 친구로부터 《천주실의》와 《교리문답》 등 몇 권의 책을 받았다. 그러나 황량한 바람에 휘날리는 창호지 한 장처럼 정처 없는 위기의 상황에서 자신을 천주학의 교리 공부에 집중할 수 있게 된 것은 귀중한 시간이었다. 안태훈은 명례방에서 종현학당의 교리 수강생으로 등록한 후에 곧바로 수업에 들어간 것은 아니었다.

교리 초급자들이 모일 때까지 그곳에서 오래 기다렸다가 그들과 함께 초보 교리 공부를 함께 시작해야 했다. 그는 혼자 큰 방에 누워서 공상에 잠기다가, 혹은 낮잠에 빠졌다가 친구의 성의가 고마워서 교리서를 한 장씩 무심히 넘기던 중 갑자기 놀랍고 당혹한 심경의 변화를 경험하게 된다.

안태훈이 읽은 글은 거의 40여 년 전인 1839년 정조 시절의 유학자 정약종(정약용의 형)의 아들 정하상 바오로가 가족들과 함께 체포되어 서소문 밖에서 순교하기 직전 감옥에서 쓴 글이다. 조선에서 천주교 박해에 앞장선 우의정 이지연에게 보낸 상재상서(上宰相書: 대감에게 올리는 글)라는 3천 4백 자의 한문 서간체 형식의 탄원서가 바로 그 책이다.

　정하상은 북경을 수없이 드나들면서 서양인 신부를 조선에 영입하는 데 앞장선 교우였을 뿐만 아니라, 로마교황청에 탄원서를 보내어 조선교구를 북경교구로부터 독립시키는 결정적인 역할을 했다. 정하상 바오로는 정치적 반대파의 숙청을 빌미로 삼아 천주교인들을 대역죄로 몰아 권력의 테러를 자행하는 우의정 이지연에게 "하느님은 누구인가"를 조목조목 이해시키고 설득하는 전령자로서 '세상의 무신론자들에게 보내는 호소문'을 쓴 조선 최초의 하느님 선포자였다.

　이 글은 그가 죽은 후 48년이 지난 1887년 홍콩에서 중국어판으로 출판되어 중국 선교를 위해 널리 보급되었다. 또 조선의 7대 주교였던 블랑 신부의 서명이 들어 있는 필사본도 나왔다. 그 후 한글 번역판도 출판되어 많은 무신론자들이 이 글을 읽고 하느님의 존재를 쉽게 깨달은 조선 선교서의 교본이 되었다. 이종래는 친구 안태훈에게 한문본 상재상서를 큰소리로 한 자 한 자씩 읽어주면서 좀 더 쉽게 하느님의 존재를 이해할 수 있도록 비유와 첨부를 추가했다. 그 후 안태훈은 이 글을 여러 번 반복해서 읽고 또 읽었다.

　"엎드려 아뢰옵건대, 옛 군자가 법을 세워 백성들에게 금지령을 내릴 때는 그 뜻과 이치가 무엇이며, 또 그 해악은 무엇인지를 반드시 미리 살펴보았습니다. 먼저 저는 하느님이 계시다는 것을 어떻게 우리가 알 수 있는지를 말씀드리겠습니다. 사람들이 사는 가옥이나 다름없는 하늘과 땅과 대자연을 우리가 사는 가옥 한 채가 지어지는 과정과 똑같은 비유를 통해서 설명해드리겠습니다. 가옥은 기둥과 주춧돌이 있고, 대들보도 서까래도 있고, 대문, 덧문, 쪽문이 있고, 담장도 벽도 있습니다. 기둥이며 대들보 문짝들을 한번 보십시오. 그것들은 모두 크기와 간격과 길이와 높이와 두께나 넓이가 한 치도 달라서는 안 되고, 아귀가 딱 들어맞아야 하고, 둥글고 모나고 길고 좁고 크고 작고 그 모든 것들이 서로 다른 것들과 틀에 잘 맞게 끼어 있거나 맞물려 있고, 잘 어울려 있다는 것을 잘 아실 것입니다. 그뿐만 아니라 지금은 볼 수 없지만, 이 집을 지은 목수가 있었고, 목수의 설계와 의지와 힘과 땀과 지혜와 솜씨들이 그 가옥에는 혼처럼 깃들어 있어야 집 한 채가 지어집니다. 하지만 기둥이나 주춧돌, 대들보나 서까래, 대문, 쪽문들이 그 간격과 길이와 크기가 조금씩 크거나 작거나 비틀려 있어서 아귀가 안 맞거나 맞물리지 않는다면 그 가옥을 어떻게 지을 수 있겠습니까. 못 하나, 아귀 하나가 달라지면 집은 지을 수 없고, 혹시 그 가옥이 억지로 맞춰서 지었더라도 금세 무너지고 말 것입니다. 그렇다면 그 가옥이 어느 날 갑자기 어디선가 기둥이며, 주춧돌, 대들보, 서까래, 문짝들이 우당탕 와르르 바람처럼 떼를 지어 몰려와, 서로 짝들이 잘 맞아 어울리고 서로 끼어들고 맞물려서 가옥 한 채가 저절로 뚝딱 지어진 것이라고 말한다면 누가 그 말을 믿겠습니까?

그렇게 가옥 한 채도 우연히 지어질 수가 없는데 하물며 우리가 사는 이 세상의 거대한 대자연은 어떻겠습니까. 대사연을 둘러보십시오. 이 세상천지도 커다란 건축물과 조금도 다름이 없습니다. 나는 것, 뛰는 것, 동식물이며, 기기묘묘한 자연의 형상들은 물론, 땅과 바다, 해와 달과 별들의 저 어마어마한 천체를 우리가 사는 한 채의 집이라고 생각해보십시오. 저 큰 가옥들은 제 궤도를 한 치도 벗어나지 않고 빈틈없이 자기 궤도를 돌고 있고, 봄 여름 가을 겨울 등 사계절 역시 한 번도 차례를 어기지 않고 정확히 오고 또 가지 않습니까? 보십시오. 만일 저것들이 우연히 저절로 이루어졌다면 어떻게 해와 달과 별들이 그 궤적을 이탈하지 않을 수 있으며, 봄 여름 가을 겨울이 어떻게 그 순서가 바뀌거나 어긋남이 없이 그렇게 바르게 제 궤도를 돌고 있겠습니까. 흥한 후에는 망하고, 번영하고 시들고, 착한 자에게 복을 주고, 악한 자에게는 화를 주고, 그것을 지배하고 다스리는 자가 없이도 천지가 절로 운행이 되겠습니까. 하물며 시(詩)보다 더 아름다운 석양과 신비로운 해와 달과 별이 빛나는 밤하늘, 우주 만물을 보면서 저것들을 누가 만들었는지 감탄도 하지 않고 묻지도 않은 까닭은 무엇입니까? 이 세상 세간의 사물치고 질(質)은 재료요, 모(貌)는 형상이요, 작(作)은 만든 것이요, 위(爲)는 쓰임새가 아닌 것이 없습니다. 이렇게 네 가지로 이루어지지 않는 것은 이 세상에 없습니다. 그런데도 이 아름답고 신비한 대자연을 만든 사람이 없다고 말하고, 이 세상이 우연히 도깨비 방망이처럼 뚝딱뚝딱 이루어졌다고 어찌 말할 수가 있겠습니까? 그것은 마치 할아버지를 본 적이 없으니 할아버지란 본래 없다고 말하는 어리석음과 같습니다. 집을 보고도 목수를 본 적이 없으니, 나는 이 집을 목수가 지었다고 말할 수 없다고 하시는 것과 무엇이 다르겠습니까."

안태훈은 이종래가 준 책자를 읽으면서 세상을 창조하신 하느님의 존재를 부인할 수가 없었다. 어려서부터 서원에서 유교의 옛 경서를 배운 사람이라면 옥황상제가 누군지 잘 안다. 하늘을 뜻하는 상제는 인간과 우주 만물의 근원이자 세상만사를 주재하는 인격적인 신이다. 모든 인간은 상제의 백성이며 상제는 덕 있는 사람에게 천명을 내려 왕으로 삼고, 그 왕은 상제를 대신해서 사람을 다스린다. 하지만 유학에는 상제가 누군지를 규명하지 않고 있다. 상제가 하늘을 지배하고 인간을 지배하고 다스리는 천지신명을 가진 존재라면 그에 관한 규명이 반드시 있어야 한다. 모든 유학자들이 공부한 후에도 끝내 상제가 누군지 모르고 그 의문은 풀 길이 없다. 그런 터에 서학의 하느님은 그 스스로 자신이 누군가를 분명히 말하고 있다. 안태훈도 그 점을 정확하게 지적했다.

"여보게, 하늘의 상제를 섬기던 옛 유학자들이 주자의 성리학으로 들어가면 하늘이 모호하고 애매해져 버리네."

안태훈의 말에 이종래는 대답했다.

"유학은 덕을 닦고 인격 수행을 하는 데는 무리가 없지만 이기설의 뜻풀이를 놓고 조선의 유생들이 수백 년 동안 파당을 지어 싸우고, 거기에 정쟁이 붙고 권력투쟁이 얽히면서 조선의 5백 년 사직은 핏빛 역사로 물들지 않았는가. 그 이유는 바로 유학이 하늘의 이치를 확실히 밝혀놓지 않은 탓이었네."

안태훈은 이종래의 말을 듣고 고개를 끄덕였다.

"그래서 성호 선생과 그 후계 남인 학자들이 자네처럼 하늘의 이치를 밝혀낸 서학에 눈이 휘둥그레진 것이 아니겠나. 내가 보니 서학의 천주를 서양학자 마테오 리치가 경서의 옥황상제로 비유해 놓은 것은 중국 선교를 위한 고육책이었지만 하느님을 왜곡시키고 유학을 속인 잘못을 저질렀네."

그 순간 이종래는 놀란 듯 눈을 크게 뜨고 물었다.

"하느님과 옥황상제는 뭐가 다르던가?"

"딱 보면 답이 나오지 않는가. 경서의 상제는 만물의 근원이고 생성의 근본이지만, 서학의 천주는 우주를 창조한 유일무이하고 전지전능한 창조주라는 뜻이 다르잖은가. 그 차이점을 보면 천주는 상제조차 근본으로 만든 존재의 원인 중의 원인이고 근본 중의 근본이 아니겠는가?"

이종래는 안태훈이 명례방에서 책만 읽었을 뿐인데 마치 신이라도 들린 듯, 천주학의 근본 이치를 꿰뚫고 있는 사실에 경악했다. 이 친구가 하느님의 영성을 그처럼 빨리 깨우칠 수 있다니. 참으로 축복받은 영혼이구나. 그는 안태훈이 서두르지 않아도 성령을 초대하여 불러들일 것이라고 믿었다.

"헌데 자넨 여기 왜 왔는가?"

안태훈의 말에 이종래는 명례방에 온 이유를 까맣게 잊고 그와 하느님 얘기에 빠져 있었다는 것을 깨달았다.

"아! 내가 깜빡 잊었네. 자넬 석 달간 여기 가둬둘 생각이었는데 그럴 수가 없게 되었네. 부친께서 자네 문제가 잘 해결되었으니 이제는 귀가해도 된다는 반가운 소식을 내게 전하셨네. 또 하나는 자네 해주 가족들이 곧 이사를 떠나게 되어서 모두 자네가 귀가하기를 기다리고 있다네."

"그래? 이사한다고? 우리 집이?"

안태훈은 무슨 문제가 어떻게 잘 해결된 것인지, 이사는 왜 하는지 알 수가 없었다. 친구도 그 내막을 잘 모르고 전해주었다. 그 말을 듣는 순간 안태훈의 마음은 우울해졌다. 기왕 이곳에 왔으니 천주교 교리 공부를 제대로 한번 해볼까 생각했는데 은둔 생활이 예상외로 빨리 끝난 것이 아쉬웠다. 가장 안타까운 것은 블랑 주교와 대화를 못하게 된 것이다.

"안 형제님, 지금은 아니더라도 머잖아 다시 오시게 됩니다. 하느님의 손길이 형제님을 이곳으로 인도할 것이오."

안태훈은 블랑 신부의 말에 크게 웃었다.

"제가 이곳에 다시 오게 된단 말을 어떻게 정해진 것처럼 확신하시고 말씀하실 수 있습니까?"

"감으로 압니다. 어쩌면 형제님께서는 지금처럼 형조 관리들에게 쫓겨서 이곳으로 올 것이오."

안태훈과 이종래가 폭소를 터뜨리자 블랑 신부도 크게 웃었다. 자신의 바람을 기정사실로 확신시키는 화법이지만 블랑 신부의 믿음 속에는 그런 신뢰감이 충분히 있고도 남았다. 그는 오랜 시간이 아니었지만 큰 배려와 사랑을 베풀어준 블랑 신부에게 감사의 뜻을 전했다. 그는 다음에 꼭 올 것이라는 블랑 신부의 어눌한 조선말투가 귀청에 간절하게 남아 마음에 따뜻하게 전해지는 것을 느꼈다.

6

안중근의 조부 안인수는 셋째아들 태훈이 한성에서 돌아오자 전 가족이 모여 무사 귀환을 자축하는 잔치를 벌였다. 안 씨 가족은 모두 80여 명에 이른다. 가족 단위로 딸린 서사며 종복과 마부 등 식솔까지 합치면 두 배가 훌쩍 넘었다.

해주부를 떠나 신천으로 이주하는 산길로 이어진 짐 마차와 식 솔들의 행렬은 끝이 보이지 않았다. 안 씨 가족이 잡은 새 터는 황해도 신천군 두라방 청계리. 그곳은 형제들이 발품 팔아 백 리 밖을 헤맨 끝에 겨우 찾아낸 보금자리였다. 해주부 북쪽 구월산(해발 954m)이 남서쪽으로 뻗은 병풍산, 성암산, 천봉산의 산세가 요새처럼 둘러싸인 지역이다.

특히 천봉산의 능선을 타고 내려가던 기암절벽들이 딱 멈춰선 계곡에는 작은 전탄천 강물이 흘러내린다. 강 주변 유역은 작은 규모의 경작지가 조성되어 있을 뿐, 산골 벽지의 귀양지와 같았다. 마을주민들은 비탈진 산기슭에 층층이 다랑논을 개간, 콩 보리 수수 농사를 짓고 산다. 예전의 청계리 계곡에는 속세를 등진 스님이나 은둔 처사들과 죄짓고 도피해서 은둔하던 사람들의 피신처였다. 1866년 대원군의 천주교 탄압으로 프랑스 선교사 9명을 비롯한 천주교인 8천여 명의 대학살 사건 때는 많은 천주교인들이 청계리로 숨어들었으나, 포청 형리들이 찾아내어 잔인하게 학살하면서 비극적인 역사의 상처를 남겼다.

안인수는 해주에서 정리한 막대한 재산을 청계동에 투입, 가족과 가솔들의 거처를 짓고, 전탄천의 농지를 넓히고, 산지에 다랑논을 개간해서 식량의 자급자족을 이루었다. 서원을 짓고 훈장을 초대해서 마을 아이들에게 글을 가르쳤다. 이웃 마을에서도 많은 아이들이 서원을 찾았다. 마을이 살기 좋게 변하고 이주민과 노동인구가 늘면서 마을이 제대로 갖추어졌다.

안태훈은 해주부에 있던 산채를 천봉산에 다시 개설하고 숙소를 만들어 해주의 옛 수렵꾼들을 대부분 수용했다. 특히 최신 수렵 총들을 대량 구매하고 다른 지역 소규모 산채의 포수꾼들을 불러들였다. 해주부 광석동 시절부터 안태훈을 따르던 동지들이 대거 천봉산 산채로 모여들었다. 안태훈은 수렵꾼들에게 포획에 따른 보상과 대우를 공정하게 나누었다.

수렵지대는 천봉산에서 구월산까지 광대한 지역이 포함되면서 안태훈은 수렵꾼들의 집단 숙소와 야영 시설을 잘 갖추었다. 특히 최신 수렵 총들을 계속 수입하자 소문을 타고 수렵꾼들이 몰려왔다. 불과 2년 만에 천봉산 산채에는 1백 명의 명포수들이 집결했고, 서북부에서 가장 큰 산채의 중심이 되었다.

그로 인해 안 씨 가족들은 청계동에 숨어 살기 위해서 온 것이 아니라, 삶을 개척하고 새로운 꿈을 이루기 위해서 이주해온 자부심과 긍지를 갖게 되었다. 1885년 봄, 안중근의 가족들은 조부 안인수의 지도 아래 안태훈과 형제들은 피눈물로 단합하여 슬프고 흉측한 귀양지 청계계곡 마을을 별천지로 바꾸어 놓았다. 조부 안인수는 이주한 지 7년이 된 1892년 봄에 겨우내 얼었던 전탄천의 강물이 풀린 날, 장남 태진을 비롯한 태현, 태건, 태훈, 태민, 태순과 함께 상투를 튼 14살의 손자 중근의 부축을 받으며 전탄천 강가를 거닐면서 말했다.

"내가 해주를 떠날 때 잃었던 가문의 명예를 이곳에서 되찾게 되어 기쁘다. 너희 형제들이 한마음이 되어 황량한 계곡의 불모지를 이만큼 아름다운 별천지로 꾸며놓았구나. 참으로 너희들이 고맙고 대견하고 자랑스럽기만 하다."

안태훈은 아버지를 볼 때마다 힘과 용기가 솟았다. 늘 웃는 얼굴로 사람을 다스리고 어우르고 달랬으며 때로는 준엄한 호통으로 이끌어온 아버지를 통해 진정한 부모님으로서의 존경심이 우러났다. 그때 조부 이인수는 발길을 딱 멈추고 중근을 바라본다. 그는 14살의 나이 답지 않게 몸집이 탄탄하고 눈빛과 기세가 강한 손자를 사랑스럽게 바라보았다.

"응칠아! 네가 말을 탄 채, 날아가는 까투리를 쏘아 떨어뜨렸다는 말을 들었다. 그곳이 어디쯤이었느냐?"

"성암산 능선을 지나던 길목 어귀였습니다."

"수렵 총은 무엇을 썼느냐?"

"영국제 윈체스터였습니다."

"참, 잘했다. 네가 마침내 포술의 재능을 보이는구나. 아비는 네 나이에 선비 기풍의 선동으로 칭송을 들었는데, 넌 선대들의 무인 기질과 무골 기질을 함께 타고 난 듯하다."

"저희 선대에도 무관 출신이 많았다고 들었습니다."

그 말에 조부는 깜짝 놀라며 안태훈을 쳐다보며 말했다.

"우리 선대에는 5대조부터 4대에 걸쳐서 9명의 무과 급제가 나왔다. 4명의 선대가 군사 직책이었던 적도 있었지."

"아버님께서 말씀해주셔서 잘 알고 있습니다."

"됐다. 그걸 알았다면 넌 이미 어른이다."

안중근은 시를 읽고 학문을 좋아하면서도 거칠고 호방한 무인 기질이 자신의 혈통 속에 숨어 있다는 사실을 깨달았다. 안중근은 5살 때부터 2년 동안 해주에서 서원에 다녔지만 7살에 청계동으로 이사 온 후로는 부친이 세운 청계동 서원에 다녔다. 서원에는 훈장이 초빙되어 사서오경과 통감을 가르쳤고, 한문은 할아버지가 손수 손자의 사부가 되었다.

안중근의 뛰어난 한문 실력은 훗날 조부가 남긴 귀중한 유산이 되었다. 조부는 전탄천 산책 이후로 거동을 못 하고 방에 누운 채, 노환의 병고에 시달리다가 열흘 만에 세상을 하직했다. 온 가족이 집안의 큰 어르신이자 청계마을의 지도자를 잃은 깊은 절망과 슬픔에 빠졌다. 그 중에도 조부의 총애를 가장 많이 받았던 안중근은 억장이 무너지는 슬픔에서 헤어나지 못했다.

그는 조부가 관에 갇혀 땅에 묻히는 삶의 허무한 종말을 목격한 후로 인간 존재의 허망함과 비애와 연민의 감정에 사로잡혀 큰 충격을 받았다. 소년 안중근은 조부를 잃은 고통이 독이 되어 6개월이나 고통과 시련의 시간을 보내야 했다.

그 후로 안중근은 서원 공부를 포기하고 산채로 들어가 전문 포수꾼들과 함께 집단생활을 시작했다. 그는 산채의 어른들로부터 무술을 배우고 익혔으며, 사격술 훈련을 하면서 일찍부터 그들과 함께 말을 타고 평원과 험산을 누볐다. 얼마 후에는 곧바로 사냥에 뛰어들면서 위험한 맹수를 추적하고 포획하는 야성적 생활에 큰 집착을 보였다. 그 시기에 안중근은 학문 습득은 뒷전이었지만 안태훈은 애써 모른 채 눈감아주었다.

한때 중앙정치에 관심을 갖고 잠시 개화파 박영효의 문객이 되었다가 정계의 잔혹한 파벌 정쟁으로 큰 곤경을 치러낸 안태훈은 "정치판에 뛰어들어 부귀영화를 얻으려는 일은 구름 아래서 밭을 갈거나 낚시로 세상을 마치느니보다 못하다"라는 인생관으로 바뀌었다. 그로 인해 안태훈은 아들이 학문을 익혀 과거에 급제해서 관직이나 정계로 들어가 권력과 명예를 추구하는 것을 포기했다. 그는 아들이 수렵에 집착하는 것을 알면서도 모든 것을 본인의 선택과 책임에 맡겨두었다.

천봉산 산채는 날이 갈수록 포수들이 불어나 1백여 명이나 되었다. 안태훈은 수렵꾼들을 적극적으로 받아들이고 지원하고 도운 결과, 천봉산 산채는 해주 시절의 산채보다 훨씬 커져서 거의 개인 군 병영 수준의 조직과 규모를 갖추었다. 그에 따라 포수들의 산악 훈련과 사격 실력도 향상되었다. 안중근은 군 출신 포수들로부터 국선도와 권법을 익히는가 하면 승마와 사격술을 훈련하면서 자신의 무관적인 소질과 능력을 더욱 더 가꾸어갔다. 산채의 수렵꾼들도 안중근의 사격술의 속도와 표적 명중률이 다른 포수들보다 뛰어나다는 점을 인정할 정도가 되었다.

그는 사냥에서 고라니나 야생토끼나 꿩 등 포획량이 늘 상위순위를 기록해서 수렵 고수들의 부러움을 샀다. 그 시기에 조선 사회는 폐쇄에서 점진적으로 개방되어 동양 선교에 파견되는 미국 기독교 선교사와 민간 무역상들의 조선 입국이 많아졌다. 게다가 해외의 전문 사냥꾼(헌터)들이 사냥감이 많은 조선을 많이 찾기 시작했다. 특히 조선 호랑이 사냥은 서양의 전문 헌터들에게도 인기가 높아서 안태훈은 그들에게 그 기회를 적극 제공했다. 안태훈은 미국 사냥총 전문 판매상들로부터 극동 총포 시장을 통해 암거래로 들어오는 미국산 수렵용 야영 천막(wall tent)과 산탄, 파라독스 총포, 혹은 맹수사냥용 영국제 윈체스터 1866년 형, 미국 남북전쟁 때 사용된 샤프 라이플을 대량 구입하기도 했다. 천봉산 산채는 최신 수렵 총의 실사 훈련장과 총기 저장소로도 유명했다.

안중근은 그 시기에 수렵을 통해서 자신의 야성적 기질을 마음껏 발휘하며 살다가 조부가 돌아가신 2년 후인 16살이 되던 해(1894년) 이른 봄에 어른들의 중매로 만난 처자를 아내로 맞이하여 새집에서 가정을 꾸렸다. 신부는 황해도 재령군의 향반 김홍섭의 딸로, 한 살 연상인 김아려(17세)였다. 두 집안은 오래전부터 교분이 깊어서 자녀들의 짝을 미리 연분으로 맞추어 두었다. 안중근과 김아려는 사춘기가 되면서 서로 마음이 통하고 친밀감이 깊어져서 혼례를 치렀다.

1894년 4월 초, 안중근은 부친과 숙부 안태건과 함께 말 위에 올랐다. 오랜만의 서울 나들이였다. 한성부 정동에 사는 영국 외교관이 홍콩의 무역상 찰스가 왔다는 소식을 전해왔다. 그즈음 한성의 정동에는 서구의 외교관들이 한데 몰려 살았다.

조선의 청국 고문관 묄렌도르프가 살고 있었고, 초대 미국 특명

전권공사 푸트 장군은 정동 10번지(현 미대사관) 땅을 매입해 미국 공사관 관저를 지었다. 영국공사관 파크스들도 외교관들의 마을이 된 정동에 살았다. 종현성당을 짓기 전에는 프랑스 선교사와 사제들이며 성당 건축설계사며 기사들도 모두 정동에서 한옥을 사 개축하여 정원을 갖춘 집을 짓고 살았다.

　당시 서양 외교관들은 무역을 관장하는 정부의 부서가 없어서 조선에 자국의 무역상들을 초청해서 조선의 고위관리나 부유층과 보부상을 연결하는 암거래 무역이 성황을 이루었다. 안태훈은 영국 외교관들로부터 홍콩의 무기 수출상 찰스가 개량된 최신 수렵총 샤프 라이플 완제품을 가져왔다는 연락을 받고 동생 태건과 중근과 함께 정동에 도착했다.

　당시 국내에는 수렵용 전문 총포상이 없어서 총포의 개별 구매는 어려웠다. 새 총기가 출시되어도 판매 루트가 뒷거래로만 이루어졌다. 무기상 찰스는 해주부 시절부터 수렵 관련 제품의 단골인 안태훈에게만 오랫동안 독점적인 총기 구매권을 주었다.

　조선에서는 사냥총에 대한 지식과 정보를 아는 거간꾼도 없는 데다가 워낙 값이 비싸서 개인 구매자도 없었다. 찰스는 안태훈에게 애써 품질과 사용법을 설명하지 않아도 브랜드 신용만으로 매매가 성사되고, 현찰거래로 이루어졌다. 미국 남북전쟁 때 높은 사격 명중률로 유명해진 샤프 라이플은 헌터들에게 맹수노획용으로도 별도로 제작되기도 했지만, 대부분의 포수들은 사냥용 엽총만 썼다. 수렵 총은 점차 전쟁에서 쓰는 실전 무기와 별반 차이가 없어질 만큼 강력하고 정교해졌다. 안태훈은 찰스가 이번에 가져온 샤프 라이플 전량을 구입했다. 둘 사이에 거래가 끝났을 때, 총기 상인 찰스는 소년 안중근에게 특별한 선물상자 하나를 말안장에 걸어주면서 말했다.

"이건 최신 영국제 웨블리 리벌버 단총입니다. 이걸 아드님께 보너스로 드리겠소. 다음에 만날 때는 구월산 호랑이들을 잔뜩 잡아 두시오. 내가 값을 톡톡히 치르겠소."

조선 침략 작전계획

7

안태훈이 정동에서 새 총포들을 사 들고 나왔을 때, 광화문 앞 거리에는 군중들이 구름 떼처럼 몰려 있었다. 경복궁 정문 앞에는 시골에서 올라온 농민들이 부패한 지방 관리들의 처벌과 파직을 청원하는 격렬한 시위가 계속되고 있었다. 백성들을 유인하여 어지럽힌 죄로 처형된 동학 교주 최제우의 무죄 청원과 포교 허용을 요구하는 동학교도들의 시위였다.

광화문의 동학교도들 복합 상소 집회에서는 "친중파 민 왕후와 수구파 척족 세력을 축출하라!"라는 외침과 "실각된 대원군을 복권하라"라는 구호가 등장한 지 오래되었다. 대원군은 그 기회를 이용하여 심복 나성산을 통해 전라도 전봉준에게 장손 이준용을 왕위로 옹립하는 배후 공작을 맡겼다. 전봉준은 오랜 떠돌이 생활 끝에 나이 서른 살에 전라도 고부(정읍)에 정착했다. 그는 오래전부터 부패하고 불평등한 사회를 개혁하겠다는 의지를 갖고, 동학에 입교하여 제2대 교주 최시형으로부터 동학 접주가 된 후, 1891년부터 2년간 대원군의 운현궁 집에서 빈객으로 살았다. 그는 그동안 대궐에서 일어난 권력투쟁의 전 과정을 치밀하게 지켜보면서 대원군의 정치적 흥망성쇠를 현장에서 함께한 심복이었다.

그는 동학 접주 동지 김개남·송희옥과 함께 조선 왕실의 권력 실세인 민 왕후와 그 외척 세력을 숙청하고 대원군의 권력을 복권시키고 "나라를 굳건히 지키고 백성을 편안케 한다"라는 동학 정신을 실현하자는 결의를 대원군의 지지 세력과 합의를 이미 끝냈다. 현재 조선의 대궐에서 친중파 수구 세력을 제거하려는 또 다른 강력한 적대 세력이 있었다. 그가 바로 일본 총리 이토 히로부미였다. 이토는 조선 대궐의 민 씨 집권 세력을 제거하고 친일개화파 내각을 세운 후에 조선을 찬탈하는 것이 목표였다.

이토는 이미 1890년대 초기부터 중국을 지배하겠다는 장기전략을 수립하고, 중국 상하이에 일본군 정보 참모본부 소속 특무부대 위장첩보국 '일청 무역연구소'를 설치하고, 일본 육사 출신의 무관 카츠라를 첩보국장에 임명했다. 이토와 외무대신 무츠는 오래전에 수립한 조선 침략 지배의 각본을 극비리에 움직여 연락장교 오카모도에게 '겐요샤' 요원들을 조선 내륙에 침투시켰다. 겐요샤란 일본의 메이지 정권이 등장하면서 몰락한 도쿠가와 막부 출신의 퇴역 사무라이들의 조직이다. 그들은 훗날 일본의 가장 거대한 폭력

조직인 야쿠자로 바뀌게 된다.

겐요샤는 일본의 군부 강경파들과 합세하여 의회에서 전쟁의 지지를 유도하고, 요인 암살과 폭탄 테러 등을 수행하는 최전선 행동대들이다. 겐요샤 비정규 게릴라조직들은 이미 동학 농민봉기가 일어나기 훨씬 전부터 조선에 침투했다.

겐요샤의 하부조직 '천우협'의 중간 두목 우치다 료헤이는 조선인 내통자 이용구를 포섭하여 조선에서 테러 작전을 수행하기 시작했다. 그는 23살에 동학당에 입교한 제2대 교주 최시형의 수제자다.

일본으로 망명한 그는 천우협의 두목 우치다 료헤이를 만나서 친일파로 돌변한다. 이토와 외무상 무츠가 작성한 조선반도 침략 작전노트 작계-94에는 다음과 같은 무서운 각본이 들어 있다.

첫째, 일본이 조선에 군사개입을 할 수 있는 구실을 만들고, 즉각 경복궁을 기습 점령, 고종과 왕비를 감금한다. 둘째, 대원군을 복권시키고 허수아비로 만든다. 셋째, 조선 왕실에서 친중수구파 세력들을 말끔히 청소하고 친일 급진개화파 정치가들을 전면에 내세운다. 넷째, 청국이 조선내정에 간섭하면 고종으로 하여금 청국군의 즉각 철군을 요구하도록 유도한다. 다섯째, 청국이 철군을 거부하면 계획한 각본대로 군사작전을 통해 청국군을 격퇴한다. 일본의 조선 지배는 청일전쟁을 치르는 데 한반도라는 군사적 전진기지가 더 중요했다.

이토는 조선에 미리 비정규군을 투입하고, 외무대신 무츠는 직속 연락관 육군 소좌 오카모도 류스케노로 하여금 겐요샤 요원 다나까, 다케다, 스즈키, 요시쿠라 등 10명의 특전사를 조선의 동학당 작전본부에 위장 잠입시키도록 했다. 겐요샤는 동학군과 똑같은 작전목표를 이루기 위해 협력하기로 했다.

'조선 왕실에서 민 씨 왕비 제거와 대원군의 정권장악'이 우선 과제였다. 겐요사 측은 전봉준에게 '군란의 지원과 폭탄 제공'을 약속했다. 겐요샤는 동학 농민군과 정부군과의 무력충돌을 유도하여 일본 정규군의 조선 출병을 유인하기로 했다. 먼저 겐요사 휘하조직인 조선의 '천우협' 대원들과 일본군 다나카, 다케다를 비롯한 수십여 명의 전투 요원들은 동학군이 전주성을 점령하기 하루 전에 정부군과 격돌했던 정읍의 황토현 전투에 지원군으로 참전했다.

일본군으로부터 최신 총기와 폭탄을 지원받은 전봉준의 동학군은 한성에서 진압군으로 투입한 홍계훈 관군병력과 황토현에서 맞붙어 대승을 거둔다. 당연히 일본군이 지원한 최신 무기와 폭탄 지원 탓이었다. 마침내 일본의 무력 지원을 받은 동학군은 5월 31일, 전주성을 무혈점령한다. 동학군의 첫 승리다.

일본군은 황토현 전투가 끝나자, 첩보 무관 이지치 소좌와 일본 공사관 무관 와타나베 대좌에게 조선에서 청국군과의 전투에 대비한 지형조사에 나서도록 했다. 일본군이 동학 농민군을 지원한 목적은 조선 침략의 교두보를 확보하기 위한 비밀 전략이 숨어 있었다. 일본 첩보대원 와타나베는 경기도를 비롯한 조선 5도의 군사 지리 정보를 수집 파악했다. 일본 해군 역시 조선 어부들을 지원해준다는 명목으로 조선의 남해와 서해안에 해군함정을 파견하여 해로를 탐사하고 정보를 수집한 것은 물론 청국 해군의 주둔지와 작전 동향과 군사정보를 광범위하게 취득했다. 일본군의 첩보는 동학군이 전주성을 점령하기 이전에 이미 끝났다.

조선 정부는 홍계훈이 황토현 전투에서 패배하고 전주성이 함락되자 큰 충격과 혼란에 빠졌다. 중앙정부에서 파견된 최정예 관군 병력이 한낱 시골 농민군에 참패를 당하다니! 앞으로 조선 정부는 누가 책임지고 지킬 것인가. 참으로 암담한 상황이었다. 조선에서 동학군 전쟁을 취재한 영국의 데일리 신문 특파원 프레드릭 매킨지가 쓴 역사 논픽션 《조선의 비극》에는 동학 농민군과 중앙관군과의 황토현 전투 취재기록과 한성 거주 외국인들에게 설문조사를 한 내용이 나온다. "조선에서 일어난 동학 농민군의 무장봉기 배후에는 청일전쟁의 빌미를 만들려는 일본의 첩보전이 큰 몫을 했다는 것은 공공연한 비밀이었다"라고 쓰고 있다. 조선 정부로서는 동학 농민군의 전주성 점령이 외국의 침략보다 더 충격적이다. 고종은 어전회의를 열고 대책을 논의했지만 달리 방법이 없었다. 급기야 동학군은 전주성 함락의 여세를 몰아 한성까지 북진, 대궐을 칠 것이고, 국왕과 왕비를 제거한 후에는 대원군이 재집권할 것이라는 소문이 나돌았다.

고종은 결국 청국군에게 지원을 청원하지 않고는 달리 방법이 없었다. 갑신정변 이후 청일 양국은 "조선반도에서 두 나라는 철군하고 군사고문단 파견도 금지하며, 앞으로 조선에 군사를 파견할 때는 서로 통보를 해야 하며, 군사 파견으로 사태가 해결되면 즉각 철군한다"라는 텐진조약을 체결했지만, 그 약속은 지켜지지 않았다. 마침내 고종의 재가를 받은 영의정 조병휘는 즉시 청국의 위안스키이(원세개)에게 조선 출병을 청원했다. 그 사태를 지켜본 운현궁의 대원군은 회심의 미소를 지었다. 마침내 1894년 5월 5일 아산만에 청국군이 상륙했다. 전봉준이 전주성을 함락한 지 이틀 만이었다.

주한 일본 임시대리공사 스기무라 후카시는 조선 정부가 청국군에 출병을 요청했다는 사실을 본국에 급히 알렸다. 그 시기에 일본의 이토 내각은 외교정책의 실패로 야당의 강력한 공격을 받아 내각이 퇴진해야 할 위기에 처해 있었다. 바로 그때 이토는 스기무라로부터 청국군의 조선 파병 소식을 전해 듣고 무릎을 쳤다. 이토는 즉각 헌법 절차에 따라 전쟁위기를 선언하고 중의원을 전격 해산시키는 한편 일본군의 조선 출병을 명령했다. 다음 날 5월 6일, 제물포항에는 조선이 파병 요청도 하지 않은 일본 군대가 상륙했다. 일본은 이미 체결한 텐진조약의 규정에 따라 "청국군을 조선에 파병하면 일본군도 자동 개입한다"라는 조건을 실행한 것이다.

이토는 외무대신 무츠와 이미 밀약했던 대로 '조선 침략 작계-94'를 즉각 실행에 옮겼다. 그 작전에 의하면 "일본군은 한반도에 상륙하면 조선 대궐을 장악, 조선왕을 감금시키고 대원군을 복권시킨다"라는 전략이 포함되어 있었다.

1894년 5월 2일, 청국의 북양해군 제독 정여창은 군함 2척을 이끌고 제물포항에 도착, 이어 사흘 후에는 청국의 직례제독 섭지초가 3천여 명의 병력을 충청도 아산에 상륙시켰다. 그다음 날인 5월 6일에 일본군은 6천여 병력을 오토리 공사와 함께 인천에 상륙시켰다. 일본군은 청국의 두 배나 되는 병력을 한반도에 파견한 것이다. 그렇게 청국과 일본의 군사력이 동시에 조선에 개입하게 되자, 동학군은 예기치 못한 조선에 대한 일본군 군사개입으로 크게 당황했다.

앞으로 조선에서 청국과 일본이 무력충돌을 하면 자칫 국가멸망의 상황을 자초할 수 있게 된다. 이어 동학군 지휘자 전봉준은 정부군 홍계훈의 휴전 제의를 급히 수락하는 한편, 전주성을 점령하고 있던 동학군을 급히 해산하고 눈물을 머금고 전주성을 관군에게 내주었다.

1894년 7월 25일 제1 유격부대를 태운 일본 순양함은 인천 앞바다를 순찰하던 중, 청국군 병력을 조선의 아산만으로 수송하던 청국 함대를 향해 함포사격을 개시했다. 곧이어 세 척의 청국 함대가 피격 침몰된다. 그로 인해 청국군은 서해에서 제해권을 잃었고, 한반도의 아산 주둔 자국 육군병력 증원과 군수물자 보급을 차단했다. 바로 그 시기에 대원군은 조선 대궐에 입궐했지만, 일본이 자신에게 쥐어준 왕권이 허수아비였다는 것을 뒤늦게 깨닫는다. 대원군은 심복 박동진과 정인덕에게 전라도 태인현(정읍) 동곡리에 은신 중인 전봉준에게 조선의 국권이 일본에 강탈되었다는 사실을 알린다.

"국태공께서 왕실에 대한 복수심에 사로잡혀 분노를 삭이지 못하고 또다시 왜놈들의 농간에 놀아난 것을 후회하셨습니다. 어떤 일이 있어도 조선의 국권을 일본에 넘겨서는 안 된다고 말씀하시고, 백성들에게 일본의 침략 야욕을 전하고 청년들에게는 반일봉기를 선동하라는 분부를 내리셨습니다."

전봉준은 그들이 전한 말에 다소 놀랐지만, 대책 없는 현실적인 불만과 함께 자신의 무력감을 호소하기만 했다.

"국태공님 말씀은 백번 옳지만, 오합지졸에 불과한 동학군이 지금 일본군과 어찌 맞서 싸울 수 있겠소."

그때 정인덕이 대원군의 말로 다시 부추겼다.

"이제 곧 청국군과 일본군이 평양성에서 단판 승부를 벌이게 됩니다. 동학군이 평양 남쪽의 일본군 배후에서 교란작전을 펼치면 청국군이 전술적으로 유리해진다는 말씀을 하셨습니다. 청국군이 평양에서 일본군을 반드시 물리쳐야 한다는 희망을 피력하셨습니다. 국태공께서는 평양 관찰사에게도 동학군의 지원을 요청하는 친서를 보내신 것은 물론, 청국군에게도 우리 동학군의 지원군이 평양전투에 참전하라는 당부도 전하셨습니다. 우리 조선이 평양전투를 앉아서 그저 구경만 해서는 안 된다는 당부의 말씀이 있었습니다."

지난번 전주성을 접수할 때 동학군은 일본의 지원을 받았지만 지금의 동학군들은 궁지에 몰린 조선을 구하기 위해 청국군을 도와야 하는 역전 상황으로 바뀐 것이다. 어제의 동지였던 일본군은 오늘의 적이 되었다. 마침내 동학 농민군은 대원군의 지시로 제2차 반일 동학 농민군을 결성하게 된다.

"우리 동학군들은 조선 땅에서 왜놈과 관군을 동시에 몰아내고 부귀와 권력의 세습을 척결해야 한다!"

마침내 동학군의 구호는 부패관리들의 폭정에 대한 저항에서 침략자 일본군을 타도하는 애국 전사와 봉건왕조에 개혁의 반기를 든 혁명전사로 구호가 바뀌게 되었다. 전봉준, 최시형, 손병희는 서로 다투던 패권대치를 협력관계로 바꾸어 일제와 수구 권력이라는 두 마리의 토끼를 잡는 작전으로 바뀌었다.

그 기세로 논산에서 2만여 명의 동학 농민군이 재집결할 수 있었다. 동학군의 목표는 먼저 한성을 탈환하고 청국군과 대치하고 있는 일본군의 배후를 공격하여 평양까지 탈취하겠다는 불가능한 꿈이었다. 그러나 결국 평양전투에서 일본군은 오합지졸에 불과한 청국군을 단숨에 궤멸시키고 만주로 북진을 계속하여 청국 땅 다롄과 뤼순까지 파죽지세로 점령했다. 일본군이 뤼순항에서 벌인 민간 학살극으로 영국의 타임지를 비롯한 세계 언론의 거센 비판을 받은 것은 그때였다. 뤼순항 왕찐호텔에서 안중근이 노주인으로부터 들은 일본 점령군의 잔혹성은 지극히 사소한 일부의 피해 증언에 불과했다. 청국의 처참한 패전은 국권을 침탈당한 국왕과 왕후에게 마지막 희망의 불씨까지 꺼져버린 암담한 현실로 바뀌게 된다.

8

　조선의 서북지역 황해도는 동학군 봉기가 비교적 늦게 일어났다. 그 규모는 작았지만 기세는 컸다. 동학의 제2대 교주 최시형이 임명한 해주 동학군 선봉대장은 19세의 청년대장 김창수(김구의 본명)였다. 청년 김구는 작은 지역의 동학군들을 점진적으로 통합, 세력이 상당수 규합되면 해주성을 공격할 계획을 잡고 있었다. 청년 김구의 동학군 주둔지역에는 선봉장 원용일과 부대장 임종현이 지휘하는 2만여 동학군 병력이 집결, 당장 해주성 공격을 앞둔 상황이었다. 해주 감사 정현석은 기존의 관군병력으로는 김구 부대와 원용일의 동학군 방어가 어려워졌다. 정현석은 신천군 두라방 청계동의 안태훈에게 민병대를 지원해줄 것을 긴급 요청했다.

　"지금 동학군들이 해주 점령을 위해 전방위로 포위 작전을 벌이고 있는 중이오. 안 진사가 민병대를 조직해서 신천에서 해주성으로 통하는 길을 막아주시면 큰 힘이 될 것입니다."

　안태훈은 해주 감사의 제안을 받아들여 민병대 조직을 착수했다. 민병대의 임무는 단순히 동학군의 해주성 진격 루트를 차단하는 일이다. 안중근은 수렵군 70여 명과 마을 청년들로 민병대를 조직했다. 그들은 안중근과 함께 천봉산의 산악지대를 누비며 수렵 생활을 함께 해오던 동료와 선배들이었다.

　안태훈은 마을 친구 이창순과 아들 안중근을 포함한 7명의 정찰 특공대를 선발해서 각자 분대장의 지휘권을 주고, 군사훈련에 돌입했다. 특공대는 2인조 정찰팀을 위장시켜 동학군 진지로 들어가 적진의 지형지물 및 경비군 위치와 지휘관의 신상정보를 먼저 탐지하도록 했다. "적을 알고 나를 알면, 백전불태이다." 바로 그 명언은 군사정보가 승패를 좌우한다는 뜻이다. 특히 적군 지휘관의 개인정보 파악은 필수적이다. 지휘관의 경력과 성격에 따라 작전 방식이 크게 달라지기 때문이다.

매가 사냥할 때는 자기 발톱을 숨긴다. 매의 발톱에는 강점과 약점이 모두 숨겨져 있다. 안중근 정찰대 7명은 동학군 정보를 탐문하고 해주성의 주민 기록을 살펴본 결과, 가장 먼저 맞붙게 될 예상 동학군 부대 지휘관의 신상을 파악할 수 있었다. 해주 서쪽 회학동에 진지를 구축하고 있는 동학군이었다.

"팔봉 접주 지휘관은 19살 청년 김구입니다."

안중근이 말하고, 이창순이 그 대답을 보충했다.

"팔봉 접주 청년 김구는 해주부 백운방 텃골 출신입니다. 그의 동학군 병력은 포수들을 포함하여 7백여 명이고, 우리 마을과는 불과 20여 리 가까운 위치에 포진하고 있습니다."

"해주부 텃골 출신 청년 김구가 맞느냐?"

안태훈이 그 이름을 듣는 순간, 안중근 역시 작년 봄에 청계동의 고능선 초막에 찾아온 건장한 체구의 텃골 출신 청년 김구의 얼굴이 떠올랐다. 안중근은 갑자기 가슴이 뛰었다.

"아버님, 이제야 그 청년의 얼굴이 떠올랐습니다. 고 선생님 초막에서 아버님과 고견을 나누던 기골이 장대한…."

"나도 생각난다. 회학동 동비대장이 김창수였다니!"

고능선은 해주 출신 문인이다. 유학의 대가 이항로의 제자이기도 한 그는 의암 유인석과 최익현과 동문 출신이었다. 고능선은 안태훈이 1893년 2월 신천군 청계동으로 이주한 후에 초당을 짓고 학동들의 교육을 위해 서원의 훈장으로 모셨던 이다. 어느 날 고능선은 청계동 초막에 당시 18세의 청년 김구가 찾아와 만난 적이 있었다. 그날 김구는 고능선으로부터 충고와 가르침을 받았다. 안태훈 역시 청년 김구와 함께 첫 대면에서 고능선으로부터 한 수를 배울 수 있었다.

"세상에서 가장 중요한 덕목 중의 하나는 의리를 지키는 일이네. 아무리 뛰어난 재능을 갖고도 의리를 벗어나는 행동을 하면 그 재능이 화를 불러오는 법이지. 자넨 늘 결단력 부족이 화근이었지. 아무리 지식과 지혜와 바른 판단이 있다 해도 실천과 결단이 없으면 무용지물이라는 점을 명심하게."

안태훈은 스승의 말을 귀담아듣고 있는 청년 김구를 지켜보았다. 키가 훌쩍 크고, 기골이 장대하고, 목청이 크고, 눈빛에 광채가 서린 청년이었다. 예의 바르고 절도가 있고, 사람을 휘어잡는 리더십도 있었다. 고 선생 역시 김구를 비범한 제자로 여기고 그가 난국의 조선을 이끌어갈 미래의 지도자로 나서주길 진실로 바랐다. 고능선이 김구를 자기 맏딸의 사윗감으로 손꼽고 있었던 이유도 있었다.

청년 김구 역시 청계동의 진사 안태훈과 친구 박은식 두 인물이 해서지역에서는 인품과 문장의 쌍벽을 이루는 명사라는 것을 잘 알고 있었다. 김구는 고능선과 안태훈이 서로 주고받는 말들의 함축된 뜻을 풀어보는 재미에 빠졌다. 조선의 위기 상황에서 지혜로운 해답을 찾아보려는 두 사람의 대화는 마치 구름 위의 신선들이 말의 향연을 벌이는 듯했다.

"사직의 망국이 지금의 경지에 이르러 저희 젊은이들이 구국을 위해 가장 먼저 해야 할 일이 무엇인지요, 스승님."

청년 김구는 참으로 어려운 질문을 스승에게 던져놓고 단도직입적인 답변을 요구했다. 고능선은 한참 동안 눈을 지그시 감고 고개를 끄덕이더니 마침내 입을 열었다.

"지금 왜적 도당들은 조선 대궐을 넘나들며 기세를 떨치고 있지 않나. 그 정도라면 조선은 이미 제2의 왜국이 된 것이나 다름없지 않은가. 그런 참담한 국난을 당하고도 멸망하지 않은 나라가 어디 있으며, 옥체를 보전할 왕이 몇이나 되겠느냐? 이제 조선에 남은 희망은 일사보국(一死報國), 말하자면 내 한 목숨 바쳐서 국가에 보답하는 일뿐이네. 만일 우리 청년들이 일사보국으로 목숨을 바치고도 나라가 망한다면 그것이야말로 아름다운 석양이 망국의 하늘에 물드는 일이 아닌가. 그래야 다음 날 아침 해가 더 찬란히 뜰 것이네."

고능선은 비감한 낯빛으로 안태훈과 김구를 돌아보며 말했다. 안중근은 그때 초막 밖에서 엉거주춤 선 채, 방에서 들리는 말에 귀를 기울였다. 조국을 생각하면 비분에 사로잡혀 눈물만 났다. 일사보국만이 조국을 구하는 유일한 길이라면 대한의 건아들이여! 모두 횃불을 들고 구국의 길로 나서야 하지 않겠는가. 저 불타는 저녁놀처럼 아름다운 붉은 하늘이 끝난 후, 다시 뜨는 더 찬란한 해를 맞기 위하여. 얼굴이 일그러진 청년 김구는 안타까운 듯 말했다.

"선생님. 조국이 망하지 않도록 붙잡을 도리는 없습니까?"

"어쩌면 청국이 갑오년 전쟁(평양전선)에서 패배한 원한을 반드시 갚으려 들 것이다. 조선인 중에서 조국의 자강과 독립의 뜻을 품은 인물이 있다면 어서 이곳을 떠나 청국으로 가야 한다. 청국과 일본을 잘 살피고 연구하면서 중국의 인재들과 깊은 교분을 쌓았다가 훗날 기회가 오면 중국과 왜국의 정책에 조선이 적절하게 대응할 태세를 갖춰야 할 것이다. 만일 조국의 훗날을 도모할 태세를 갖추는 사람이 한 명도 없다면 지금 조선이 망해도 살려낼 인재들이 없으니 어찌 미래를 도모하여 나라를 구하겠는가. 그것이 더 큰 문제다."

그때 청년 김구가 다시 물었다.

"저는 스승님의 말씀에 따라 장차 청국으로 갈 각오가 되어 있습니다만, 저처럼 젊은 놈, 혼자 달랑 그런 큰 뜻을 품고 청국에 간다고 해서 그 일을 이룰 수가 있겠습니까?"

"그래서 너에게 말한다. 네 신념을 아무도 따르지 않는다고 해도 훗날의 결과를 미리 계산하지 말고 혼자 우직하게 자신의 의지를 반드시 실현하겠다는 결단을 지녀야 하는 법이다. 만일 네 결단을 멈추거나 꺾지 않고 끈질기게 밀어붙이다 보면 놀랍게도 네 주위에는 너와 똑같은 의지와 신념을 가진 사람들이 의외로 많고, 그들이 너를 따르고 있다는 사실을 깨닫게 될 날이 올 것이다. 그것이 세상의 이치이기도 하다. 자네의 그런 굳은 의지 하나하나가 모이고 쌓여서 아주 큰 결과를 만들어 낼 것이다. 앞으로는 나 하나쯤이야 해도 그만, 안 해도 그만이라는 생각을 버려야만 너는 성공할 수 있다. 예부터 그런 굳센 믿음을 갖고 끝까지 돌파해서 성공하지 않은 사람이 없었다는 점을 명심하게."

그 순간 김구는 무릎을 꿇고 마음을 다짐하며 말했다.

"스승님, 앞으로 나 하나쯤이야, 그런 생각은 이 자리에서 접겠습니다. 아무도 그 일을 안 해도 나는 혼자 그 일을 해내겠다, 지금 하신 말씀을 굳게 간직하며 살겠습니다."

"네가 그렇게 말하니 기쁘다."

"일사보국 정신, 그것을 동지들과 상의해도 되겠습니까?"

그때 고능선은 고개를 가로저으며 반대를 표명했다.

"네 뜻과 같은 사람은 이 세상에 없다. 혹시 뜻이 같다고 해도 실제로 실천에 나서는 사람은 없다. 호랑이를 잡으려면, 호랑이 굴로 들어가야 한다. 네가 죽거나 호랑이가 잡히거나 둘 중 하나를 선택해야 한다. 네 뜻과 의지는 오직 너 혼자만의 것이다. 남의 것이 아닌 너 혼자만의 것이다. 시작도 하기 전에 남의 수단과 힘을 빌릴 생각을 해서는 안 된다. 지금은 네가 남과 그런 대의를 논할 때가 아니다. 논의를 시작하면 너는 그 논리에 갇혀서 실천에 옮길 수가 없다. 네가 중국에 가서 초심을 잃지 않고 고난을 극복하며 힘을 쌓고 늘 내가 해준 말을 시시각각 떠올리며 저돌적으로 밀어붙여라. 그러면 놀랍게도 네 주위에 너와 뜻을 함께 하겠다는 사람들이 손을 잡아줄 것이다. 너는 거기서 너와 조건과 환경이 같은 동지들과 자연스럽게 만나서 힘을 모아야 한다. 오직 너 혼자 네

길로 가라! 무소의 뿔처럼 혼자 가거라!"

민병대장 안태훈은 정찰대를 통해 좀 더 많은 탐문과 확인을 거쳐서 회학동의 동학군 지휘관 청년 김구의 개인 신상을 알아보았다. 청년 김구는 지난해(1893년) 동학에 입교한 19세의 청년이다. 안중근보다 세 살 연상이며, 젊은 나이에 동학에 들어가 치열한 경쟁을 뚫고 접주에 올랐다. 그는 실력과 통솔력이 뛰어나고 배짱도 두둑한 지휘관으로 평판이 높았다. 안태훈은 곧바로 청년대장 김구에게 밀서를 써서 정찰독립대원 안중근과 이창순을 파견해 전달했다.

"김구 대장님, 지난해 청계동의 고능선 선생님 초막에서 뵌 적이 있는 안태훈이오. 조선이 국난의 위기를 맞아 불과 20리 지척의 이웃끼리 적이 되어 총칼을 겨누게 된 현실이 참담합니다. 청계동과 회학동은 동족에 앞서 이웃사촌이 아닙니까. 우리는 서로 아무런 악감정도 없는데 왜 증오의 피를 흘려서 역사에 죄를 지어야 하며, 싸워도 승자도 패자도 없는 전쟁에서 어찌 우리 마을 청년들이 피를 흘리고 고귀한 목숨을 잃어 철천지 대원수가 되어야 합니까. 고 선생이 말씀하신 것처럼 우리 젊은이들이 조국을 위해 일사보국은 못 하더라도 서로의 가슴에 대못을 박는 일을 저질러서는 안 됩니다. 저는 김 대장에게 청계동과 회학동 두 마을만이라도 비밀평화협정을 맺어 앞으로 닥칠 전쟁을 피하자는 제안을 드립니다. 제 뜻을 받아주신다면 제가 보낸 청년들에게 호의의 뜻을 전해주시길 바랍니다. 지금의 국난이 진정되면 선의의 뜻을 나눌 수 있는 날을 기대합니다. 안태훈 상서."

청년 김구는 안태훈의 밀서를 읽고 잠시 눈을 감았다. 백번을 읽어도 옳은 말이다. 그는 진사 안태훈의 높은 학문과 고결한 인품을 잘 알고 있었다. 하지만 한때 개화파였던 그가 관군을 돕는 민병대로 나설 줄은 예기치 못했던 아쉬움이 있었다. 청년 김구는 안태훈의 불가침 비밀협정을 흔쾌히 받았다. 그날 정찰 특공대 이창순은 김구를 만난 소감을 전했다.

"김 대장은 제가 해주에서 있었던 박은식 선생의 서우학우회 강연에서 뵌 적이 있던 분이었습니다. 제가 그 말씀을 드렸더니 크게 웃으면서 신천 의군의 제안을 기꺼이 수락하신다는 답장을 써주셨습니다."

그 후 청년 김구의 동학군 부대는 안태훈과 의리로 맺은 신사협정을 지키기 위해 서로 전쟁을 피해서 한 번도 맞선 적이 없었다.

9

그해 겨울, 안태훈의 신천 민병대는 규모가 커지고 화력도 크게 증강되었다. 해주성 공략을 노리던 동학군들은 해주로 가는 길목을 막고 있는 신천 의군이 가장 두려운 존재가 되었다. 신천 의군의 지휘관은 안태훈과 최신 총기로 무장한 천봉산 젊은 정예 포수들이다. 안태훈은 동학군 팔봉 접주와 신사협정으로 무력충돌은 피하게 되었지만, 또 다른 동학군 일원 접주 원용일과는 한판 승부를 겨룰 수밖에 없게 되었다.

일원 동학군 역시 해주성을 공략하기 위해서는 신천 의군이라는 벽을 넘어야 할 불가피한 상황이었다.

"팔봉 접주 부대는 우리와 접전을 피하려고 서쪽으로 이동했습니다만 동학 접주 원용일과 부접주 임종현이 지휘하는 2만 병력은 구월산에 지휘본부를 두고 교두보를 확보하기 위해 우리와 10리쯤 떨어진 가까운 박석골까지 진지를 구축했습니다."

안태훈은 마을 앞 망대산에 방어진지를 구축하고 포대를 설치했다. 동학군들이 청계동으로 진입할 수 없도록 강력한 방어태세를 갖춘 것이다. 모든 전쟁은 총성이 울리기 전에 적의 기세부터 꺾어야 한다. 특히 군사력을 무기 성능보다 병력 수로 여기는 적을 경계지역까지 접근시키면 안 된다. 그럴 때 예방타격은 방어의 기본 조건이다. 안태훈은 안중근과 이창순을 포함한 선봉 타격대로 분대장 7명을 선발했다.

"공격은 최선의 수비다. 동비들의 지휘부가 우리 마을 코앞까지 전진 배치되었다. 저들 죽창부대들이 인해전술로 달려들면 감당하지 못할 경우도 있다. 우리가 선제공격으로 적의 지휘부를 타격하여 박석골 동학군을 무력화시켜야 한다."

안태훈은 사격이 빼어난 40명의 청년 포수들을 선발하여 기동력이 뛰어난 군마와 최신 개량형 미국 총기 샤프 라이플과 윈체스터를 비롯한 산탄총은 물론 다수의 폭탄과 폭죽으로 무장시켰다. 민병대의 서양 사냥총 한 자루의 위력은 죽창과 칼로 무장한 동비들의 일당백이 된다.

정예군들은 극비의 보안유지를 위해 숲길로 밤 시간에 이동 경로를 잡았다. 청계마을에서 박석골까지 10여 리를 통과하는 동안, 그들은 12월의 매서운 눈바람의 공습을 먼저 받았다. 안중근의 솜누비옷 위에 걸친 붉은 비단 망토는 진눈깨비에 얼어붙었다. 문득 아내(김아려)가 어젯밤에 한 말이 환청처럼 계속 들렸다.

"당신을 굳이 임진란 때 의병장 곽재우 장군의 붉은 갑옷에 빗대는 것은 아니지만요. 만삭 중인 제가 우리 분대장님의 첫 출전에 힘과 용기를 드리기 위해 한 올씩 정성으로 짠 비단 망토입니다. 부디 무운을 이루고 무사 귀가하시기를…."

아내는 끝내 말끝을 잇지 못했다. 만삭의 몸으로 남편을 첫 전쟁터로 보내는 아내의 두려움을 미처 챙기지 못했다는 자책감이 들었다.

"울지 마시오. 당신이 만들어준 붉은 비단 망토가 나를 지켜줄 것이오. 반드시 이기고 돌아오겠소."

안중근은 아내를 안심시켰다. 지금 이 침투 작전은 분명 수렵이 아닌 실전이다. 그는 그동안 핏속에 숨어 있던 야성의 승부 기질이 전의로 불타올랐다. 하늘에 별 하나 보이지 않는 어둔 밤이다. 갑자기 강한 동풍이 불고, 진눈깨비가 자욱이 눈앞을 가로막았다. 이런 험상궂은 밤에 동비들은 진군을 엄두도 못 내고, 군막 안에서 눈발과 추위를 피하고 있을 것이다.

곧이어 박석골에 이르렀다. 숲에서 적진의 형세를 살폈다. 군막마다 '일원 동학군'이라고 쓴 깃발들이 비에 젖어 접힌 채 뒤척거릴 뿐, 적진의 군막들은 겨울 태풍에 모두 웅크리고 있는 듯 깊은 침묵 속에 빠져 있었다.

안중근과 7명의 특공 분대장들은 지휘본부를 기습공격하는 매뉴얼 대로 먼저 화공폭탄을 터뜨렸다. 지휘본부는 갑자기 폭파되면서 박살이 났고, 폭발음이 밤하늘에 천둥처럼 크게 울렸다. 그때부터 박석골은 지옥의 현장으로 바뀌었다. 크게 놀라서 군막에서 뛰쳐나온 동비들이 모두 혼비백산이 되어 달아나기 시작했다. 동학군들은 지휘부가 사라지는 순간, 명령체계와 소통이 끊어지고 각자도생으로 바뀌었다.

안중근의 예측대로 불과 한 시간이 못 되어 박석골의 야전 군막은 텅 비어버렸다. 신천 민병대 특공대들은 단 한 명의 부상자도 없이 완벽한 대승을 거두었다. 그들이 박석골 전투에서 거둔 전리품은 수백여 개의 화승총과 총포, 엄청난 탄약상자와 수백여 마리의 군마는 물론 동비들이 다른 군현에서 강탈한 군량미 1천여 포(5백 석)였다.

박석골 승전 이후, 관가에서 들린 소문에 의하면 서양 연발총으로 무장한 정체불명의 군사들이 군마를 타고 나타나서 엄청난 폭탄 공격을 가했다. 특히 붉은 갑옷을 입은 지휘관은 동에 번쩍 서에 번쩍하면서 마치 "하늘에서 내려온 홍의장군 같았다"는 말이 입소문으로 퍼졌다. 신천 의군의 박석골 승전은 국왕의 치하와 함께 안태훈은 황해도 소모관으로 임명을 받는 상훈이 내려졌다. 소모관이란 정부가 임시로 파견한 무관 직책의 하나로 개인적으로 사병을 집에 둘 수 있고 군사훈련도 시킬 수 있는 특권을 가질 수 있다.

바로 그즈음 안태훈은 해주 감사 정현석으로부터 "지금 해주성이 동비들에 포위되어 함락의 위기에 처해 있으니 안 진사의 신천 민병대에게 도와달라"는 청원서를 받았다. 본래 신천 민병대는 지역 안보를 위해 임시로 조직된 군사조직이다. 더구나 해주성 방어는 이미 국가 차원의 전쟁인 데다가 해주성 방어군에는 일본군도 포함되어 있고, 불가침 신사협정을 맺은 청년 김구의 팔봉 접주 부대가 참전 중이었다.

안태훈은 청년 김구와 군사 충돌을 하지 않기로 비밀평화협정을 맺어서 김구와 해주에서 맞설 수가 없다. 따라서 안태훈은 해주 감사의 두 번째 지원요청을 들어줄 수 없었다. 해주성 방어전은 이미 일본군 스즈키 소위와 40여 명이 참전하는 국가 간의 전쟁으로 확전된 상황이었다. 국가 간의 전쟁에서 군 단위의 민병대가 나설 일이 아니다. 일본군들은 둘로 나누어 해주성 동문과 서문의 방어를 맡았다. 김구의 동학군은 해주성 서문을 공격했지만, 일본군들은 레밍턴 연발 소총으로 무장하고 있어서 죽창과 칼을 든 동비들이 상대할 수가 없었다.

팔봉 접주 동학군의 서문 공격이 시작되면서 일본군의 최신 무기는 순식간에 전쟁의 승패를 갈라놓았다. 팔봉 접주 동학군의 선봉대가 레밍턴 소총과 폭탄 한 방에 자멸하면서 뒤따르던 동학군들은 앞을 다투어 탈영을 시작했다. 전쟁에서 최신 무기는 하늘을 찌르는 용맹과 전의를 순식간에 무력화시킨다. 팔봉 접주 김구는 패장이 되어 퇴각 도주할 수밖에 없게 되었다. 그는 동학군들의 은신처가 된 구월산에 도피해서 잠시 머물렀다. 관군들의 토벌 작전에 쫓겨 동지 정덕현과 야반도주를 했지만 미처 피하지 못한 동지들은 체포되어 모두 포청에 끌려갔다.

그 후 김구와 정덕현은 몽금포 근처에서 석 달 동안 은신하다가 다시 신분이 노출되어 황해도 안악군에 있는 패엽사로 잠입하여 삭발 위장하고 숨어 살았다. 그때 신천 민병대장 안태훈은 밀사 이창훈을 은밀히 패엽사로 보냈다.

"안 진사님께서 김 대장님을 모셔오라는 분부를 내리고 마필을 내어주셨습니다. 지금 청계마을에는 박은식, 고능선 선생이 대장님을 기다리고 계십니다. 어서 가시지요."

청년 김구는 이창훈 밀사의 당부에 거절의 뜻을 밝혔다.

"내가 패장이 되어 안 진사의 마을로 들어간다면 포로 신세가 되는 셈인데, 어찌 나를 잡아 가두려는 것이오. 지금은 얼굴 뵙기가 난처하니 형편이 풀리면 찾아가겠소."

그때 후배 동지 정덕현이 나섰다.

"형이 안 진사의 호의를 거절하는 이유가 너무 옹색합니다. 지금은 자존심을 내세울 때가 아닙니다. 어려운 상황에서 형이 그분과 맺은 비밀불가침협정을 의리로 지켜낸 진정성을 갖고 내미는 구원의 손길이니 거절하지 마십시오."

마침내 청년 김구는 정덕현의 말을 받아들여 안 진사를 만날 결심을 했다. 그는 패엽사에서 떠나면 더 발붙일 곳이 없었다. 청년대장 김구는 정덕현과 함께 텃골의 부모님을 찾아본 다음, 천봉산을 넘어 청계동에 도착했다. 아직도 청계마을 앞 망대산에는 포대가 설치되어 있었고, 신천 민병대의 경비는 삼엄하게 유지되고 있었다. 그들이 안 진사 집에 도착하자, 안중근이 먼저 뛰쳐나와서 반갑게 그들을 맞았다. 청년 김구는 17세의 안중근에게 먼저 승전의 치하를 전했다.

"자네가 박석골에서 홍의장군으로 명성을 날렸다는 소문을 들었네. 그 전투 경험이 훗날 자네에게 큰 도움이 될 걸세."

뒤미처 안태훈이 나와서 김구와 정덕현을 맞이했다.

"김 석사(벼슬 없는 선비의 존칭)를 찾아서 여러 곳에 사람을 보냈으나 안부를 몰랐다가 최근 패엽사로 가시어 위기를 면하신 줄을 알게 되었습니다. 지금은 이곳보다 더 안전한 곳은 없습니다. 불편하시겠지만 무리를 해서 모셨습니다. 지난번 저의 제안을 존중해 주셔서 불가침평화협정을 의리로 지켜주신 마음의 빚을 꼭 갚아드리고 싶었습니다만, 오늘 이처럼 청계동을 찾아주셔서 참으로 감사합니다."

청년 김구는 일부러 자신을 찾아준 안태훈이 고마웠다.

"별말씀을 다 하십니다. 적의 패장을 넓은 아량으로 받아주시니 뭐라 드릴 말씀이 없습니다. 저는 지금 게도 구럭도 다 잃은 화호유구(畵虎類狗, 자격도 없는 대장이 졸장부로 전락하다)와 다를 바 없이 되어 참으로 뵈올 면목이 없습니다."

"허어, 무슨 말씀이오. 성공은 실패와 좌절이 만든 걸작이란 말도 있지 않습니까? 젊은 나이에 큰 경험을 치르셨으니 앞날을 도모하는 데 힘이 될 것입니다."

이어 안태훈은 청년 김구를 감동시키는 말을 한다.

"일선아! 네가 당장 텃골로 가서 김 석사댁 노부모님을 이곳으로 모셔오너라. 갈 때는 신천 민병대 30명과 마을의 우마차를 징발하여 김 석사의 부모님과 가산을 하나도 빠짐없이 챙겨서 이곳으로 반입해 오도록 해야 한다."

청년 김구는 안태훈의 인정과 배려에 내심 놀랐다. 안 진사는 곧이어 청계동에 빈집 한 채를 내놓아 청년 김구가 부모를 모시고 편히 살 수 있도록 보금자리를 마련해주었다. 그때 청년 김구의 나이 20살이었고, 안중근의 나이 17살 때인 1895년 을미년 2월이었다. 훗날《백범일지》에는 그 당시 청계동 안태훈의 집에 머물던 시기에 청년 김구가 본 안태훈과 안중근 부자에 대한 당시의 추억을 기록한 대목이 나온다.

"안 진사에게는 세 아들이 있다. 장남 중근은 열일곱 살이었는데 상투를 틀고 자색 명주 수건으로 머리를 동이고 돔방총을 메고매일 사냥에 나섰다. 중근에게는 영특한 기세가 넘친다. 특히 수렵꾼 중에서 그의 사격술이 가장 빼어났다. 그는 날아가는 새를 백발

백중 맞출 만큼 뛰어났다고 들었다… 그 당시 안 진사는 빨간 두루마기에 머리를 땋은 중근의 동생 8살과 9살인 성근과 공근에게는 늘 글공부를 독촉했지만 중근에게는 한 번도 공부하란 말을 한 적이 없었다. 진사 어른의 품성은 누구에게나 소탈하고 겸손하고 친절했다. 양반에서 하인까지 그에게 호감을 가진 것은 물론, 분위기가 깨끗하고 빼어났다."

10

후쿠자와 유키치는 일본의 황실 숭배와 침략주의 국가관의 이론적 토대를 만든 사상가다. 그의 탈아론(脫亞論)은 말 그대로 일본은 미개한 아시아 국가들과 어울리지 말고 선진 문명을 이룬 서구국가들과 어울려 살자는 뜻이다. 당시 후쿠자와는 조선의 친일개화파들이 서투른 쿠데타(갑신정변) 실패로 인해 조선 대궐이 친중극우세력들에 의해 접수되어 개화파들이 혹독한 숙청을 당할 때도 조선의 상황을 비난하면서 조선인들을 개돼지로 싸잡아 욕설했다.

"마침내 조선의 경성은 인간 사바세계의 지옥이 되고 말았다. 지금 조선은 야만 국가라고 말할 수도 없다. 그저 개돼지와 요마악귀의 지옥이라고 말하는 편이 더 잘 어울린다. 나는 조선이 제발 일본의 속국이 되어달라고 빌면서 애걸복걸 매달려도 받아줄 마음이 전혀 없다. 조선은 하루라도 빨리 망하는 것이 정답이고 그것이 하늘의 뜻이다."

그는 청일전쟁 중에도 중국을 공개 비판하는 글을 썼다.

"중국인들은 장구벌레나 개돼지, 혹은 거지발싸개나 오합지졸에 불과한 존재들이다. 우리가 장구벌레나 개돼지를 죽이면서 죄의식을 느끼지 않는 것처럼 일본군은 어디서나 짱깨들을 죽이면서 죄의식을 느낄 필요가 없다. 특히 조선에 있는 청국군들은 한 명도 남기지 말고 몰살시켜라."

당시 조선학자들과 세계 지식인들은 《시사신보》에 실린 후쿠자와의 악마 칼럼을 읽고, 반인륜적 전쟁 광기에 사로잡힌 후쿠자와와 글을 게재한 일본 언론의 수준을 개탄했다.

1896년 여름, 진사 안태훈에게는 예기치 못했던 시련이 닥쳤다. 안중근이 구월산으로 사냥을 떠나고 없을 때, 청계동에는 한성 대감댁의 이속 두 사람이 찾아와서 안태훈에게 놀라운 말을 전했다. 지난해 동학군 도접주 원용일이 황해도 일원의 미곡 창고를 습격해서 탈취해간 쌀 1천여 포대(5백 석)가 있었다.

원용일은 그 쌀을 박석골에 지휘본부를 설치했을 때 동학군의 군량미로 썼다. 하지만 그해 12월의 눈 내리는 어느 날 밤, 원용일 동학군은 정체불명의 마적단 습격을 받고, 패주하면서 군량미들을 통째로 털렸다. 정부 관원들은 오랜 추적 끝에 일원의 미곡창에서 털린 군량의 행방을 밝혀낸 것이다.

"진사 어르신께서 동학난 때 지휘하시던 신천 민병대가 박석골에서 전리품으로 챙긴 쌀 포대들은 동학군들이 일원에서 탈취한 군량미로 밝혀졌습니다. 그 쌀 포대는 현 탁지부대신 어윤중 대감과 선혜청 당상 민영준 대감이 소유자이오니, 즉시 반납하시라는 말을 전하러 저희들이 온 것입니다."

안태훈은 그 말을 듣고, 어이가 없었다. 당시 동학군들로부터 전리품으로 탈취한 쌀 포대들은 이미 마을 사람들과 민병대에게 모두 분배 처분된 지가 꽤 오래되었다. 더구나 동학군에게 빼앗긴 쌀을 그들을 물리친 신천 민병대에게 반환을 요구하는 것은 번지수를 잘못 알고 찾아온 부당한 요구였다.

"쌀을 반환하라니오. 우린 박석골 전투에서 쌀 포대뿐만 아니라, 상당한 무기와 군마를 전리품으로 얻었소. 비록 그 쌀이 한성 대감들의 소유라고 해도 그 쌀은 본래 동학군들에게 빼앗긴 것들을 우리에게 반환하라고 하는 것은 말이 안 됩니다. 더구나 그 쌀을 오래전에 이미 마을 주민과 민병대들에게 분배해서 없어진 지 오랩니다. 대감들에게 돌아가서 그 쌀은 지금 한 톨도 남아 있지 않다고 전하시오."

안태훈은 그들의 요구를 단호하게 잘랐다.

"그래서 못 내놓겠단 말씀이시오?"

두 사람이 인상을 찌푸리며 불편한 심기를 드러냈다.

"그렇소."

"허! 쌀 포대 임자들이 누군지 알려드렸는 데도 말귀를 못 알아들으시고 그렇게 말씀하시다니. 우리야, 지금 들은 대로 전하면 되지만 뒤끝을 어떻게 감당하시려고 그러십니까?"

그들이 돌아간 후로 한동안 소식이 없다가 며칠 후에 한성의 대사간 당상관 김종한으로부터 급한 서신 한 통이 왔다. 안태훈은 서신을 읽은 다음 안중근에게 건네주었다.

"지금 대궐에서 탁지부대신 어윤중과 선혜청 당상 민영준 두 대신은 막대한 국고금으로 사들인 쌀 1천여 포대를 강탈당했다는 사실을 적시하고 자체 조사를 한 결과, 그 미곡들을 신천 민병대가 탈취해갔다는 사실을 포착했다고 합니다. 더구나 안 진사께서 그 미곡을 판돈으로 수천여 명의 사병들을 길러서 대역 음모를 꾸미고 있다는 모함을 합니다."

대신들은 거짓 음모로 안태훈을 반역죄로 몰아세웠다. 저들은 당장이라도 관군을 파견하여 안태훈을 체포하고 양곡들을 강제로 반납시키고, 안태훈의 사병들을 당장 해산시켜야 한다는 상소를 올렸다. 그 상소는 당상관 김종한이 상감에게 올리지 않고 자신이 손에 쥐고 있었다.

"자네가 서둘러 와야겠네. 내가 내막을 알아야 반론이라도 할 것이 아닌가. 대비책은 자넬 만난 후에 세우겠네."

안중근은 편지를 읽고 속으로 놀랐다. 어윤중은 별시 병과 출신의 온건개혁파로 김홍집 내각에서 병조와 호조 참판을 거친 강직한 원칙주의자다. 민영준은 민 왕후의 조카로 친중파 수구 세력의 거두였다. 그는 형조와 예조, 공조와 이조판서를 고루 역임한 대궐의 실세로, 당시는 미곡을 관리하는 선혜청 당상을 겸직하던 중, 동학군에게 쌀을 털린 것이다.

"지금 한성으로 가시려고요?"

안중근은 떠날 채비를 마친 아버지가 걱정이 되었다.

"당상관 어른의 긴급 호출이다. 위세 높은 두 대감에게 굽히지 않고 치고 나갔더니 대신들이 그 사건을 대역죄로 날조해서 날 옥방에 잡아넣겠다는 수작을 부리는구나."

안중근은 다시 곤경에 빠진 아버지를 한성까지 혼자 보내는 것이 마음에 걸렸다. 안태훈은 맏형 태진을 찾아 사태를 설명하고 일이 해결될 때까지 집을 비우겠다고 말했다.

"제가 응칠이를 데려가서 김종한 대감을 만난 후에 집으로 돌려보내겠습니다. 가족들에게는 일체 비밀로 해주시고, 제가 떠난 후라도 혹시 관군이 찾아와서 절 찾으면 제가 산포꾼들과 구월산 수렵에 갔다고 말해주십시오. "

"그래, 잘 알았다. 걱정 말고 잘 다녀오너라."

안중근은 아버지와 함께 마부가 골라온 두 마리의 힘센 필마에 올라탔다. 그들은 한성에 가서 대궐의 당상관 김종한을 별채에서 만나서 미곡 문제와 관련된 내막을 모두 밝혔다. 그 말을 다 듣고 김종한은 예상했다는 듯 고개를 끄덕였다.

"난세에 의군을 일으켜 공을 세우고 소모관이 된 공적을 치하하는 못 하더라도 쌀 포대를 핑계 삼아 대역죄로 모함하다니, 이번 일은 내가 두 대감과 담판을 지어볼 것이네. 자네는 이 사건이 해결될 때까지는 당분간 집에 들어가지 말게. 대신들은 힘으로 밀어붙여 자넬 잡아 가두려고 할 것이네. 마침 자네가 운이 좋아선지 대궐에 는 지금 금릉위(박영효)가 돌아오셨네."

안태훈은 그 말에 깜짝 놀랐다. 갑신정변의 주역들과 가족들이 모두 이 땅에서 초토화된 마당에 일본으로 망명했던 급진개화파의 거두가 살아서 온전히 돌아왔다니. 국왕이 박영효에게 그처럼 관용을 베푼 이유는 분명 일본 정부와 모종의 뒷거래가 있었을 것이다. 아니라면 갑신정변 때 모든 급진친일파 개혁 세력들의 목을 치고, 연좌제로 가족들까지 남김없이 처형한 적폐 세력의 두목을 어찌 살려두었을까.

"어려울 때마다 신세를 져서 면목이 없습니다."

안태훈은 지난 갑신정변 때도 직접 나서서 방패막이 되어준 당상관의 은혜를 잊을 수가 없다. 김종한은 늘 국왕의 곁에서 정책을 판단하고 결정해야 하는 주요 직책을 맡고 있어서 정치적 파벌에 휩쓸리지 않으려고 애쓰고 있었다.

"안 진사, 그런 말 말게. 자네 부친께서 우리 가족에게 베풀어준 은덕은 결초보은도 모자라네. 내가 자네와 저녁 식사라도 하는 게 도리긴 하네만, 민감한 시기에 남들이 알면 구설에 오를 것이니, 의례는 훗날로 미루고, 뒷문으로 어서 나가게."

안태훈은 김 대감과 헤어져 뒷문을 통해 은밀히 사라졌다.

동학 농민군들의 반란으로 혼란한 조선은 끝내 외세의 전쟁터가 되고 만다. 일본에 국권을 박탈당한 고종은 시름만 깊어가고, 내각 대신들의 정치적 반역과 부패는 하늘을 찔렀다. 그처럼 국내외의 혼란 상황에서도 대신들의 권력투쟁은 대들보가 썩는 줄 몰랐다. 그들은 반대 패당을 역모로 몰아 멸문지화(滅門之禍, 한 가족이 모두 화를 당함)를 일삼는 밀고와 무고를 끝없이 자행했다. 그들이 작당한 부정부패와 죄악의 뿌리는 세대와 세대를 거치면서 죄악의 뿌리를 남긴 결과, 조선의 재앙은 국가를 송두리째 흔들 정도로 적폐가 너무 컸다.

안태훈은 그날 밤 장남 중근과 남산골 청학동의 친구 이종래의 집 별채에 묵었다. 안중근은 이번에도 그런 일을 당하자, 세상 사람들과 어울려 속죄를 하기 위해 종현성당을 찾아가게 된 것이 우연이 아니라는 생각이 들었다. 안태훈은 아들과 함께 대젓골(인사동)의 좁은 골목길에서 벗어났다.

그 순간 계천(청계천)과 수표교가 나왔고, 그는 남산이 병풍처럼 배경을 두르고 있는 명례방골 터에 우뚝 솟은 서양식 건축물 종현성당(명동성당. 1896년 완공)의 종탑을 오랫동안 물끄러미 바라보았다. 안태훈은 십 년 전, 명례방에 은신했을 때 볼 수 없었던 종현성당의 웅장한 모습에서 새삼스럽게 위압을 느꼈다. 안중근 역시 처음 본 성당의 위용에 저절로 탄성이 터졌다. 종현성당에 도착해서 눈앞에 전개된 한성시를 내려다보았다. 멀리 삼각산(북한산) 북망봉과 도봉산과 수락산이 마주 보이고, 그 아래 구릉에는 한양도성의 낮은 지붕들이 오밀조밀하게 엎드린 모습이 한 폭의 족자처럼 펼쳐졌다. 특히 종현성당은 북한산 아래 조선 대궐인 경복궁과는 건물의 규모와 크기가 더 커서 대궐에서 크게 반발하는 것은 당연했다.

"어찌 명례방골 천주교 사당이 대궐보다 크고 높을 수가 있느냐. 저것은 국왕의 위세를 압도하여 왕권의 존엄을 능멸하고, 왕권의 위용과 기세를 꺾으려는 수작이 아니라면 한성 땅에 어찌 저런 무례한 사당을 세울 수 있겠는가. 당장 공사를 멈추고 첨탑을 없애지 않으면 공사 허가를 파기하겠다."

대궐에서 즉각 천주교 측에 성당 건축을 멈추라는 하명을 내렸다. 특히 명례방 터는 고종이 청백리 이조판서 윤정현에게 하사한 60칸 한옥이 있는데, 이를 허물고 그 땅에 서양식 사당을 지었기에 왕의 심기가 더 불편했다. 당시 조선의 대궐은 외세를 꺾을 만한 위세를 부릴 힘도 용기도 없었다. 결국, 고종은 금교령을 내리고 서양종교의 선교를 금지하는 것밖에 자신이 할 수 있는 일이 없었다. 그로 인해 종현성당은 4년 동안 공사가 중단되어 골조만 우뚝 선 흉물로 남게 되었다.

종현성당의 건설을 책임진 프랑스 외방선교회는 성당 건축지 옆에 붉은 벽돌로 서양식 건물 별채를 먼저 지은 후에 별관건물에는 주교관과 본당신부의 거처를 비롯한 별도의 천주교 교리학당을 개설하여 교육관을 따로 운영하기 시작했다. 지금 안태훈과 안중근이 찾아온 곳은 로마교황청 소속의 조선교구가 있는 주교관 별채 건물의 교육관 앞이다. 안태훈은 김종한 대감의 말대로 종현성당을 은신처로 삼았다.

"여긴 내가 앞으로 석 달간 머무르게 될 교리학당이다. 이종래 선생과 우리는 여기서 만나기로 약속했다."

안중근은 부친의 말을 듣고 내심 놀랐다. 전통적 유교 국가 조선에서 서학은 그동안 왕권으로부터 이단시되면서 강력한 탄압과 제재를 받아왔다. 지금 천주교는 종현동에 대성당을 짓고 있을 만큼 조선 정부가 천주교를 공식적으로 인정하고 있었지만, 아직도 조선인들에게 천주교는 사악한 서양 귀신을 섬기는 신앙이며 기괴한 학문이며 상식적으로는 이해가 안 되는 요설이었다. 천주학쟁이들 역시 사학죄인이자 대역죄라는 법의 굴레에서 한 치도 벗어나지 못했다. 그런 엄중한 상황에서 아버지가 조선 천주교회 주교관에서 운영하는 교리학당에 들어가겠다니, 말도 안 되는 일이다. 하필이면 아버님은 왜 이런 곳을 은신처로 정한 것인지 불만이었지만 프랑스 주교의 관할지역은 조선 관리들이나 일본 경찰도 성역처럼 마음대로 들어올 수 없는 곳이어서 아버지에게 안전한 은신처라는 생각이 들었다.

"아버님, 이곳에는 얼마 동안 머무르게 되십니까?"

"일단 들어가면 석 달은 수도승처럼 교리 공부만 집중해야 한다. 통제와 규칙이 엄격해서 옥살이나 다름없지만 난 어차피 은신처가 필요한 처지가 아니냐. 그렇다고 내가 반드시 신변안전을 위해서만 여길 선택한 것은 아니다. 나는 아주 오래전부터 인간과 이세상을 손수 창조하셨다는 하느님의 존재가 늘 궁금했었다. 어쩜 그 이유가 더 컸을 것이다."

바로 그 시간에 청학동 친구 이종래가 교육관에서 나왔다. 그는 아침에 안태훈이 보낸 시종의 편지를 받아 읽고 가장 먼저 명례방의 교리학당에서 개설한 여름학기와 교리강습회의 예상명단에 안태훈이라는 이름을 먼저 올렸다.

"아! 자네가 왔군. 서둘렀는데 수강생 접수 마감이 끝났더군. 좀 당황했는데 조금 전에 한 명이 수강신청을 취소하는 바람에 자네가 운 좋게 그 자리를 꿰차게 된 거네."

안태훈은 신청날짜가 너무 늦어서 안 될지도 모른다고 각오하고 있던 차에 그 말을 듣자 너무 기뻤다.

"잘 됐다. 혹시 네가 블랑 신부님의 옆구리를 찔러서 없는 자리를 억지로 만들어 낸 것은 아닌가 생각했다."

이종래는 그 말에 잠시 놀란다. 종현성당 교리학당에 안태훈이 피신했던 시기는 이미 11년 전의 일이다. 이종래는 당시 조선교구 7대 주교였던 블랑 신부의 말을 떠올렸다.

"안 형제님, 지금은 아니지만 머잖아 다시 여길 오게 될 것이오. 하느님의 손길이 형제님을 이곳으로 다시 인도하실 것이니 그리 아시오."

안태훈은 그 말이 떠오른 순간 등골이 오싹해졌다. 블랑 신부가 전에 했던 예언이 불쑥 떠올랐기 때문이었다. 당시 안태훈은 형조에 쫓기는 신세였지만 지금은 쫓기는 정도가 아니라, 삶의 갈림길에 선 위기 상황이다. 지금 그는 당상관 김종한이 두 대신과 어떻게 담판을 벌였느냐에 따라 생사가 달려 있는 것은 물론, 블랑 신부의 직감과 예언을 통해 운명의 파도를 타고 넘는 위기가 닥쳤다.

"자네한테는 미처 말은 못 했지만 블랑 신부님께서는 5년 전에 선종하셨네. 48살의 나이로는 지병을 못 이기셨지."

안태훈은 그 말을 듣고 깜짝 놀랐다. 사실 그는 명례방에 오면서 블랑 신부를 다시 만날 설렘에 부풀어 있었다. 그 희망이 순식간에 거품처럼 사라지면서 블랑 신부에 대한 연민의 슬픔이 솟구쳐 올랐다. 사람이 살아 있다는 것이 얼마나 속절없는가. 단지 어느 날 누군가를 다시 만날 수 있다는 것과 누군가를 다시는 볼 수 없게 된다는 것과의 차이만으로 죽음을 이해할 수는 없다. 안중근은 이종래 선생이 이승을 떠난 블랑 신부를 자신의 영적 공간의 현실로 불러내는 상상력에 큰 충격과 감동을 받았다. 안중근은 블랑 신부가 지금도 살아서 아버지를 교리학당에 넣어준 것이라는 확신이 들었다. 살아 있는 사람들은 끝없이 죽은 이들과의 영적인 교감을 계속 나누면서 살아야 한다. 천주교인들의 영적 공간에는 기도가 계속되는 한, 삶과 죽음도, 시간과 공간도 경계선이 없어 보인다. 그렇다. 그것은 마치 빛이 있어야 어둠이 있듯이, 보이는 현실은 보이지 않는 세상을 전제로 해야 그 존재가 가능해지는 이치와 같다. 그 순간 블랑 신부는 그 자리에 존재하고 있었다는 생각이 들었다.

"응칠아, 인사드려라. 이 분이 청학동 진사 어른이시다."

안중근은 아버지의 말에 고개를 숙였고, 그때서야 이종래는 놀라는 기색이 역력했다. 해주에서 다섯 살 때 본 적이 있던 소년 안응칠을 지금 몰라보는 것은 당연했다. 18세의 늠름한 청년 안응칠의 모습에서는 소년 시절의 흔적을 찾아볼 수 없었다. 모든 청년에게 소년 시절은 그들의 전생에 해당된다. 마치 나비가 탈바꿈하기 전의 애벌레를 모르듯이.

옥호루 1895년 여름

11

　한성의 주한 러시아공관에는 프랑스 알자스 로렌 출신의 마리
앙투아네트 손탁(Marie Antoinette Sontag, 32세)이 근무하고 있다.
그녀는 1885년 10월, 여동생의 남편 카를 이바노비치 베베르가 주
한 러시아 총영사로 부임하면서 전속 통역관 자격으로 왔다. 그 시
기는 청일전쟁이 끝나고 조선은 사실상 일본에 의해 국권이 장악
된 상황에서 김홍집의 친일 허수아비 내각이 유지되고 있었다. 물
론 한성의 정동지역에는 미국, 영국, 러시아 등 해외 공관들이 몰
려 있었다.

　1892년 6월, 한성 주재 해외외교관들은 '정동클럽'을 결성했다.
미국 공사 실, 프랑스 영사 플랑시, 조선 정부의 미국 군사고문 다

이와 리젠드르, 기독교 선교사 언더우드 아펜젤러와 고종의 반청 자주외교 정책을 지지하거나 해외 체류 경력이 있던 조선 외교관들과 유학생들이 대거 정동클럽 회원으로 참가했다. 초대 주미 전권공사의 수행원 박정양을 비롯하여 이완용, 이채연, 이하영, 갑신정변 때 해외로 망명했거나 해외 유학 후 귀국한 서광범, 윤치호, 친러파 대신 이범진, 이윤용, 민영환, 민상호 등 15명의 반일 친미 친러파 세력들도 정동클럽의 회원이었다. 그들의 회합 장소는 손탁의 사저가 되었고, 그녀의 집은 외국인들의 사교 중심지가 되었다.

서구 국가들과의 외교조약은 대부분 정동에서 체결되고, 각종 회의와 만찬과 접대가 정동에서 이루어졌다. 조선 왕실에서는 카를 베베르 영사가 추천한 러시아공관의 통역관 손탁을 왕실의 외국인 담당 궁내부 소속 전례관으로 임명했다. 외국 귀빈들이 대궐을 방문하면 궁중 만찬과 연회를 주관하고, 각국에 맞는 예절과 절차를 갖추었고, 외국 귀빈들의 식탁에는 자주 서양 요리를 올렸다. 그 외에도 손탁의 주요 업무는 자주 고종과 왕비를 영빈관에 초대하여 서양식 어찬과 가배차(커피)를 대접하며 친교와 우정을 나누는 일이었다. 특히 고종이 창덕궁에서 경복궁 건청궁으로 거처를 옮길 때, 손탁이 직접 중궁전의 실내와 침방과 주방을 서양식으로 인테리어를 바꾸어 중궁(민 왕후)의 마음을 사로잡았다.

그 이후로 중궁과 손탁은 수시로 접견할 기회가 많았다. 민 왕후는 손탁으로부터 서양의 역사, 문화, 음악, 미술은 물론 화장법에 이르기까지 다방면으로 배우는 것은 물론 그녀와 긴밀한 대화의 폭을 넓혀갔다. 중궁은 큰 상궁의 17살 된 조카 딸 주희를 손탁의 전속 하전(시녀)으로 삼아 중궁과 손탁 간의 연락과 시중을 들게 했다. 그래서 손탁은 주희를 자신의 집안에 두고 친딸처럼 각별하게 보살폈다. 손탁은 주희에게 조선말을 배워 내전에서 왕비와 소통이 자유로워졌다.

한편 손탁은 주희를 가까운 서원에 보내어 한문 공부를 시키고, 동시에 언더우드 학당에서 영어와 불어를 가르쳐 정동의 외교관 자녀들과 잘 소통할 수 있게 했다. 그 후에 손탁은 궁내부 소속 의전관이 되면서 주희의 역할도 더 커졌다. 어느 날 왕비는 손탁에게 자신의 속내를 털어놓는다.

"손 관장, 주상께서는 오랜 청국의 강압에 시달리면서 주권을 지키느라 온갖 마음고생을 다하셨소. 이어 청일전쟁이 끝나서 이젠 좀 내정간섭으로부터 자유로워지나 싶었는데, 이번에는 더 독한 상전을 만나서 잠시도 마음이 편할 날이 없이 살고 계신다네. 특히 일본 정부는 내가 러시아 외교관들과 가깝게 지내고, 손 관장과 친밀한 것을 경계하며 아주 못마땅히 여기고 있다는 걸 아시는가? 이런 말은 아무에게도 하소연하지 못하고 혼자 냉가슴만 앓고 살아야 하네만, 자네라도 있어서 속내를 털어놓을 수 있는 것이 여간 기쁘지 않네. 그러니 내가 이런 푸념을 하는 나를 이해해주게나."

손탁은 중궁의 심정을 누구보다 잘 이해하고 있었다.

"저도 최근 조선의 기구한 역사를 알고 놀랐습니다. 제 조국 알자스 로렌도 처음에는 로마제국의 지배를 받다가, 그 후 독일에 접령당했고, 다시 프랑스로 국적이 바뀌는 험난한 국난을 겪고 살아온 터라, 제가 강대국들의 틈에 끼어 살고 있는 조선의 아픔을 누구보다 잘 이해하고 있습니다."

"아! 자네 조국도 그런 역사가 있었군. 자네도 잘 알겠지만, 최근 조선은 일본의 내정간섭이 지나쳐 대궐은 물론 백성들까지도 시련과 고통을 당하고 있다네. 최근 일본 총리 이토는 청일전쟁 이후에 조선과 러시아의 관계를 지나치게 의심하여 군 출신 미우라를 일본 공사로 조선에 파견하여 대궐을 압박하고, 사사건건 트집 잡는 등 징후가 심상치않네."

손탁은 중궁의 말에 고개를 끄덕였다. 일본이 러시아와 전쟁 준비를 한다는 소문은 이미 러시아에 파다하게 퍼진 지 오래되었다. 왕후는 일본이 전쟁을 위해 조선과 러시아의 밀월관계를 파탄 낼 모종의 빌미를 꾸밀 것이라는 소문을 듣고 있었다. 손탁은 민 왕후가 일본의 대한정책과 동향에 대해 민감하게 의식하고 반응하고 있다는 것을 알았다.

"손 관장, 우리 주상께서 대궐의 호위 무관직 장교 두 사람을 러시아로 은밀히 파견할 계획을 하고 있네만, 혹시 러시아 해군함대가 제물포항을 떠나 본국으로 갈 때, 두 사람이 승선할 수 있는지 은밀히 알아봐 줄 수가 있겠는가?"

"중궁마마, 그 일은 제가 알아보겠습니다. 저는 러시아공관 소속이오나, 조선 왕실 소속 관인이기도 합니다. 중궁마마께서 제게 부탁하실 일은 어려워하지 마시고 말씀해주신다면 제가 힘닿는 데까지 돕겠습니다."

중궁은 이미 고종의 하명으로 정동 29번지 왕실 소유의 가옥과 토지 1천여 평을 손탁에게 공식적으로 하사했다. 그동안 손탁이 조선 왕실을 위해 도움을 준 큰 외교적 공로를 치하하는 특별한 배려였다. 고종이 손탁에게 하사한 땅은 지금 그녀가 살고 있는 정동의 집터였다. 손탁은 자신의 사저가 된 땅에 조선에 체류 중인 러시아 건축기사 사바틴에게 설계를 맡겨, 방이 5개가 있는 한옥 한 채를 짓고, 내부를 서양식 인테리어로 꾸며 조선 최초의 호텔을 개업했다. 물론 손탁빈관은 조선 대궐을 찾아온 해외 귀빈의 숙박시설을 위한 영빈관으로 운영되고 있지만, 한편으로는 고종의 은밀한 정치 회의나, 대궐 소속의 비밀정보 요원들이 항일 극비 아지트로 사용할 수도 있도록 허용했다. 손탁은 민 왕후가 부탁한 대로 러시아함대의 승선 허가권 두 장을 주희 편에 보내주었다.

러시아해군 함정은 1895년 10월 7일 새벽 6시에 제물포항을 출발할 예정이었다. 러시아 총영사 카를 베베르는 중국의 베이징과 텐진 공관을 거쳐서 전권대사 자격으로 한러통상조약(1884년)을 체결한 다음 해에 주한 러시아 총영사로 취임하였다. 그는 청일전쟁 직후, 러시아의 동맹국 프랑스와 독일 세 국가를 주도하여 일본군을 뤼순항에서 외교력으로 철수시킨 뛰어난 전략가였다. 그로 인해 주한 러시아 영사 베베르는 일본 정계에서 눈엣가시 같은 존재가 되었다.

베베르는 미국인 의료선교사 알렌과 친분이 깊었을 뿐만 아니라, 조선 대궐의 협판내부 부사직이었던 최초의 미국인 자문관 리젠드르를 통해서 민 왕후에게 러시아와 관련된 외교 문제들을 건의하도록 청한 적이 있었다.

"조선은 러시아의 극동 국경 지역 연해주와 긴밀한 협력관계를 가져야 합니다. 러시아는 중국이나 일본처럼 조선의 자주독립을 반대하거나 내정간섭을 하지 않고, 조선의 안보와 왕권을 지키는 데 최선을 다해 협력할 것입니다."

그것이 주한 러시아 영사 베베르의 대한 외교정책의 슬로건이었다. 그 당시 조선을 강압적으로 지배 관리하려는 청국이나 일본과는 달리 선린외교정책을 표방하는 러시아가 고종에게는 신선한 신뢰를 주었다. 따라서 베베르와 손탁으로부터 정치적 자문을 듣던 민 왕후는 대외정책의 방향 전환을 심각하게 고민하면서 고종의 외교정책을 설득하기 시작했다.

"주상 전하! 우리가 일찍이 미국과 러시아 같은 서구 강국들과 외교 관계를 소홀히 한 결과, 조선은 청국과 일본의 굴욕적인 지배 정책을 인내해야 하는 결과를 가져왔습니다."

민 왕후의 말에 고종은 고개를 끄덕였다.

"맞는 말이오. 과인은 이제 서구 강국들과 자주적 외교 관계를 강화하여, 조선의 외교 안보를 지킬 작정이오."

마침내 고종의 외교적 방향은 달라졌다. 세상은 넓고 강국은 많다. 이제 우물 안 개구리처럼 친중 친일의 편 가르기 외교를 끝내고, 오랜 관행이었던 편견의 벽을 부수고 미국과 러시아로 눈을 돌리자, 고종에게는 청일을 견제할 수 있는 외교적인 패들이 보이기 시작했다. 그와 함께 일본 정부는 조선 역시 러시아를 비롯한 서구 열강들과 다자 외교의 포석이 넓어졌고, 여러 국가들이 매사 견제와 간섭이 심해져서 조선을 예전처럼 맘대로 부릴 수 없다는 것을 깨달았다.

더구나 일본 정부가 조선 대궐에 심어놓은 박영효 역시 예전처럼 고종 앞에서 떵떵거리지 못했다. 박영효는 일본 공사 이노우에 가오루의 부탁으로 고종에게 배반의 원죄를 사면받은 탓에 여전히 조선 대궐에 목덜미가 잡혀 있었다. 아니었다면 그는 갑신정변의 동지들처럼 참수형을 당했어야 했다.

대원군의 고종 폐위 쿠데타 음모가 적발되었을 때, 박영효는 김홍집의 반대에도 대원군의 장손 이준용을 구속하고 재판에 부친 것은 고종의 어명을 거절할 수 없었다. 결국, 고종은 이준용을 사형 대신 귀양 보내고, 대원군을 가택 연금시키는 솜방망이 처벌에 그쳤다. 그 사태로 김홍집, 김윤식, 어윤중이 책임을 지고 내각에서 물러나면서 사실상 친일내각은 붕괴를 맞았다. 그 순간 민 왕후는 기회가 왔다고 판단하고 빠른 정치감각을 발휘하여 왕권회복에 강한 승부수를 던졌다.

"상감마마, 지금이 기회입니다. 어서 빨리 전하께서 직접 나서서 내각을 친정체제로 바꾸셔야 합니다."

고종은 왕비의 대담한 제안에 놀랐다. 비록 친일내각은 무력화되었지만, 조선의 국권은 여전히 일본 공사 이노우에의 손아귀 안에 있지 않은가. 그런 엄중한 상황에서 국왕의 친위내각이 가능한가? 고종의 망설임은 당연했다.

"중궁, 지난번 미국인 리젠드르 협판을 과인의 소관대로 임명했더니 이노우에 공사가 난리를 쳤는데 그게 되겠소?"

그러나 민 왕후는 고종보다 더 현실적이고 공격적이다.

"상감마마, 지금은 그때와 형세가 다릅니다. 청일전쟁 직후에는 이토가 청국을 압도하면서 목청을 크게 높였지만 지금 일본은 러시아의 눈치를 보는 상황입니다. 외교란 국력을 앞세우는 일이지만 지금 우리에게는 러시아와의 친교가 유리한 형세입니다. 이토가 예기치 못한 내각의 붕괴로 당황하고 있을 때, 상감께서 공세적으로 나서서 친정체제로 바꾸어버리면 이토 역시 당장은 어쩌지는 못할 것입니다."

민 왕후의 판단과 결단이 순발력을 발휘하는 순간이었다. 역시 왕비의 전략은 적중했다. 이토와 이노우에는 일본이 러시아의 엄포에 뤼순항을 내놓은 후부터 조선에서 일본의 위상은 러시아의 등장으로 갑자기 패전국이 된 것 같은 싸늘한 분위기로 바뀌었음을 알았다. 친일파 내각이 무너진 것도 사실상 그 탓이 컸다.

"지금 조선의 대신들은 걸핏하면 러시아나 프랑스 공관으로 달려가서 일본의 조선 강압 정책을 규탄하고 비판하는가 하면 외국 공관들은 일본 정부를 향해 부당한 압박을 하지 말라고 경고하는 지경에 이르렀습니다. 특히 조선 정부는 예전의 중국 대신 러시아를 종주국으로 여기는 분위기가 감지되고 있는 형편입니다. 이젠 조선에 대한 우리의 전략을 획기적으로 바꿀 때가 되었습니다."

주한 일본 공사 이노우에는 본국의 무츠 외무대신에게 조선의 현 상황을 밀서로 보고하고, 곧바로 휴가를 얻어 한성을 떠나기 전에 박영효를 은밀히 만나서 깊은 밀담을 나누었다. 그때 박영효는 이노우에를 향해 충성을 약속하며 말했다.

"공사님께서 일본에 체류하시는 동안 제가 특단의 조치를 써서 내각을 반드시 친일파의 흐름으로 바꾸어 놓겠습니다. 저도 이대로는 조선에서 행세하고 살 수가 없습니다. 절 믿어주시고, 제가 직접 지휘할 수 있는 일본 군경들을 선발해서 제게 맡겨두고 떠나십시오."

박영효는 이노우에 공사에게 수수께끼 같은 비장한 말을 남기고 심야의 회동을 마쳤다.

12

1895년 5월 10일, 고종은 왕후의 제안을 받아들여 국왕의 직권으로 새 내각명단을 전격 발표한다. 총리대신은 김홍집에서 박정양으로 바뀌고, 개화파 박영효만 내무대신에 유임시켰을 뿐, 내각에서 친일개화파의 색깔이 완전 제거된다. 박영효는 친일파들이 대거 빠지는 최악의 사태를 막아보려고 왕후를 시해하려는 음모도 꾸몄지만, 그마저도 내부 밀고로 좌절되자 급히 일본으로 달아나 버렸다. 그것으로 일본의 조선 지배정책은 단숨에 수포로 끝나고 만다. 일본은 곧이어 주한 일본 공사를 육군 예비역 중장 미우라 고로로 바꾸었다. 일본의 왕실 고문으로 군부 강경파 출신을 조선 공사에 임명한 것은 대조선 강경정책으로 전략이 바뀌었음을 뜻한다. 1895년 여름이 되자, 일본은 먼저 대러시아 강경정책으로 돌아섰다. 그해 7월, 주한 러시아 영사 카를 베베르가 본국 정부로부터 멕시코 공사로 발령을 받았지만, 고종은 러시아 황제 차르 2세에게 서신을 보내어, 베베르의 조선 주재 영사직 임기를 2년 더 연장시키는 파격적인 외교력을 발휘했다.

그로 인해 러시아의 조선에 대한 영향력이 막강해지면서 고종의 일본 정부에 대한 발언 수위도 대담해졌다. 그 이후로 조선의 내각은 친러파 대신들이 속속 등용되었고, 일본의 조선에 대한 영향력은 급락하기 시작했다. 조선에서 고종의 신임을 받고 국왕의 보좌 관직을 수행하던 미국 선교사 호머 헐버트는 훗날 저서《대한제국의 멸망사》에서 한일관계를 이렇게 쓰고 있다.

"일본은 조선 지배를 두고 온건파와 강경파로 갈려 있었다. 주한 일본 공사 이노우에 카오루의 대조선 유화정책이 실패한 배경에는 러시아가 조선의 정치무대에 전면 등장했기 때문이다. 일본의 조선에 대한 극단적인 무력지배를 지지하는 군부 강경파 미우라 고로가 주한 일본 공사로 대체된 것은 조선에서 친러세력의 중심인물인 중궁전의 세력을 늦기 전에 무력을 사용해서라도 끌어내야 한다는 절박한 상황 탓이었다."

마침내 일본 황실의 초헌법 기구 7인 회의에서 강력한 대조선전략이 나온다. 곧이어 미우라 고로는 조선 공사로 부임하기 전 전직 중의원이자 정치소설가 시바시로를 작전참모로 포섭한다. 시바시로는 강경 우익세력 '천우협'의 다케다와 함께 조선의 동학전쟁에 참가했던 겐요샤 소속 스키나리를 작전에 끌어들였다. 다케다는 다시 친분이 깊은 조선인 이주회를 포섭하는 데 성공한다. 이주회는 조선 대궐에서 무과에 급제한 대원군의 심복 중 한 명이다. 일본 공사 미우라 고로는 1895년 8월 19일 저녁에 조선 대궐을 공격하여 친러세력의 핵심 민 왕후를 시해하기 위해 모인 특공대원들이다.

그 작전에 참전한 일본의 우익세력 중에는 조선에서 발행되는 일본 신문《한성신보》사장 아다치와 편집장 고바야카,《근대조선사》를 쓴 기자 출신의 저술가 기구치, 주한 일본 공사 서기관 스기무라, 하버드대 출신의 중의원 작가 시바시로, 도쿄대 법학부 출신의 호기쿠치, 조선 궁내부 정치고문 오카모도와 공사관 무관 포병 중좌 구스노세, 조선의 훈련대 대장 우범선, 이두황, 이진호 3인방이 있었다. 그들은 모두가 여우사냥에 투입될 전사들이다.

바로 그 시간에 대궐의 건청궁에서는 고종과 중궁이 이별의 시간을 갖는다. 고종은 대궐에서 파견한 첩보원으로부터 일본공사관에서 가진 비밀 작전회의 내용을 시시각각 보고받고 있다가 마침내 왕후의 출궁 시기가 닥쳤다는 것을 알았다.

"중전, 이번에는 국망산이 아니라, 바다 건너 먼 이국땅이지만 그 길이 가장 안전하니 마음이 아프더라도 서로 잘 참고 견디길 바라오. 사태가 바뀌면 곧 환궁 조치를 하겠소."

고종의 목소리는 목이 메어 침울하기만 하다.

"전하, 저 하나 희생으로 조선의 사직이 안전하다면 무슨 일인들 마다하겠습니까. 단지, 위중한 시기에 전하와 떨어져 있는 동안 사직이 행여 잘못될까 심히 걱정이옵니다. 지금까지 늘 그래왔듯이 국난의 시련을 지혜롭게 극복하여 편한 마음으로 재회할 수 있기를 천지신명에 빌겠습니다. 상감마마 부디 오래오래 강건하시옵소서."

고종에게 예를 갖춘 후에 중궁은 돌아서서 건청궁 사랑채를 향해 바삐 걸어 나갔다. 고종은 차마 왕비의 뒷모습을 보지 못하고 눈을 지그시 감았다. 고종의 뺨에는 눈물이 흘러내렸다. 옥호루에서 나온 중궁의 옷차림은 봉황무늬 초록색 비단으로 지은 예복용 당의를 입고, 머리에는 쓰개치마를 둘러썼다. 달빛이 비치는 깊은 밤에 앞서 길을 안내하던 안 상궁의 손에는 등불도 들려 있지 않았고, 뒤따르는 궁녀도 없었다. 이미 내명부의 지시로 궁녀들에게는 철통같은 출입금지가 내려졌다. 경복궁 곤녕합 행랑채와 마당도 궁녀들의 이동 역시 금지되었다. 건청궁의 관문각에서는 러시아 건축기사 사바틴과 미국인 군사고문 윌리엄 다이 장군과 군사교관 닌스테드의 궁궐 수비 위치가 바뀌었다. 대궐 안은 삼엄한 침묵이 내려앉았다. 중궁과 안 상궁은 옥호루 뒤편 집옥채를 지나 신무문으로 발길을 옮겼다.

신무문을 나가기 직전에 중궁은 발길을 멈추었고, 안 상궁은 허리를 깊이 굽힌 채, 흐느꼈다. 그녀는 궁녀로 입궁한 긴 세월 동안 단 하루도 중궁의 곁을 떠난 적이 없었다. 임오군란 때 중궁이 대원군을 피해 국망산에 은신하는 동안에도 안 상궁은 중궁마마의 곁을 굳건히 지켰다.

"마마, 이제 가시면 언제 돌아오시는 것이옵니까?"

중궁 역시 뺨으로 눈물이 계속 흘러내린다.

"안 상궁, 이 몸은 주상에게 세상을 하직하고 지금 관 속으로 들어가는 길인데 내가 무슨 할 말이 있겠나. 내 목숨은 이미 하늘에 맡겨두었으니, 누구와 어떤 약조도 할 수가 없는 신세가 되었네. 더구나 대궐에서 장례를 두 번이나 치렀던 내가 무슨 할 말이 있으며, 무슨 억장이 그리 깊어 다시 환궁을 할 수가 있겠는가. 나 그곳에서 죽거든 주희를 통해 유골 몇 조각을 보낼 터이니, 내 고향에 잘 묻어주시게. 자네한테 받은 그간의 은혜는 이 세상에서 갚을 길이 없네만, 혹여 저세상에서 우리 다시 만나거든 그때 다시 회한을 풀기로 약속을 하세."

중궁은 안 상궁의 손을 한 번 꼭 부여잡은 후에 눈물을 글썽이며 이내 돌아섰다. 바로 그때 관군 한 명이 신무문 안으로 뛰어들었다. 홍계훈 장군의 부하 장수들이 신무문 앞을 경비하고 있던 일본군 몇 명을 순식간에 해치우고 급히 입궐을 서둘렀다.

"중전마마! 홍 장군께서 기다리고 계십니다."

중궁은 재빨리 신무문 밖으로 뛰쳐나갔다. 홍계훈 장군은 두 필의 말을 준비하고 궁 밖에서 대기 중이었다. 지난 임오군란 때 구식 군대들이 대원군의 지시를 받고 중궁전을 습격했을 때도 중궁은 궁녀복으로 변복하고 홍계훈 장군의 등에 업혀 궐 밖으로 피신하여 겨우 목숨을 구한 적이 있었다. 홍계훈은 중궁을 말 위에 태운 후에 자신도 말 위에 뛰어올라 앞장서서 달렸다. 말은 깊은 어둠 속으로 황망히 사라졌다.

다음 날 1895년 8월 20일, 건청궁과 옥호루 문 앞에는 조선군 훈련대의 군복으로 위장한 40명의 일본군이 무기를 내려놓고 정렬한 채 서 있었다. 훗날 옥호루 앞마당에 있었던 주한 영국 영사 힐리어와 러시아 건축기사 사바틴의 증언에 의하면 "조선군 훈련대원들 중에 옥호루에 있었다고 증언한 조선군은 아무도 없었고, 사복 차림의 일본군들만 현장을 지휘하고 있었다"라는 사실이 밝혀졌다. 사바틴과 미군 훈련관 다이 장군은 옥호루 앞에서 일본 자객들에게 폭행, 감금되었다.

경복궁 북쪽 건청궁은 국왕의 휴식을 위한 별궁이어서 다른 대궐과는 달리 사대부 집처럼 지은 일반 저택이다. 그 규모는 양반들에게 허용된 99칸 한옥의 두 배 반도 더 되는 250칸 한옥이다. 내부에는 국왕이 거처하는 사랑채가 있고, 왕비의 집무실이 있는 곤녕합이 따로 있다. 곤녕합의 부속건물인 옥호루에는 중궁의 별도 침실이 있다. 일본 자객들은 건청궁의 안채 문을 부수고 들어갔다.

한편 새벽 3시에 광화문을 경비하고 있던 당시 홍계훈은 훈련대가 무장출동을 한 후에야 병력출동을 보고 받았다. 홍계훈은 잔류병력 1개 소대를 이끌고 경복궁으로 가서 군부대신 안경수에게 긴급사태를 알렸다.

우범선과 이두황의 명령을 받고 움직이던 훈련대 중대는 군부대신과 훈련대장 중 어느 쪽 지시를 받을지 몰라 당황했다. 당시 왕비 시해 공격조였던 일본 육군 사령관 야마가타가 쓴 《조선 왕비 시해 사건》에는 홍계훈의 광화문 방어상황을 이렇게 기록하고 있다.

"당시 광화문 경비군은 대원군의 입궐을 돕는 고이토 대위가 지휘하고 있었다. 홍계훈이 칼을 빼 들고 달려들자, 고이토는 권총을 쏘았지만 불발이었다. 그 순간 홍계훈은 고이토 뒤에서 쏜 일본군 총에 맞아 쓰러졌다."

고종과 중궁의 충신 홍계훈은 일본 장교가 쏜 총탄에 맞아 그 자리에서 전사한다. 격분한 훈련대들이 일본군에 총격을 가하려고 했지만, 양군 사이에는 충돌이 없었다. 일본군 자객들은 그 시간에 이미 대원군을 호위하고 건청궁의 장안당에 진입했다.

일본 자객들은 모두 흩어져 건청궁 안의 모든 방을 샅샅이 수색하며 총을 마구 쏘아대며 고종에게 중궁의 거처를 물었다. 고종은 자객들의 말에도 입을 다물고 의연하게 상대조차 하지 않았다. 자객 한 명이 국왕의 어깨를 잡아 의관을 찢고, 긴 일본도를 왕의 코끝에 대고 험악한 표정을 지으며 협박을 했지만, 고종은 일체 반응도 하지 않았다.

13

일본 자객들은 모두가 깊이 잠든 이른 새벽에 조선 대궐을 기습했지만, 중궁은 흔적도 찾지 못했다. 일본 자객 중의 한 명인 구니토모는 통역관 스즈키를 데리고 건청궁에 들이닥쳐 궁녀들을 한 명씩 붙들고 중궁이 어디 있느냐고 다그쳤다. 궁녀들은 이미 모두 버워리(벙어리의 옛말)가 되어 있었다. 물론 어떤 일본 자객도 사전에 조선 왕후의 얼굴이나 사진, 혹은 그림 한 장도 본 적이 없다. 더구나 건청궁 대청에 모아 놓은 1백여 명의 궁녀들은 하나같이 흰 치마저고리에 묶은 머리 모양을 하고 있었다. 모든 궁녀들은 왕후의 목숨을 구하기 위해 일사불란하게 움직였다. 일본 자객 38명은 중궁을 알아볼 수도 없고, 중궁이 어디 있는지 알 수가 없는 것은 당연했다.

궁녀들은 일본 자객들이 무슨 말을 물어도 고개를 절래절래 흔드는 시늉으로만 일관했다. 결국 자객들은 왕비를 자신들의 눈으로 식별하고 판단할 수밖에 없다. 일본 자객 한 명이 상궁 나인의 목에 칼을 대고 눈을 부릅뜨며 조선어 통역관을 통해 왕비의 행방을 물었다. 그때 상궁 나인은 조선어 통역관에게 장안당 대청마루 동쪽으로 난 통로를 가리켰다.

"중궁전께서 곧 오시겠다는 말씀을 남기시고 저쪽 문으로 나가셨습니다. 제가 아는 것은 그게 전부입니다."

그 순간, 통역관 스즈키가 상궁 나인의 말을 통역했다.

"저쪽에 곤녕합이라는 중궁의 별채가 따로 있고, 옥호루라는 왕비의 침전도 따로 있답니다."

그 말이 떨어지자 세 명의 자객들이 부리나케 장안궁에서 곤녕합으로 통하는 좁은 길목을 향해 달려갔다. 곤녕합 앞에는 일본 경비가 지키고 있었다. 일본 경비는 아무도 이곳으로 온 적은 없고, 지금까지 곤녕합으로 들어간 궁녀는 소주방 나인 한 명밖에 없다고 말했다. 여우사냥 총지휘자 일본 공사 미우라는 초조하기 시작했다. 여기저기서 일본 자객들의 불평이 터져 나왔다. 그들은 미우라 고로가 작전 개시 전에 한 말을 떠올렸다.

"이번 작전이 실패하면 일본제국군의 동아시아 전략은 차질을 빚게 된다. 오늘 특수부대들의 여우사냥 작전은 러일전쟁의 전 단계나 다름없다. 반드시 성공해야 한다. 만일 중궁을 찾지 못하면 없는 중궁을 만들어 내서라도 이번 여우사냥 작전의 성공을 세상에 알려야 한다. 알겠는가?"

일본 자객 세 명이 머리를 맞대고 한동안 소곤대며 작전을 숙의하기 시작했다. 자객들은 무겁고 진지하고 엄숙했다.

"곤녕합과 옥호루에서 여우를 찾지 못하면 미우라 고로가 책임을 져야 한다. 최선을 다했지만 엉뚱한 곳에 그물을 쳤다면 누굴 탓하는가. 당장 중궁을 만들어 내야 한다. 시간이 없다."

그들은 모의를 끝내고, 일본군 경비에게 말했다.

"소주방 나인을 잡아 족치고 답이 안 나오면 궁녀 중에 그럴듯한 애들을 골라서 왕비의 목을 대신하라."

마침내 세 명의 일본 자객들이 옥호루의 방문을 벌컥 열었다. 그 순간 조선의 궁내부대신 이경직이 방에서 뛰쳐 나왔다.

"네 놈들이 감히 여기가 어딘 줄 알고…."

이경직이 칼을 빼들고 달려든 순간, 일본군 소위 미야모토가 권총의 방아쇠를 당겼다. 궁내부대신이 총을 맞고 쓰러졌다. 그가 다시 일어나려는 순간, 자객 하라야마와 이와히코가 궁내부대신의 목을 향해 칼을 휘둘렀다. 이경직은 다시 쓰러졌다. 그때 일본군 경비병이 구석에 몸을 감추고 있는 궁녀를 가리키며 "저… 저기, 소주방 나인이 있습니다" 하고 외쳤다. 그 순간 자객들은 소주방 나인을 포함한 궁녀 셋을 방 가운데로 마구 끌어냈다. 마침내 자객들은 서로 눈짓을 교환한 후에 궁녀를 하나씩 맡아서 일본도로 세게 내리쳤다. 그들이 쓰러지며 흘린 피가 흰 치맛자락을 붉게 물들며 바닥으로 흘러내렸다.

몇 번 몸을 들썩이던 세 궁녀가 숨을 거두자, 의녀가 방안으로 뛰어 들어왔다. 의녀는 소주방 나인을 방바닥에 반듯이 눕히고, 이불 홑청을 얼굴에 덮고 무릎을 꿇었다. 자객들이 통역관 스즈키를 시켜 대기 중이던 안 상궁을 불러들였다.

"중궁마마께서 방에 누워계신다. 들어와 확인하라!"

안 상궁이 부들부들 떨면서 방안에 들어갔다. 방바닥에는 피가 홍건하게 흘렀다. 안 상궁은 손으로 이불을 슬며시 들어 올려 죽은 나인을 침착하게 살핀 후에 잠시 눈을 감았다가 뜨더니, 홑이불로 얼굴을 가리고, 뛰쳐나가 울부짖었다.

"아이고! 중궁마마님께서 타계하셨습니다!"

곧이어 일본 자객들은 이불 홑청을 씌운 소주방 나인만 남겨두고 나머지 죽은 두 궁녀를 옥호루 누마루 밖으로 내던졌다. 이어 장안당에 머물러 있던 1백여 명의 궁녀들이 모두 엎드려 통곡하기 시작했다. 그 비명들이 한꺼번에 터져 나와 옥호루의 지붕 위를 거쳐 하늘까지 울렸다. 장안당에 머물렀던 일본 자객들이 통곡 소리에 모두 놀랐다,

그들은 시신을 홑이불에 둘둘 말아서 감싼 채, 바깥마당으로 끌어내 장작더미에 불을 붙여 태운 후, 잿더미 속의 뼈를 끌어모아 향원정 우물 안으로 내던졌다. 그날 일본 공사 미우리 고로는 오전 11시에 본국 외무성에 "여우사냥! 작전 종료"라는 긴급전보를 쳤다. 곧이어 조선 정부에서는 중궁의 시해 사실을 공식적으로 인정하는 성명서를 발표한다.

그 후 현장의 목격자 고바야카와는 누가 왕비의 직접적인 가해자였는지 밝히지 않고 있다. 고바야카와뿐만 아니라. 왕비의 시해범들은 모두 입을 맞추어 각본을 짠 듯, 서로가 엇갈린 말로 사건을 호도하고 있다. 우치다가 일본 외무대신 사이온지에게 보낸 비밀보고서에는 "조선 왕비는 일본인이 시해한 것은 맞지만, 누구의 칼날에 시해되었는지는 모른다"라고 썼다. 일본 외교문서의 보고서 중에 나오는 데라자키라는 낭인이 쓴 〈궁중구음〉이라는 시에는 "진짜 원수를 죽이지 못하고 미인의 목을 베는 데 그쳤다"라고 썼다.

왕비 시해의 공격조에 가담했던 데라자키는 조선 대궐을 습격했으나 왕비를 찾지 못하고, 죄 없는 아름다운 궁녀 셋만 죽였다고 훗날 고백하고 있다. 이노우에 카오루의 보고서는 죽은 여인 중,

한 명이 조선 왕비로 추정된다고 말했다. 일본 자객들이 대궐을 급습한 지 넉 달이 지난 후, 독일의 외교 비밀문서 보관소에는 "조선의 왕후는 살아 있다"라고 기록한 문서가 있었다. 또 다른 영국 국립문서보관소에서도 "조선의 왕후는 일본의 낭인들이 대궐을 습격한다는 말을 미리 알고, 대궐에서 탈출하여 위기를 면했다"라는 기록이 발견되었다. 을미사변이 난 다음 해인 1896년 2월 6일 자, 주러시아 독일대사 후고 라돌린이 독일 총리 앞으로 보낸 비밀문서의 해독문에도 "조선의 왕후는 시해되지 않았고 생존해 있다는 사실이 확인"되었다고 밝히고 있다. 그러나 민 왕후 정보는 모두 극비에 부쳤다.

"러시아 외무장관 로바노프는 시해당한 것으로 알려진 조선의 왕비는 여전히 건재하다는 증언을 들었다"라는 사실을 전했다. 당시 서울 주재 러시아 공사 베베르는 을미사변 전날 익명의 조선인으로부터 민 왕후가 러시아공관으로 피신할 수 있는지의 여부를 극비리에 타진한 적이 있었다고 밝혔다. 서울 주재 영국 총영사 월터 힐리어가 1896년 2월 11일 아관파천 나흘 후인 2월 15일 베이징 주재 영국 대리공사 뷰 클릭에게 보낸 문서 중에는 이런 증언도 발견되었다.

"영국 총영사 월터 힐리어가 고종이 러시아공관으로 파천한 지 나흘 후인 1896년 2월 15일 공관에서 고종을 만나서 왕비 마마의 안부를 태연하게 물었더니, 그때 고종 왕은 왕세자가 살해를 모면했다는 말만 했을 뿐, 왕비의 안부는 한 마디의 언급도 없었다"라고 말했다. 베이징 주재 영국 대리공사 월터 힐리어가 본국 정부에 보낸 외교문서에는 조선 왕비가 무사하다고 밝힌 고종의 답변을 받았다는 내용이 전달되기도 했다. 주한 영국 총영사 월터 힐리어는 1895년 10월 9일 베이징 주재 영국 공사 니콜라스 오커너로부터 "조선의 왕비는 거사 전에 일본 자객들의 기습작전을 미리 알고, 궁 밖으로 피신했답니다. 일본 자객들은 궁 안에서 왕비를 찾지 못하자, 궁녀 서너 명을 골라서 대신 궁녀를 칼로 베어 왕비 시해를 조작 발표함 셈이지요"라고 한 말을 들었다고 전했다.

그 이후, 10월 22일에 영국 공사 오코너는 러시아 베베르 공사로부터 "조선의 왕후는 무사하다는 말을 전해 들었다"라는 보고서를 본국 정부에 전했다. 그 사실은 훗날 영국과 독일, 러시아 등 비밀 외교문서 기록에서도 나타나고 있다.

이토는 곧이어 조선 대궐에 조선군 훈련부대를 상주시키고, 친러파들을 축출했으며, 친일파 내각을 다시 끌어들이고 급진개혁을 감행했다. 그로 인해 조선 민중들의 분노가 하늘을 찔렀다. 도처에서 항일 의병들이 일어났고, 왕비 시해 사기 조작사건을 규탄하는 저항운동이 격렬하게 전개되었다. 조선 민중들의 한과 원망의 표적이 된 김홍집 친일내각은 의병들을 진압하기 위해 중앙관군들을 시위 현장에 투입했다.

이제 조선 대궐에는 호위군이 한 명도 없고, 국왕의 신변 보호 대책조차 없는 고립무원의 상황에 이르렀다. 손탁은 홀로 된 고종을 보자 마음이 급해서, 러시아 영사 베베르를 부추겨 조선의 대궐이 안정을 되찾을 때까지 조선의 국왕을 러시아공관에 모실 수 있도록 제안했다. 고종은 정치적 파장을 고려하여 미국 선교사 알렌의 제안과 이범진의 대궐 탈출 계획에 따르기로 했다.

러시아 영사 베베르는 먼저 인천에 정박 중인 러시아 해군함정에서 1백여 명의 해군 병력을 차출하여 러시아공관에 배치하고 대포와 식량과 탄약과 48필의 기마군을 한성에 파견했다. 만일의 경우 일본군과의 무력충돌을 염두에 둔 예비조치였다. 마침내 1896년 2월 11일 새벽 6시, 해뜨기 전에 국왕 일행은 건청궁에서 엄상궁과 궁녀들의 교자(가마) 두 대에 올라탔다. 그 뒤로는 왕세자와 세자빈, 궁녀들과 무감들이 뒤따랐다.

대궐을 지키는 경비들은 궁녀들의 가마를 검문하거나 수색할 권리가 없었다. 국왕 일행은 경복궁 영추문을 통과, 정동에 있는 러시아영사관까지 아무 제지 없이 극적으로 탈출에 성공했다. 그처럼 국왕이 대궐을 떠나 딴 처소로 이동하는 것을 파천이라고 한다. 조선의 국왕이 아라사(러시아)공관으로 대궐을 잠시 옮겼으니 아관파천이 된다.

뒤늦게 그 사실을 알게 된 친일파 내각은 큰 충격과 혼란에 빠졌다. 국왕이 없으니 국정은 중지될 수밖에 없었다. 고종은 러시아공관에 마련된 집무실에서 곧바로 국정업무를 시작했다. 고종은 러시아 황제에게 조선의 독립전쟁을 지원해 줄것을 요청하고, 일본으로 기울어진 국정의 판세를 바로잡기 시작했다. 고종이 러시아영사관에서 집무를 시작하면서 가장 먼저 내린 어명은 친일내각의 척결이었다.

"현 조선 내각 총리 김홍집, 내무대신 유길준, 농상공부대신 정병하, 군부대신 조희연, 법무대신 장박은 조국을 배반한 역적들이

114

다. 경무청은 그들을 즉각 체포하고 사살하라."

고종의 어명은 분노에 사로잡혀 있던 민중들의 가슴에 폭풍 같은 용기와 희망의 메시지로 되살아났다. 우리 국왕이 아직 살아계셨구나. 조선을 반역하고 패악을 저지른 역적들을 척결하시는구나. 곧이어 성난 민중들이 경복궁 앞으로 대거 몰려들어 반역 매국노들을 규탄하는 군중 시위를 벌였다.

그때 대궐 안에 있던 내각 총리 김홍집과 정병하는 러시아공관으로 가서 국왕을 직접 알현하겠다고 나섰다. 대신들이 위험하다고 만류했지만, 두 사람은 고집을 굽히지 않고 궐 밖으로 나갔다가 군중들의 거센 몰매로 숨을 거두었다. 탁지부대신 어윤중은 용인으로 달아났다가 농민들의 집단구타로 살해당했고, 외무대신 김윤식은 종신 유배형을 받고 제주도로 떠났으며, 유길준, 조희연과 왕비 공격조에 가담했던 훈련대장 우범선, 이두황은 일본으로 망명했다. 그들 중, 훈련대장 우범선은 고종이 파견한 자객에 의해 도쿄에서 피살된다.

1896년 5월, 러시아의 니콜라이 2세 황제대관식이 끝나고, 러시아와 일본은 로바노프와 야마가타협정을 통해 두 나라는 앞으로 조선의 내정에 개입하지 않는다는 합의를 한다. 조선인들의 악화된 여론을 의식한 결정이었다. 이어 독립협회가 고종의 환궁을 청원하자, 국왕은 러시아공관 체류 1년만인 1897년 2월 20일, 경운궁으로 돌아왔다. 그리고 고종은 독립협회의 건의를 받아들여 10월 12일 국호를 '대한제국'으로 바꾸고 황제즉위식을 거행했다. 고종은 독립협회의 권유와 지원으로 황제에 등극했지만, 그 배후는 러시아의 지원이 컸다.

을미사변 이후, 2년이 지난 1897년 10월 말, 고종은 러시아공관에서 망명정부를 청산하고 경복궁으로 환궁했다. 10월 12일에는 대한제국이 선포되어 황제로 등극하고 두 주일이 지났을 때, 경기도 고양군의 한 마을에 젊은 처자가 대궐에서 민 왕후를 보좌하다가 출궁한 환관의 집에 나타난다. 대궐에서 중관의 직급에 있던 환관은 그 처자가 민 왕후의 유해를 든 작은 함지를 들고 온 것을 알았다. 그는 맨발로 마당으로 뛰어 내려가 함지를 받아 마루에 올려놓고 큰절을 올리며 목놓아 울었다. 그 처자는 유해를 환관에게 맡기고, 그날 밤 정동에 있는 손탁 관장의 집을 찾는다. 그 처자가 2년 전 손탁이 왕후의 시중을 위해 프랑스 칸느로 딸려보낸 소녀 집사 주희였다.

"중궁의 유해는 중관 어르신의 집에 임시로 모셨습니다. 어르신께서 곧 황제 폐하를 알현하실 것입니다."

그 말을 들은 손탁은 주희를 안고 흐느꼈다. 곧이어 대한 황실은 대궐에서 피신 퇴골한 지 2년 3개월 만인 1897년 11월 21일에 명성황후의 국장을 갖는다고 국내외에 선포했다. 그렇게 민 왕후는 대한제국 첫 황후로 공식 칭호를 받고 조국의 땅에 묻힌다.

하늘이 세운 국혼

14

1896년 10월 하순, 안태훈은 한성 땅 명례방의 천주교 조선주교관 소속 교리학당에서 석 달간의 예비자 교리 과정을 마친 후에 청계동으로 돌아왔다. 그가 교리학당에 머물러 있는 동안 정부미 1천 석 반환 문제는 당상관 김종한의 중재로 잘 해결되어서 그는 무사히 귀향할 수가 있었다.

안태훈은 귀가할 때, 남산골 친구 이종래를 청계동 자택으로 데려갔다. 친구 이종래로 하여금 청계동 천주 교인들에게 교리를 가르치게 할 속셈이었다. 이종래는 서울교구에서 가져온 천주교 관련 서적 1백 20여 권을 가족들과 청계마을 교인들에게 나누어 주고 천주교 예비신자를 모아 교리를 가르쳤다.

바로 그 시기에 빌렘 신부는 황해도 전담 선교사 직책을 맡아 황해도 안악군 마렴공소에 부임해 있었다. 빌렘 신부는 부임하자, 마렴과 머내 사이에 있는 기와집 한 채를 매입하여 성당과 사제관을 갖춘 성당으로 개축하여 매화동 본당성당을 개설했다. 안태훈은 동생 태건을 매화동 성당에 보내, 빌렘 신부에게 "신부님께서 청계동에 오셔서 저희가 운영하는 성서 교리반을 한 번 보살펴 주십시오"라고 말했다.

빌렘 신부는 안태건의 초청으로 매화동 성당의 전교 회장 강시메온과 김요셉을 대동하고 청계동을 방문했다. 그들은 이종래 강사의 교리 수업을 참관하는 한편, 안태훈으로부터 청계동 천주교회의 개설에 관한 청사진을 보고받게 된다.

"저희 청계마을 예비 신자들이 교리 공부를 마치면 매화동 성당에 가서 영세를 받을 수 있게 해주십시오. 저희도 마을에 성당을 짓기 위해 이미 언덕 위에 성당부지를 마련했습니다만, 청계성당이 완공되어 교구에서 본당으로 허락이 떨어지면 빌렘 신부님을 저희 본당으로 모셔오고 싶습니다."

빌렘 신부는 청계동 이곳저곳을 모두 둘러본 후에 주변의 경관이 빼어나고, 마을이 잘 정돈된 데다가, 주민들이 풍족하게 사는 현장을 직접 목격할 수 있었다. 특히 청계동에는 어린이를 위한 학당 시설이 갖추어져 있었다. 한성 종현성당의 교리교사 이종래가 교리를 잘 가르친 결과, 예비 신자들의 교리 공부 기초가 다져졌고, 마을 신자들의 영성도 높은 것을 알고 큰 감명을 받았다. 더구나 마을의 정신적 지도자 안태훈 진사가 성당을 봉헌하려는 의욕을 가진 것은 일찍이 조선에서는 거의 없었던 일이어서 빌렘 신부는 감동했다.

"알겠소. 이곳 예비 신자들은 내년 초에는 매화동 성당에서 영세를 드리겠습니다. 성당이 완공되면 제가 교구청의 승인을 받도록 하겠습니다. 성당의 건축은 매화동 기와집의 설계를 참고하시면 됩니다만, 제가 청계 본당으로 부임하는 일은 제 뜻대로 하는 것이 아니라 교구청의 소관입니다."

빌렘 신부는 한국에 온 후, 교구청에서 조선어를 배울 계획을 하고 있었지만, 조국 알자스 로렌에서 독일군이 철수하면서 프랑스 국적을 회복하기 위해 고국 방문을 앞두고 있었다. 그날은 교구청에서 조선말 통역관인 후배 우도(Oudot, 조선명: 오보록) 신부가 맡아주었다. 우도 신부는 빌렘 신부의 신학교 5년 후배로 페낭 시절 때부터 조선인 신학생들과 계속 어울려 조선말을 습득한 끝에 지금은 조선어 통역관이 되었다. 그는 말레이지아 페낭 신학교에 교수로 있다가, 조선으로 전임된 후, 전라도 백석성당과 부산 본당을 거쳐 한성주교관 소속으로 있었다. 그는 김대건, 최양업에 이어 1882년부터 페낭 신학교 신학생으로 입학한 조선인 강도영, 정규하, 강성삼 등을 가르치고 있었다. 그러다 조선 제7대 블랑 주교가 용산 신학교를 개설하고, 페낭의 조선인 신학생들을 귀국시키면서 우도 신부도 조선인 신학생들과 함께 조선으로 전임되었다.

그 후 1897년 1월 11일, 황해도 매화리 성당에서는 진사 안태훈(베드로)과 안중근(토마스)과 그의 아내 김아려(아녜스), 안중근의 동생 안태건(가밀로)을 비롯한 안중근의 숙부와 사촌 등 가족과 친척, 마을 사람 장안나와 그녀의 딸 마샤 김과 청계주민 33명이 예정대로 빌렘 신부로부터 합동 세례를 받았다. 그 시기에 청계동 언덕바지에는 큰 기와집 성당 한 채가 거의 완공을 앞두고 내부공사만 남아 있었다.

성당 기와지붕 앞부분에는 별도의 십자가를 단 첨탑이 세워지고, 성당 내부에는 제대와 성채를 비롯한 십자가의 길과 12처의 그림도 갖춘 새 성당이 완공되었다. 사제관과 성당사무실은 언덕 아래에 기와집 한 채를 따로 지어 마련했다. 안태훈이 서울교구청에 청계동 성당의 첫 본당신부로 빌렘 신부를 초대하겠다는 청원서를 제출하자 교구에서 즉각 승인이 떨어졌다. 빌렘 신부는 후배 우도 신부에게 매화동 성당의 본당을 맡기고 청계동 성당의 주임신부로 부임하여 4월에는 부활절 미사 겸 성당 축성식을 치렀다.

그날 안태훈의 나머지 가족을 비롯한 마을주민 66명이 영세를 받았다. 11월 29일에는 뮈텔 주교가 청계동 성당에 직접 찾아와서 안중근의 조모 고 씨(안나)와 안중근의 모친 조성녀(마리아)와 고모 안태순(막달레나)을 비롯한 19명에게 추가로 영세를 주었다. 곧이어 12월 1일, 안중근은 뮈텔 주교를 해주까지 수행하는 기회가 있었다. 청계동 성당 빌렘 주임신부의 사제관 식복사는 성당 바로 앞집에 사는 장안나가 맡았다. 장안나는 러시아 연해주에서 온 후에, 청계동에 정착한 마샤 김의 어머니다. 당시 12살의 마샤 김은 안중근과 함께 교리를 배우고, 영세를 한 후에는 곧바로 빌렘 신부의 조선어 개인 교습 강사로 정식 위촉을 받았다. 그와 동시에 빌렘 신부 역시 안중근과 마샤 김에게 프랑스어를 가르쳐주기로 약속하고 프랑스어 교습 시간을 별도로 정했다.

빌렘 신부는 현지 원어민과의 언어 소통이 선교사의 우선 과제로 여겼기 때문에 시간만 나면 마샤 김을 불러내어 조선어 공부에 집중적으로 매달렸다. 세 사람이 거의 1년여 동안 어학에 몰두한 결과, 빌렘 신부는 서투른 대로 간단한 미사 강론도 할 수 있는 실력을 갖추었다. 그런 가운데 젊고 영특한 안중근과 마샤 김의 프랑스어 실력 역시 진도가 빨라서 빌렘 신부는 곧바로 그들과 함께 산골의 공소까지 순례 미사를 할 수 있었다. 안중근은 미사 때마다 복사(미사 도우미) 역할을 맡아서 빌렘 신부의 중요한 미사 파트너가 되었다.

특히 마샤 김은 저학년 어린이 교리교사로 활동하는 한편, 빌렘 신부의 선교 활동을 적극 지원했다. 빌렘 신부가 매화동 성당에 부임할 당시 황해도의 천주교 신자는 총 5백 50여 명이었지만 청계동 성당이 세워진 4년 후(1902년) 천주교 청계본당의 신자는 1천 2백여 명으로 크게 늘었다.

매주마다 안중근의 모친과 고모는 마을 부녀자들과 함께 성당의 주변 청소에 나섰고, 안중근은 복사 준비와 함께 성체와 미사주를 준비하고, 제단을 장식할 꽃 준비에 바빴다. 마샤 김은 어린이들에게 성가와 기도문을 준비시켰다. 안태훈은 신부님과 마샤 김이 함께 번역한 그날의 복음 개요를 붓으로 필사하여 성당 여러 곳에 붙여두고 미사 전에 신자들에게 미리 읽어볼 수 있도록 했다. 마샤 김은 미사 전날까지 빌렘 신부가 쓴 강론원고를 정리해주고 발음을 교정해주는 일도 맡았다.

마샤 김은 빌렘 신부가 강론하면서 어려운 표현이나 발음이 나오면 마치 통역사처럼 그 대목을 다시 쉽게 대신 설명해주는 역할도 했다. 마샤 김은 빌렘 신부의 미사 강론을 여러 번 듣고 다듬어 주면서 스스로 터득한 가톨릭의 뜻을 청계동 교우들과 여러 번 토론을 거쳤다. 빌렘 신부가 교우들에게 전하려고 하는 성서의 뜻을 노트에 정리해두고, 읽고 다시 명상하고 다시 마음에 새겨두었다.

"조선 속담에 '팥 심은 데 팥 나고, 콩 심은 데 콩 난다'라는 말이 있습니다. 모든 원인은 각기에 알맞은 결과를 반드시 만들어 낸다는 뜻입니다. 여러분은 밭에 콩을 심었는 데 팥이 난 적을 본 적이 있습니까. 그런데 사람들은 간혹 팥을 심었는 데 콩이 났다고 놀랍니다. 그런 일은 없습니다. 꽃은 피었다 반드시 지고, 우리도 태어났다가 반드시 죽습니다. 태어난 원인이 죽음의 결과를 가져오듯이 모든 본질은 그 본질이 원인이 되어 그 본질의 결과를 가져옵니다. 만일 원인이 가져온 결과를 확인할 수 있는 수학처럼 정확한 공식이 없다면 우리는 지금 존재할 수 없습니다. 그처럼 이 세상에서 안 죽고도 다시 살아날 수 있는 공식은 없습니다. 그 이치를 거스른 원인이 만들어 내는 결과는 파멸입니다. 그 공식이 깨지면 이 세상에는 존재 자체가 있을 수 없습니다. 그것이 하늘의 무서운 법칙입니다. 그 법칙은 집에서 쓰는 사발이나 간장 고추장을 담는 작은 종지에도 존재합니다. 모든 그릇들은 본래 크기의 용량만큼만 채웁니다. 그것이 아주 단순한 진리입니다. 그릇의 크기보다 더 채울 수 있는 의지와 용기도 없고, 행복과 성취도 있을 수 없습니다. 바다는 지구라는 그릇에 채운 물입니다. 바닷물은 제방의 높이만큼만 채울 수 있습니다. 그래서 우리도 생명이 유지됩니다. 사람의 마음 역시 그릇처럼 타고난 크기가 각기 다릅니다. 그래서 힘도 지혜도 용기도 재물도 권력도 그릇 크기만큼만 채우고 나머지는 버려야 합니다. 사람은 똑같은 시간에 태어나도 삶을 담아내는 그릇의 분량이 달라서 태어날 때 받은 생명의 제한 시간을 단 1초도 더 늘릴 수도 없고, 단 1초도 앞당길 수 없습니다. 우리들의 모든 삶의 진행 역시 원하는 대로 가지 않고 자연의 법칙대로만 따라갑니다. 그것은 우리가 사람의 법대로 사는 것이 아니라, 자연의 법, 곧 하느님의 법대로만 살 수 있다는 뜻입니다. 물은 낮은 곳으로만 흐르고, 꽃은 핀 후에 반드시 지며, 시작이 있으면 끝이 있듯이, 아침이 오면 반드시 저녁이 옵니다. 그것이 너무 자연스럽게 오고 가는 것들이어서 우리는 그 리듬에 온몸을 맡기고 살고 있습니다. 우리를 비추고 있는 햇살과 나의 폐부를 드나드는 바람의 자유와 공평한 나눔, 누구나 알고 믿고 느끼는 보편적인 그것들, 그 말이 라틴어의 어원에서 나온 가톨릭입니다. 천주교는 바로 가톨릭이라는 말과 같이 쓰입니다. 하느님이 내 생명의 주인이라는 것을 잘 알고 인정하고 확인하는 것이 너무 자연스러운 일이라는 뜻입니다. 내가 태어나서 살다가 죽는 것처럼 가장 보편적(가톨릭적)이고 가장 공정한 진리의 평균율이 바로 가톨릭 신앙입니다."

마샤 김은 미사 때마다 빌렘 신부의 강론을 요약한 노트를 한글로 써서 빌렘 신부에게 넘겨주었다. 빌렘 신부는 자신의 강론 노트를 늘 지니고 다니면서 한글의 뜻과 발음을 익혔다. 세월이 흐르면서 빌렘 신부의 조선어 강론은 점차 정확하고 풍부해지고 깊어져서 맛과 향기가 잘 어우러졌다.

15

안중근과 이도엽은 백암 박은식 선생의 강연회에 참석하기 위해 해주로 왔다. 빌렘 신부와 마샤 김은 서우회관 앞에서 그들과 만나 강연회장으로 오기로 되어 있었다. 서우청년회는 박은식의 측근 인사들과 제자들이 중심이 된 친목단체였다가 훗날 정식 시민단체로 바뀌었다. 박은식은 황해 남면 출신으로 안중근의 부친 안태훈과는 동문수학이었다. 둘은 어려서 해주 일대에서 신동으로 불리며 명성을 누렸다.

그간 한성의 중앙무대에서 교육가이자 언론인으로 활동해온 박은식은 지난해(1898년) 9월에 고종황제와 민족주의 지식인들의 지원을 받아 《황성신문》을 창간하고 장지연과 함께 공동주필을 맡았다. 그 후, 황성신문은 조선 지식인들의 여론을 대변하는 언론사로 자리를 잡았다. 그날 박은식의 강연주제는 '개화와 자강론'이었다. 백암 박은식은 일제의 침략정책을 비판하고 대한의 자주독립과 애국 사상을 고취시켰다는 이유로 당국에 구속된 적이 있었다.(그는 훗날 대한민국 임시정부 제2대 대통령을 역임한다.) 그날 박은식 초청 강연은 조선 청년들에게 한민족이 가진 선천적인 국혼을 강조하고 미래의 비전을 제시한 명강의로 젊은이들을 감동시켰다.

"사람은 영혼과 육신이 합체된 존재입니다. 영혼이 없으면 육신은 살아 있어도 죽은 것과 같습니다. 나라도 그와 같습니다. 민족의 혼, 국혼은 이미 역사의 그릇 속에 담겨 있습니다. 어느 국가나 민족 고유의 신앙과 역사, 언어와 문화와 풍속으로 표현되는 국혼이 있습니다. 국혼이 살아 있는 나라는 다른 나라가 무력으로 침략해도 지배받지 않고, 멸망해도 끝내 살아납니다. 뿌리 깊은 나무는 죽어도 봄에 싹을 틔우는 이치와 같습니다. 서우 청년 여러분, 한민족은 그동안 중국, 일본, 러시아 등 이웃 국가들의 침략과 지배로 오랜 고통을 받았지만, 국혼이 살아 있었기에 지금까지 버텨왔습니다. 우리 한민족의 국혼은 일제보다 강하고 빼어나서 함께 융화될 수 없습니다. 우리가 한민족의 국혼을 강하게 유지하고 있는 한, 머잖아 자주독립을 이루고 말 것입니다. 저는 오늘 서우 학우 젊은 동지들에게 제 확신과 신념을 전해주기 위해 왔습니다. 학우 여러분, 한민족의 자부심과 긍지를 가지십시오. 부디 우리의 국혼을 강건하게 지키고 보살펴서 크게 뻗칠 수 있도록 힘을 모읍시다."

빌렘 신부는 강연이 끝난 후 회관을 나와서 두 손을 번쩍 들고 기뻐했다. 모두 빌렘 신부가 강연에 감동을 받았다고 생각했지만 그것은 오해였다. 빌렘 신부는 자신이 조선어 듣기평가가 연설을 들을 만큼 고급 수준에 이르렀다는 것을 확인할 수 있어서 기뻤다고 고백했기 때문이었다. 안중근과 이도엽은 서우회 간사들과 함께 남아서 박은식과 저녁 시간을 보냈고, 빌렘 신부와 마샤 김은 먼저 귀가했다. 박은식은 친구의 아들 안중근을 보자, 너무 자랑스러워 어깨를 두드렸다.

"자넬 보니 어린 시절의 모습이 떠오르네. 이렇게 어른이 되어 내 강연을 찾아온 자네를 보니, 그간의 세월이 급물살처럼 너무 빨리 흘렀다는 자괴감마저 드네."

박은식은 안중근의 조부 안인수 앞에서 안태훈과 함께 나란히 앉아서 나랏일을 걱정하던 먼 과거의 한 장면이 떠올렸다. 하지만 조선은 그때와 지금이 조금도 달라진 것이 없다.

"회장님, 혹시 구월산 안악골에 사시던 이황공 참판 어르신을 기억하고 계시는지요?"

안중근이 묻자, 박은식의 서슴없는 대답이 나왔다.

"그럼, 알다마다. 그분은 내게 2년 선배셨지. 참 강직하고 지조가 굳은 분이셨어. 게다가 놀랍게 개방적이고 진취적이어서 그 기개를 우리들이 따라갈 수가 없었네. 안타깝게도 빨리 세상을 뜨셨지만, 참으로 아까운 조선의 인재였네."

박은식이 이 참판을 치켜세웠다. 도엽은 부친의 공덕을 직접 듣는 것이 민망해서 숨을 죽이고 있었다. 그때 안중근이 박은식에게 도엽을 가리키며 말했다.

"회장님! 이황공의 아드님이 여기 있습니다."

그 말에 박은식은 크게 놀라 도엽을 향해 눈을 크게 떴다.

"아니! 그럼 자네가 바로… 이도엽인가?"

박은식도 놀랐고, 그보다 더 놀란 것은 이도엽이었다.

"회장님께서 제 이름을 어떻게 알고 계시지요?"

"내가 얼마 전에 도쿄도 세타가야구의 농학연구소에 계시는 자네 사촌형 이우엽으로부터 편지 한 통을 받았네. 자기 사촌동생 이도엽이 일본 유학을 마치고 미국 보스턴대학에서 동아시아 역사를 전공하고 귀국했다고 알려주더군. 젊은 엘리트 외교관 지망생이라고 사촌 칭찬을 잔뜩 늘어놓았지. 자넬 만나보고 싶었네만 이렇게 내 옆에 앉아 있다니, 우연이 아니네."

안중근은 박은식처럼 큰 덕망과 인품을 가진 조선의 지도자와 함께 앉아 있다는 것이 너무 기뻤다. 그의 말 한 마디 한 마디에 힘과 용기의 에너지를 담뿍 받는 것 같았다. 그렇다. 박은식의 강연처럼 한민족의 국혼은 험난한 국가적 위기 속에서도 소멸되지 않고 강력한 버팀목이 되어 꿋꿋이 자라왔다. 한민족의 국혼은 되놈이나 왜놈의 총칼로는 제압되지 않을 만큼 강력하다. 놈들이 별짓을 다해도 우린 저들에 흡수되지 않는다. 우리 민족이 나갈 길은 개화를 통한 자강의 길밖에 없다. 조선은 사대주의에서 벗어나 자주독립을 통한 민족 자강과 부국강병의 목표를 반드시 이루어야 한다.

"동아시아의 침략사를 보면 쪽바리와 짱깨들이 우리 민족을 곁에서 가장 괴롭힌 원흉들이었지. 하지만 한때는 쪽짱들이 우릴 몹시 두려워한 적도 있었지."

그때 이도엽은 안중근이 어렸을 때 할아버지(안인수)로부터 들었던 말들이 떠올랐다. 한민족의 만년지대계를 예고해 놓은 민족 고유의 경전인 천부경이며, 격암유록에 등장하는 파천황의 예언은 학문이 깊은 분들이 잘 알고 있는 우리 민족의 미래를 예언해놓은 경이적인 책들이다. 우리 민족은 지금 깊은 암흑의 혼돈기에 빠져 있지만 머잖아 세상의 대격변기를 주도할 새 지도자가 출현할 것이다. 그것은 우리 민족뿐만 아니라 인류가 갈망하고 기다리는 메시아이기도 하다. 그 지도자는 이 나라에 갑자기 모습을 드러내어 옛 고조선의 단군이 경영했던 광대한 북방 영토를 회복할 것이며,

우리 민족의 정신적 뿌리를 회복시킬 뿐만 아니라, 일찍이 이 세상에서 존재하지 않았고 겪어본 적도 없는 초강대국이 되어 전 세계를 평정하고 통일을 이루는 것은 물론 이 세상을 평화로 이끄는 신인의 도래를 전해주고 있다. 그것이 한민족의 위대한 미래상이었다.

"도엽아! 네 아버님께서 하신 말씀이 맞다면 망국의 지경에 이른 지금이야말로 한민족의 위대한 신인이 나타나야 할 시기가 아닐까? 우리가 이처럼 더 버틸 힘이 한 푼도 없는 절망의 시기에 그분의 도래를 간절히 바라고 있네."

그날 안중근과 이도엽은 박은식의 강연을 듣고 깊은 감동에 빠졌다. 지금 일제는 세계 최강의 러시아와 패권을 겨루고 있는 영국과 군사동맹을 추진하고 있다. 특히 중국에는 의화단이라는 폭력 종교집단이 서구 문명을 배격하는 무력폭동을 일으켜 민심이 흉흉한 시기였다. 그들은 주로 기독교 교회를 공격하고 목사와 교인들을 학살하며 만주 전역을 폭동으로 휩쓸고 있었다. 그러자 러시아는 자국 교민과 철도시설을 보호한다는 명분으로 만주에 대규모 육군병력을 파견, 의화단 진압 작전에 나서는 한편 만주의 군사 거점을 장악하더니 군사력이 조선의 압록강 국경선까지 진출했다.

그로 인해 러시아와 일본 사이에는 한반도 관할권 문제가 야기되면서 두 나라는 군사적 대치 상황에 이른다. 러시아가 조선 땅 용암포에 군사기지를 건설하려고 하자, 일본은 물론 영국과 미국도 러시아에 크게 반발했다. 더구나 러시아는 하얼빈과 뤼순을 잇는 동청철도와 내몽골의 국경도시 만저우리와 헤이룽, 무단장의 국경도시 쑤이펀허, 블라디보스토크까지 철도를 연결하려는 시도를 했다.

러시아가 만주 공략에 나선 배경에는 의화단 폭동 진압과 자국 군사보호에 있었지만, 청국이 일본의 만주 진출을 막기 위한 대응책으로 러시아군을 만주로 끌어들인 탓이 더 컸다고 볼 수 있다.

1900년 7월 19일, 일본의 이토는 주일 러시아 공사 이즈보르스키와 한반도의 지배권을 놓고 협상을 시작하지만 양국은 한 치의 양보도 없다. 안중근과 이도엽은 천봉산 산채에서 석양을 바라보며 긴박한 상황으로 전개되는 러일전쟁에 관한 얘기를 진지하게 나누었다. 러일전쟁이 일어나면 일본은 단기전이 유리하고, 러시아는 전략적으로 장기전이 불가피하다. 미국대학에서 동아시아를 전공한 이도엽은 안중근에게 러일전쟁의 불가피한 상황과 전쟁의 전망을 말해주었다.

"어차피 러일전쟁은 만주에서 무력출동이 불가피하다. 일본군은 본토와 가까운 점이 유리하고, 러시아는 본국에서 병력을 지원 보급하는데 40일이 걸린다. 세계 최강의 러시아 해군 발틱함대도 뤼순까지 오려면 지구 둘레의 반바퀴가 되는 2만 9천km의 항로와 7개월의 험한 항해를 극복해야 한다. 게다가 일본이 영국과 동맹이 성사되면 해로와 항만의 석탄 루트를 장악하고 있는 영국이 러시아함대에 물자 공급을 끊으면 러일해전은 하나마나가 된다."

안중근은 이도엽의 말에 고개를 끄덕이며 물었다.

"그렇다면 러시아가 전략상 아주 불리한데?"

"동양의 병서에 이런 교훈이 있지. 아무리 강한 활도 과녁이 멀면 헝겊도 뚫지 못한다."

"그럼, 우린 어떻게 되지?"

두 사람은 잠시 침묵을 지켰다.

그 시기에 안중근과 이도엽은 천봉산 수렵꾼들과 산채에서 숙식을 하며 구월산 산악지대를 누비던 중이었다. 마샤 김 역시 시간만 나면 천봉산 산채로 달려가, 안중근과 이도엽과 어울리며 수렵을 하며 산채 생활을 마다하지 않았다. 그들은 박은식의 강연을 듣고, 셋이 모두 의군에 지원할 뜻을 밝혔다. 따라서 세 사람은 산악 도보와 승마훈련은 물론 윈체스터와 샤프 라이플 등 각종 총기 사격 훈련을 게을리하지 않았다.

이도엽은 육군무관학교 입교를 앞두고 있었지만, 안중근의 권유로 포기했다. 조선의 육군무관학교는 친일파 관료의 자제들이 출세를 위해 입학하는 기본코스로 졸업 후에는 참위로 임관, 배속되어 권력의 시녀로 전락해야 한다. 그로 인해 반일 애국정신을 가진 젊은이들은 무관학교를 꺼렸다. 그 대신 그들은 중국 상해나 러시아 연해주로 건너가 의군에 지원하는 경우가 많았다.

1902년 1월 30일, 영국 런던에서 영국의 모리스 외상과 영국 주재 일본 대사 하야시 다다스가 제1차 영일 군사동맹에 합의를 이룬다. 그 소식이 전해지자, 일본은 마치 러일전쟁을 다 이긴 듯 온 나라가 축제의 분위기에 빠졌다. 그 이후로 동아시아의 정세는 급박해졌다. 물론 청계마을도 변화가 있었다. 그 시기에 안중근과 이도엽은 23살의 청년이 되어 있었고, 마샤 김은 18살이 되자 주한 러시아공관의 임시직 통역관으로 발탁되어 정동 외교가에 화려하게 데뷔했다. 그와 동시에 마샤 김은 대한제국 궁내부 전례 관장 손탁의 정무 비서직 역할도 함께 수행하게 되어 서울로 이주했다.

16

러시아 건축가 사바틴의 설계로 지은 덕수궁의 서양식 건축물 돈덕전 2층에서는 국빈급 회의와 연회가 자주 열린다. 그때마다 마샤 김은 손탁의 곁에서 그녀의 손발이 되어주었다. 돈덕전은 정동의 미국공관과 영국공관의 중간 위치쯤 되는 덕수궁 안쪽에 있다. 돈덕전의 황제 접견실은 황금 비단 커튼과 벽지 색깔에 잘 어울리는 화려한 가구들이 배치되고, 진열된 예술품들은 모두 황제의 오얏꽃 문양이 새겨져 있다. 실내 인테리어는 손탁의 예술 감각적 지혜가 잘 어우러지면서 대한제국 황실의 품위와 격식을 한층 높여주었다.

마샤 김은 서울의 정동에서 손탁과 함께 살았지만, 주말이면 반드시 청계동에 가서 미사 첨례를 하고 빌렘 신부와 디냐 수녀의 선교사업을 도왔다. 안중근은 오래전부터 교육사업에 관심이 깊었다. 그는 빌렘 신부와 상의한 끝에 조선 청소년들의 신앙교육을 위해 신학대학 설립계획을 세우고 서울주교관의 뮈텔 주교에게 대학 설립안을 제안했다.

"조선 교우들은 서양 학문에 대한 이해가 너무 열악하고, 교리 공부를 할 기회도 없으며, 신앙심이 부족해서 전교에 어려움이 큽니다. 주교님께서 서양 수도원의 수사들 중에서 박학한 선비들을 초청해주시면 신학대학을 설립하고 교수진을 내세워 국내에서 뛰어난 인재들을 가르치면 수년 후에는 교육 효과가 나타날 것입니다. 주교님께서 도와주십시오."

안중근의 말에 뮈텔 주교는 그 제안을 단숨에 거절했다.

"조선인들은 교리와 학식이 늘면 천주교에 대한 비판적인 인식만 커질 것이 분명하다. 그것은 오히려 전교에 나쁜 영향을 끼칠 뿐이다. 조선에서 신학대학 설립은 아직은 너무 이르고 무리라고 생각한다. 그런 얘기는 꺼내지 말라."

그 후로도 안중근은 신학대학 설립 문제를 여러 번 뮈텔 주교에게 간청했지만 끝내 들은 체도 하지 않았다. 안중근은 뮈텔 주교가 대학 설립을 반대하는 것은 강대국들이 식민지 국가에 대한 우민화 정책에 비유하며 불만을 털어놨다. 뮈텔 주교는 사사건건 일본 관리들과 친일파들에게 과도한 눈치를 보는 것이 문제였다. 조선이 일본의 식민지인 한, 조선인들은 식민지인답게 노예로 살아야지 핍박받는 처지에 무슨 배움이 의미가 있겠느냐. 매사가 그런 식이었다. 안중근은 뮈텔 주교의 말이 나올 때마다 빌렘 신부에게 하소연을 털어놨다.

"빌렘 신부님, 조선 교우들이 신학 지식이 높아지면 신앙생활에 나쁜 영향을 끼친다는 주교님의 말씀을 이해할 수 없습니다. 그렇다면 저 역시 당장 프랑스어 공부를 하지 않겠습니다. 저는 먼 훗날 한국이 강국이 되어 세계인들이 앞을 다투어 한국어를 배우게 될 날이 올 것이며 한글이 세계의 공용어가 될 것이라고 확신합니다. 신부님!"

빌렘 신부는 안중근을 도울 방법이 없다. 대학 설립은 주교의 권한이지만 문제는 뮈텔 주교가 안중근의 말이면 사사건건 반대하는

데 있다. 1902년 전후로 황해도에서는 지방관리와 가톨릭 사제들 간에 크고 작은 이견과 충돌이 잦았다. 조선의 전통 유교 사회가 서양 종교와 차이점이 큰 탓도 있다. 서민을 지배 착취하는 지방관리와 서민들의 인권과 재산을 보호해주려는 사제들과의 불편한 대립은 불가피했다. 그런 가운데 선교 초기에 6백여 명에 불과했던 황해도 천주교인 수는 1902년 현재 7천여 명으로 증가하고 사제도 8명이나 늘어났다.

안중근의 부친 안태훈은 천주교 신자 4명과 함께 선교와 관련된 일로 신천 군수에게 체포된 적이 있었다. 안태훈의 동생 태건도 선교 활동과 관련되어 해주 감사에 구속된 적도 있었다. 그때마다 빌렘 신부는 군청에 가서 관리들에게 그들의 무고를 설득하고 이해시켜서 석방시켰다. 그 당시 해주에서 서양 신부들은 군민들의 민원 해결사가 되었다. 그런 일로 천주교인들과 개신교 신자들 간에 분쟁이 발생하면 곧바로 프랑스 신부들과 독일의 개신교 목사가 개입하여 국가적 분쟁을 해결하곤 했다. 한때 안중근의 가족들은 '해서교안'이라는 사건에 얽힌 적도 있었다. 뮈텔 주교는 민원이 발생하면 늘 한국인에 대한 나쁜 편견을 갖고 판단했다. 그 결과 뮈텔 주교가 안중근의 신학대학 설립에 부정적이었던 이유가 되었다.

1902년 2월 초, 한성의 북한산 산채에서 수렵의 고수로 알려진 착호갑사(捉虎甲士) 두 명이 천봉산에 나타났다. 착호갑사란 호랑이가 마을에 나타나면 긴급 출동하는 관청의 특수요원들이다. 호랑이 사냥에는 예부터 쇠뇌나 목궁 같은 강력한 활을 사용했지만 서양에서 수렵 총이 들어오자, 무분별한 포획으로 호랑이들이 급히 줄어들고, 전문 사냥꾼들도 크게 늘었다. 그들은 천봉산 산채의 시설과 보유 총기와 등록된 소속 포수군들과 연간 야생동물 포획량을 잘 알고 나서 내심 놀랐다. 그들은 천봉산 산채의 형편을 둘러보고 난 후에 안중근에게 사격 시합을 제안하면서 말했다.

"우린 천봉산 산채의 수렵 고수들과 사격 솜씨를 겨뤄보려고 왔소. 당신들이 우리를 이기면 천봉산 산채를 조선 최고의 수렵지로 공식 인정해드리겠소만, 한번 겨루어 보시겠소?"

안중근은 북한산 수렵꾼들의 사격 솜씨가 뛰어나다는 소문을 오래전부터 소문으로 들었다. 물론 안중근이 쉽게 물러설 이유가 없었다. 사격 시합은 산채의 명예가 걸린 문제다.

"좋소. 우리도 북한산 고수들에게 한 수 배우고 싶소. 총기는 한 종류로 정하고 두 자루만 번갈아 쓰겠습니다. 내방 손님들이시니 먼저 그쪽부터 총기를 고르시오."

북한산 고수 둘이 병기창에서 장총 샤프 라이플 두 정을 골랐다. 전방 50여 미터 앞 나무에 살아 있는 장끼 두 마리의 발을 묶은 채, 거꾸로 매달아 표적을 만들었다. 북한산 고수들이 과녁이 된 수꿩 두 마리를 제각기 한 방씩 쏘아 단숨에 명중시켰다. 이어서 안중근과 이도엽은 장끼의 묶은 발을 풀어주었다. 수꿩들이 날개를 퍼덕거리며 높이 날자, 탕! 탕! 두 방의 총성이 울렸다. 하늘로 치솟던 두 마리의 장끼가 안중근과 이도엽의 조준사격으로 허공에서 곤두박질치며 추락했다. 수렵꾼들의 환호성과 박수가 크게 터졌다.

그날 이후, 한 주일이 지나서 황성신문 주필 박은식이 청계동으로 친구 안태훈을 찾아왔다. 둘 사이에 진지한 대화가 오갔다. 그 다음 날 아침에 안중근과 이도엽은 안태훈의 지시로 한성 청년들처럼 흰 셔츠에 좁은 넥타이를 맨 개화풍의 정장관복을 입고 광채가 번쩍번쩍 나는 구두도 신었다. 그들은 안태훈에게 큰절을 올리고 말을 타고 청계마을을 떠나 서울로 향했다.

그들이 탄 말은 한성의 덕수궁 앞에서 멈추었다. 마샤 김은 조금 전 "오늘 시종무관께서 날아가는 장끼를 명중시킨 명포수 두 분을 접견하실 것이다. 네가 궐 밖에 가서 그분들을 궁으로 모셔라"라는 말을 들었다. 그녀는 대궐문을 나선 후에 두리번거렸다. 그때 안중근이 먼저 알아보고 "마샤야!" 하고 불렀다.

"아니! 정장 관복차림이 우리 오라버니들이었어요? 정말 몰라봤네요. 오라버니들이 이렇게 멋진 훈남들이라는 것을 이제야 알았네요. 천봉산 산채에서 날아가는 장끼를 명중시킨 명사수가 바로 우리 오라버니들이었군요."

마샤 김은 감격해서 눈시울을 붉혔다. 요즘 시종무관 정재관은 돈덕전 별실에서 각계 인사들과 자주 극비회동을 가졌다. 정재관은 황해도 황주 출생으로 고종황제의 시종무관이라는 사실 이외에 알려진 정보는 거의 없다. 그에 관한 개인정보는 일급 비밀에 속하기 때문이다. 요즘 그는 경운궁 돈덕전 별실에서 황제와 수시로 독대를 하고 있다. 마샤 김은 손탁의 말대로 황제가 요즘 시종무관과 함께 나라를 구하기 위해 큰일을 도모하고 있다는 사실만 알고 있을 뿐이다. 두 명의 수렵꾼들은 곧바로 돈덕전 별실로 안내되어 시종무관 정재관을 만났다. 정재관은 마샤 김에게 러시아어로 점심 메뉴를 주문했다.

"점심은 한 시간 후에 할 것이오.… 서양요리로 준비해주시오. 두 분과는 해주 동향이라고 들었소만 나도 동향이오."

정재관은 웃으면서 호감을 표시했다. 마샤 김은 시종무관에게 러시아어로 대답했다.

"대감께서도 서북 출신이셨군요. 정말 반갑습니다. 음식은 분부대로 준비하겠습니다만, 저희가 은밀히 러시아어로 말씀하셔도 여기 이도엽 동지께서는 러시아통이니 비밀이 없다는 것을 시종무관께서는 알고 계십시오."

그 말에 정재관은 깜짝 놀랐다. 마샤 김은 두 오라버니에게 서양요리를 대접할 수 있게 된 것이 기뻐서 눈시울을 붉혔다. 평소에 두 오라버니에게 돈덕전 서양요리를 맛보여주고 싶었던 소원을 이루게 되었기 때문이다. 마샤 김은 돈덕전에 와서 황제와 대면했던 일이 가장 큰 사건이었다.

고종황제는 건청궁에서 돈덕전으로 행차할 때는 곤룡포를 갖추어 입지만 의전행사가 없는 날에는 관가의 공인처럼 평복을 입는다. 어느 날 아침에 출근해서 돈덕전 다관에서 마샤 김은 차를 마시고 있는 점잖은 정복 차림의 어른과 마주쳤다. 마샤 김은 그가 대궐의 중신인가 싶어서 정중한 예의를 갖추어 고개를 숙이고 허리를 굽혔다.

"음, 네가 바로 손 관장댁에 온 사무관이로구나?"

"네, 그러하옵니다. 어르신."

"네가 얼마 전, 러시아공관에 통역관으로 발탁되었다는 말을 들었다. 러시아어는 무슨 연유로 배웠느냐?"

"제 부친께서는 오래전, 대궐의 사역원에 봉직하셨다가 러시아 연해주로 파견되셨습니다. 저는 아버지를 따라 그곳에 살면서 러시아학교에 다니게 되었습니다."

황제는 잠시 놀란 듯 신문 위에 안경을 내려놓는다.

"그래? 그렇다면 네 부친의 함자가 어떻게 되느냐?"

마샤 김은 어른이 너무 진지한 표정으로 바뀌자, 낯선 사람에게 괜한 말을 했나 싶어서 잠시 주춤했다.

"어르신은 무슨 일로 제 부친의 함자를 물으시는지요."

낯선 분이 부친의 존함을 사사롭게 묻는 것은 예의가 아니다. 그녀는 아버지 존함을 알려주고 싶지 않았다. 황제는 어느 새 처자의 마음을 읽었는지 타이르듯 입을 연다.

"내가 사역원 훈도들을 대부분 알고 있어서 묻는 것이다."

황제의 말에 마샤 김은 그때서야 고개를 조금 끄덕였다.

"부친의 함자는 김 자 주 자 헌 자이십니다."

황제는 그 말에 놀란 듯 "김주헌!" 하고 말을 되받았다. 그때 손탁이 다실로 들어와서 마샤 김을 향해 무슨 일이 있느냐는 듯 눈을 휘둥그레 떴다. 손탁은 황제와 마샤를 번갈아 바라보고 "마샤야, 주상전하시다. 문안 인사는 올렸느냐?"라고 말한 순간, 마샤 김은 소스라치게 놀라 뒤로 물러섰다. 이윽고 그녀는 예의를 갖추어 허리를 다소곳이 굽혔다.

"전하! 소인이 미처 몰라뵙고 큰 무례를 범했사옵니다. 용서하여 주시옵소서."

"그래, 됐다. 과인이 미리 알려주지 않은 것이 불찰이다. 참으로 놀라운 인연이구나. 과인이 김헌주 훈도의 유족을 이렇게 만나게 될 줄 어찌 알았겠느냐. 네 아버지는 지극한 충신이셨다. 네 말을 들으니 마음이 무척 아프구나. 네 아비는 과인의 특명을 받고 연해주에 파견되었으나, 순직했다는 보고를 받고 너무 가슴이 아팠다. 장례는 잘 치러드렸느냐?"

"네에, 폐하, 크라스키노 겨울 숲에 아버님을 잘 모시고, 저는 어머님과 함께 귀국한 지 9년의 세월이 흘렀습니다."

마샤 김은 그해 겨울, 부친의 장례를 치른 후에 한인촌의 의병 간부들로부터 아버지를 저격한 자가 간도 지역 일본군 첩보대 소속 사키라 소위라는 말을 들었다. 사키라 소위는 훗날 알게 되었지만, 러시아 지역 한인촌 일대에서 악명 높은 일본군 첩보대 지휘관이었다. 수십여 명의 의군 첩보원들이 그의 손에 목숨을 잃었다. 만일 마샤 김이 지금의 나이였다면 아버지의 원수를 그대로 두고 귀국하지는 않았을 것이다. 마샤 김은 무덤 앞에서 언 땅을 치며 울었다.

"아버님, 제 목숨이 붙어 있는 한, 조국과 아버지의 원수는 제 손으로 갚는 데 최선을 다하겠습니다. 그것만이 한에 사무친 아버님에게 자식의 도리를 다하는 길입니다."

마샤 김은 지금도 사키라 소좌에 대한 복수를 잊지 않고 있다. 빌렘 신부가 장래 소망을 물었을 때 마샤 김은 프랑스 이름으로 여전사를 뜻하는 '용감한 루이즈'가 되어 개인과 조국의 원한을 푸는 것이라고 말했다. 디냐 수녀님은 마샤 김에게 사람은 누구에게나 원한을 품어서는 안 된다고 말하면서 하느님은 인류의 모든 죄를 기억하고 훗날 공정하게 갚아준다고 말했지만 마샤 김은 그 말을 이해하지 못했다.

"네 이름은 무엇이냐."

마샤 김은 잠시의 혼란에서 재빨리 벗어났다.

"김여경입니다. 러시아에서는 마샤 김으로 불리었습니다."

"과인이 네 가족에게 진 빚이 너무 크다."

마샤 김은 말이 없었다. 단지 아버지의 순직이 조국의 독립에 작은 밑거름이 되기를 바랐다. 모든 독립 전사들이 전쟁터에서 갖는 마음은 역시 그와 같다. 마샤 김은 안중근과 이도엽이 정장을 갖추고 갑자기 돈덕전에 나타난 이유를 몰랐지만, 그들이 황제와 시종무관과의 면담을 끝낸 후에는 모든 사태를 파악했다. 두 고향 선배가 황실에 나타난 배경에는 서우교우회 박은식과 청계동 진사 안태훈, 시종무관 정재관 사이에 모종의 은밀한 약속이 있었다. 그들을 나라의 큰 그릇으로 쓰겠다는 열망이 들어 있었다. 그날 돈덕전 별실의 점심에는 마샤 김의 바람대로 서양요리 스테이크가 나왔다. 식사와 환담이 끝나고 찻잔을 든 후에야 그들의 밀담은 겨우 끝났다. 마샤 김은 그들의 표정을 보고 안심이 되었다.

17

1902년 6월, 고종은 오랫동안 추진해온 황실 직속 군사 첩보기관 '제국익문사(帝國益聞社)'를 출범시켰다. 익문사는 표면상 통신사였지만 극비문서의 운영 법규를 보면 군사조직체계를 갖추고, 이미 국내외에 다수의 비밀 통신원들을 파견했다.

을미왜변을 겪으면서 주한 러시아공관에 망명했던 고종은 그 당시 러시아 총영사 카를 베베르와 공사관의 무관 대령 푸티아티로부터 조선의 국가안보 문제에 관한 긴급 자문을 받았다. 그들은 고종에게 안보 현안으로 첩보부대 창설을 제안했다.

"전하, 조선에는 민간인과 사업가를 위장한 일본의 비정규군 첩자들이 광범위하게 침투되어 있습니다. 그들은 대궐의 대신은 물론 고위 관료를 돈과 이권으로 매수하여 친일파 조직을 만듭니다. 그들은 국가정책과 기밀사항들을 모조리 빼내고, 항일세력에 대한 견제와 테러를 자행하고 있다는 것을 러시아 첩보부가 밝혀냈습니다. 조선의 강적은 일본이 아니라 대궐 안에 있는 첩자들입니다. 조선이 일본 첩보부와 친일 반역 세력들을 먼저 척결하지 않는 한, 조선의 안보는 지킬 수가 없습니다."

일본은 청일전쟁이 끝난 후, 일본군 비정규 테러조직 겐요샤를 조선에 전방위로 침투시켰다. 그 예로 조선 대궐에는 친일파 대신들과 환관과 시녀며 종복 중에도 일본군 스파이에 매수되어 국정 사항들과 왕족들의 사생활 정보까지 줄줄이 일본군에 보고되는 상황이었다. 그로 인해 일본군은 국권침탈의 갖은 공작을 상습적으로 자행해왔다. 대궐에서 국왕을 비롯한 호위무사나 시위대는 그저 국왕 곁에서 무기를 든 허수아비들에 불과했다. 대궐은 국왕부터 궁인들까지 모든 정보들이 일본군의 손바닥 안에 들어 있었다. 고종은 카를 베베르와 푸티아티 대령으로부터 국방과 관련된 진솔한 자문을 들었다.

"폐하, 대궐이 첩자들로 득실거리고, 적들이 대궐을 무시로 넘나드는 데도 사전에 우군의 제보가 단 한 건도 없었고, 그래서 지금까지 아무런 예방 조치도 할 수 없었기에 폐하께서는 그토록 험난한 위기를 자초할 수밖에 없었습니다. 한 마디의 은밀한 정보가 전쟁에서는 승패를 가르고, 천년 사직을 일시에 무너뜨리기도 하고 살리기도 합니다. 지금 조선은 일본의 내부공격으로 패망의 직전에 놓였습니다. 어서 전하의 직속 비밀 군조직을 서두르셔야 할 줄로 압니다."

고종은 황실의 군부나 고위 대신들로부터 그런 조언을 한 번도 들어본 적이 없었다. 그날부터 고종은 크게 달라졌다. 카를 베베르 총영사와 무관 대령 푸티아티는 고종에게 러시아 황제 차르 2세의 직속 비밀경찰 조직의《오크라나 운용지침서》를 참고할 수 있는 문서자료를 전해주었다. 러시아 차르 2세는 일찍이 친위세력들과 정부 각료들이 반정부 테러로 희생되는 사태를 막기 위해 황제 직속의 비밀 경찰조직을 창설했다.

그것이 바로 테러 대항세력인 비밀정보조직 오크라나(okhrana)였다. 오크라나는 훗날 악명 높은 소련의 비밀경찰(KGB)의 전신이 된다. 고종은 환궁 전에 시종무관 정재관을 불러들여 러시아의 오크라나와 같은 비밀 군조직의 창설을 위해 황실 직속 비밀 첩보부대의《제국익문사 규정집》을 만들었다.

고종이 러시아공관 망명정부 때 창설된 특수첩보부대는 고종이 환궁하고 대한제국을 선포하기 이전에 그 조직의 대부분이 갖추어졌다. 익문사의 비밀첩보전은 즉각 효과가 나타났고, 업무효율과 성과도 빨리 나타났다. 고종은 경무청을 통해 김홍집을 비롯한 친일파 국가반역자 5명을 공개 처형하라는 어명을 내렸다. 황제의 준엄한 어명은 익문사 통신원들이 김홍집 내각에 접근하여, 일본정부와 내통한 모든 국가 반역자들의 비위를 탐지하고 비밀문서들을 빼내어 반역 대신들을 공개 처형할 수 있는 근거 자료를 확보한 결과였다.

그 후에도, 고종은 독립협회의 상소를 받아들여 환궁했고, 조선의 국호를 대한제국으로 바꾸었다. 제국익문사 규정집은 그 당시 비단 표지에 고급 닥나무 종이를 사용하여 황제 어람용으로 제작되었다. 익문사는 오늘날의 국정원이나 미국의 CIA에 해당하는 정보기관이다. 고종은 그 조직을 경무청 관할에 두지 않고, 통신 시설을 갖춘 사설 비밀 독립회사로 만들어 황제 직속의 비선라인으로 했다. 익문사 수장은 독리, 그 휘하에 4개 부서와 소속 16명의 상임 통신원과 61명의 통신원을 두었다. 그들은 국내의 주요 도시와 항구, 일본의 도쿄 오사카 나가사키, 중국의 베이징과 상하이, 러시아의 블라디보스토크 뤼순이 주 활동무대가 되었다. 익문사 통신원들은 각국 공사와 고위직 인사의 동향 파악과 친일매국행위, 혹은 반국가 이적행위를 사찰 감시한다. 특히 친일반역자로 의심되는 고위 각료들에게는 서너 명의 다른 밀정을 복선으로 붙여서 그물망처럼 촘촘하게 감시하여 반역행위를 색출하고 제거했다. 익문사가 다른 정보기관과 다른 점은 통신원이 직접 인적, 물적 파괴 작전을 수행하는 독자적인 작전권을 갖는 것이다. 따라서 익문사 통신원들에게는 18개월의 기본적인 군사훈련을 거쳐야 할 필요가 있었다.

그들은 수집한 정보를 중간단계를 거치지 않고 황제에게 직접 보고한다. 중간보고를 거치면서 발생하는 오해와 불신과 배신을 막기 위해서였다. 극비 첩보문서는 불빛에 비춰야만 글자가 드러나는 화학 물감을 사용하여 작성된다. 특수잉크로 쓴 글들은 화공약품을 덧칠해야 글자가 드러나는 '화학 비사법'을 사용했다. 그만큼 보안을 철저하게 지키도록 했다. 보고서의 봉투에는 오얏꽃 황실 문장과 황제를 보좌한다는 뜻의 '성총보좌'라는 글이 새겨진 전용 인장을 찍었다. 안중근과 이도엽은 돈덕전에서 익문사 독리 정재관에게 본인 친필로 의군 입대 재확인 절차를 마쳤다. 안중근은 의군에 충성을 맹서하는 서약서를 재래식 조선 한지에 연두색 물감으로 '호미꽃'이라는 휘호와 암호를 썼다. 한지에 채색된 글은 곧바로 흐려지면서 글자가 사라진다. 도엽의 암호 '목련'도 글자가 사라진 후에 화공약품을 덧칠하면 글자가 다시 드러난다. 안중근과 이도엽은 각기 호미꽃과 목련을 암호로 등록하면서 익문사의 비밀 통신원이 되었다.

세상의 온갖 꽃들은 때가 되면 저 스스로 피었다가 저 스스로 진다. 꽃은 왜 누구를 위해 세상에 피어나는지 아무도 모른다. 혹시 안다 해도 저마다 피어나는 방식과 위치가 다르다. 익문사 비밀요원도 그와 같다. 익문사 요원으로 등록되는 순간 그 꽃은 나라를 위해 피고 그 꽃이 졌다면 나라를 위해 진 것이다. 결국 꽃들의 모든 인과응보는 조선의 안보와 평화를 위한 꽃이 되어야 한다. 독리 정재관은 안중근과 이도엽에게 앞으로 그들의 임무에 대한 브리핑을 해주었다.

"두 분의 등록으로 익문사의 최종 수용인원이 채워졌소. 나는 오늘 대궐에서의 임무를 끝내고, 익문사 해외조직을 위해 미국으로 떠나지만, 대궐에 새로 부임하는 국내의 독리와 미국으로 부임하는 나와는 계속 요원들과 연락망을 통해서 첩보부대를 지휘하게 될 것이오. 건투를 빌겠소."

그 시기에 세상은 이미 전화기가 획기적인 통신수단으로 등장했다. 1896년 조선 최초로 경운궁(덕수궁)을 중심으로 여러 조정의 부서에 전화선이 연결되었다. 인천이 개항된 후에는 한성과 인천 간에 전화가 처음 개통되었다. 전화는 주로 공무용으로 사용되고, 상용화되지는 못했다. 그 대신 모스 전신은 다르다. 미국 새뮤얼 모스가 1837년 1월 6일 개발에 성공하고, 1년 만에 뉴욕에서 분당 10개의 단어를 전송하는 통신혁명을 개척하면서 획기적인 발전을 이루었다. 1887년에 조선에는 정보총국이 창설되고, 청주와 창원 지선 등 전국 7개의 관할분국이 설치된다.

익문사의 통신원은 실제로 모스 전신이라는 빠른 통신수단이 있어서 멀리 미국이나 연해주에서도 대한의군 총사령관과 명령을 주고받을 수 있었다. 국내와 해외에서는 익문사 통신원 77명이 모두 첩보 작전을 전개하고 있었지만, 요원 간에 횡적으로는 소통이 불가능했다. 그들은 서로의 얼굴도, 이름도, 암호와 소속도 임무도 몰랐다. 단지 그들은 자신의 직속 상관이 익문사 총독으로 오얏꽃이라는 암호를 쓰는 김두성이라는 이름을 사용하며, 그가 바로 대한의군 총사령관으로 모든 통신사 첩보원들을 지휘통솔하고 있다는 사실만 알고 있었다. 모든 익문사 통신원의 최고 상관은 하나였다.

익문사 통신원이 되는 순간, 요원들은 이전에 살던 주소와 이름이 사라진다. 안중근, 이도엽도 익문사 내에서도 직책이 다른 타인일 뿐이었다. 익문사 의군에 입대하는 순간, 그들은 한글이름 암호와 호미꽃과 목련으로만 통하는 비밀의 열쇠를 쥐고 있을 뿐이다. 그들은 죽어도 암호가 지워질 뿐이며, 아무리 큰 전공을 세워도 무명용사의 무덤에도 묻히지 못한다. 모든 비밀은 무덤까지 가져가야 한다. 안중근과 이도엽은 대한의군 최고사령관의 작전 명령에 최선을 다해 수행할 것을 죽음으로 맹서했다. 정재관은 면담이 끝나고 두 사람에게 대한의군 총사령관의 실체를 은밀히 일러주었다.

"동지들, 우리 직속 상관은 김두성이라는 가명을 쓰시는 금말별의 황금빛 우두머리별이라는 점을 명심하시게."

호미꽃과 목련은 눈을 크게 뜨고 고개를 끄덕거렸다. 금말별 황금빛은 공자의 논어 위정편에 수록된 글(子曰, 馬政以德 譬如北辰 居其所而 累星共之, 공자께서 이르시기를, 무릇 정치란 덕으로 다스리는 것이니, 그 말에 비유되는 북극성(北辰)은 제자리를 지키고 있기만 해도 뭇

145

별들이 북진을 중심으로 도는 이치와 같다)로 가장 큰 중심별인 우두머리 별이 어떤 인격과 도덕성과 능력 조건을 갖추어야 하는지를 표현한 말이다. 지도자가 그 조건을 갖추지 못하면 무리별들은 파멸의 비극을 면치 못한다는 것을 깨달았다.

제국익문사 의군에 입대한 두 사람은 6개월에 걸쳐 강원도 태백산 지역에서 러시아 주둔군 소속 특전 훈련 교관들로부터 훈련을 받았다. 이미 고종은 러시아에 군사교관을 위촉하고 러시아의 푸티아티 대령을 단장으로 한 3명의 장교와 10명의 하사관을 교관으로 초청했다. 그 이후, 러시아 군사교관들은 계속 추가 증원되었다. 일본군도 한국에 육군병력을 계속 증원 증강시키고 있었다. 황실은 최신 군사장비와 무기를 도입하는 한편 러시아 교관들과 작전 대책에 고심했다.

대한의군 소속 익문사 통신원의 훈련 참가 조건은 면접에 통과한 17세 이상 30세 이하의 신체 자격 테스트에서 합격점을 받아야 한다. 1차는 6주간 기초체력훈련과 테스트를 거쳐 3.2km의 구보와 1km의 도하 수영을 제한 시간 내에 돌파하고, 2차 테스트는 4개월의 강화된 훈련코스가 있다.

잠입, 정찰, 침투, 생존위장술, 추격과 격투, 험산 등반을 통한 체력 강화훈련은 기본이다. 이어 일대일 혹은 일대 다수의 호신술과 단검 투척 훈련, 나이프 공격, 폭발물 제거와 설치 및 심리전을 최대한 깊이 숙지해야 전투에 투입된다.

안중근과 이도엽이 첩보 훈련을 마치고 귀환했을 때, 독리 정재관은 이미 미국으로 떠났고, 다른 독리대행이 두 대원을 돈덕전에서 면담했다. 대한제국 육군 대장 참령 이갑은 서북 출신으로 두 사람과는 2년 차 선배였다. 이갑은 평남 평원 출생으로 독립협회에 가입하고, 육군무관학교를 졸업한 후, 일본 세이조 학교와 일본 육군사관학교를 졸업하고 귀국한 후에 참령으로 황실의 시종무관직이 되어 황제를 보필했다.

"그간 고된 훈련에 고생이 많았소. 반갑습니다. 저는 현역이지만 익문사 대한의군 특수부대 작전사령부 소속입니다. 지금은 총사령관의 지시로 두 분을 뵙게 된 것이오."

참령 이갑은 황성신문 주필 박은식이 임시회장으로 있는 서우청년회 평남지역 간사였다. 서우청년회는 훗날 서우학회와 서북학회로 통합되지만 그전에는 단순한 서우 친목회였다.

"독리십니까?"

안중근이 물었다.

"임시대행이오. 당분간 현역 통신원으로 활동하다가 무관직에서 물러나면 해외 파견근무를 자원할 것입니다. 두 분의 부친은 모두 제 집안 어른들과도 각별한 인연을 맺고 계셨습니다. 안 동지는 처음 뵙지만, 김창수 선배로부터 신천 의군의 활약을 많이 들어서 구면처럼 친근한 느낌이 듭니다."

"이렇게 의군 선배로 뵙게 되어 반갑습니다."

이갑은 이도엽을 돌아보며 물었다.

"입대원서를 보니 세이조 동문이더군요."

"저는 중학만 마쳤습니다"

"제가 먼저 졸업해서 만날 기회가 없었군요. 미국 보스턴대에서 정치외교사를 전공하셨는데, 나라가 인재를 제대로 못 보고 있다는 것이 안타까울 뿐입니다."

"과찬이십니다. 늦게나마 의군 입대가 자랑스럽습니다."

그날 안중근과 이도엽은 돈덕전에서 마샤 김과 만나기로 한 약속을 지키지 못했다. 마샤 김에게 러시아공관으로부터 긴급지시가 떨어졌기 때문이다. 손탁이 마샤 김을 대신해서 안중근과 이도엽에게 식사 대접을 했다. 두 사람은 손탁과 얘기를 나누는 동안, 손탁은 물론 마샤 김도 이미 오래전부터 익문사 요원이라는 사실을 알게 되었다. 손탁은 고종황제를 시종무관처럼 곁에서 긴밀한 보필을 하고 있었다.

전쟁의 폭풍

18

고종 즉위 40주년 기념식에 전 주한 러시아 영사 카를 베베르가 7년만에 조선을 찾아와 참석했다. 정동 외교가에서는 그의 방한으로 한러 외교가 돈독해지고, 그것이 일본에는 악수가 될 것이라고 말했다. 고종과 베베르는 통역관 손탁과 셋이 마주 앉았다. 대화의 주제는 러일전쟁이었다.

"폐하, 영국은 일본과 동맹을 맺었지만 전쟁이 일어나도 군사개입은 안 한다는 조건입니다. 그 대신 일본이 러시아를 극동에서 밀어낼 경우에는 일본의 조선반도의 지배권을 인정할 것입니다. 앞으로 폐하께서 일본의 견제와 침략을 방어하기 위해서는 러시아와의 전략적 제휴가 필요합니다. 일본은 만주의 러시아군을 공격하기 전에 반드시 조선반도를 장악하고 전쟁의 전진기지로 삼을 것이기 때문입니다."

그 말에 고종이 베베르에게 먼저 물었다.

"러시아의 전략적 군사 제휴를 먼저 말해보시오."

"군사 제휴는 아주 간단합니다. 차르 황제의 제안입니다만, 조선이 마산항을 러시아 해군기지로 임대를 주시거나, 아니면 경의선 철도부설권을 허가해주시면 조선과 러시아는 전략적 동반자 관계가 됩니다. 일본은 조선을 넘보지 못할 것입니다. 차르 황제께서는 조선이 자주국방을 갖출 때까지 러시아가 곁에서 힘이 되시겠다는 의지를 피력하셨습니다."

고종황제는 이미 주러 한국 공사 이범진으로부터 그 말을 들었다. 하지만 그럴 경우, 조선은 일제 대신 러시아 제국주의를 끌어들이는 일이 된다는 것이 큰 부담이었다. 베베르는 고종이 쉽게 그 제안을 수락할 것이라고 믿었지만 그 기대는 빗나가고 말았다. 고종황제는 대한제국이 대외적으로 전시 중립국을 선언하면 일본과 러시아가 조선반도에 군사개입을 할 수 없을 것이라는 단순한 계산을 하고 있었다.

"황제 폐하, 영일동맹 조약에는 영국과 일본이 조선의 독립과 영토 보존을 약속한다는 내용이 있습니다. 하지만 협정의 조약문은 겉치레일 뿐, 그 조약을 어떻게 책임지겠다는 조항이 없습니다. 영일동맹은 일본이 조선을 독점하기 위한 정치적인 술수와 함정이라는 사실을 간과하시면 안 됩니다."

베베르는 고종의 마음을 돌리려고 했지만 끝내 설득에 실패했다. 그로 인해 일본은 청일전쟁 때처럼 러일전쟁을 시작하기 전 조선의 부산과 마산을 공격했다. 러시아의 마산포 임대 대신 일본의 군사 공격을 자초한 것은 고종의 뼈아픈 실책이었다. 1905년 7월 27일, 미국과 일본이 맺은 가쓰라-태프트 밀약에는 두 나라의 추악한 거래 조건이 숨어 있었다. 미국은 일본으로부터 필리핀의 지배권을 인정받는 대신 일본에게 조선반도의 지배권을 인정해주고, 영국 역시 인도의 식민지 지배를 정당화하는 통상적인 국제적 밀거래가 있었다. 일본은 그 와중에서 미일 간의 뒷거래를 가장 먼저 실행에 옮긴 것이다.

고종은 이미 1899년부터 미국 공사 알렌을 통해 조선의 영토 보존과 중립화 정책을 미국이 지원해주기를 간곡히 요청했지만, 미국은 고종의 제의를 거절했다. 한미수호통상조약(1882년) 제1조에는 "조선이 제3국에 의해 불공정하고 강압적인 처우를 받을 경우, 미국이 그 문제를 조정해줄 의무가 있다"라는 규정이 있었지만 미국은 일본의 한국 침략을 눈감아버렸다.

바로 그 험난한 시기에 황해도 청계마을의 고능선 초당에 귀한 손님 한 분이 찾아왔다. 강원도의 의군대장 의암 유인석이다. 안태훈은 산채에 있는 안중근과 이도엽을 불러들여 의암 선생에게 인사를 시켰다. 환갑의 나이인 유인석과 고능선은 조선 유학의 대가인 이항로의 동문 제자였다. 그는 일본이 제물포항에 해군함(운요호)을 파견하여 무력 위협으로 조선 정부를 개항시키려고 체결한 불평등조약에 홀로 항거한 학자였다. 제물포조약은 부산 원산 인천항을 개항하고, 일본인에게는 치외법권을 허용하는 것은 물론 일본인 범죄자를 조선법이 아닌 일본법으로 다스린다, 일본의 선박은 조선 해안에서 자유롭게 측량할 수 있다, 조선은 일본 화폐를 써야 한다, 무역은 무관세로 한다 등 일본이 조선에게 일방적으로 강요한 조약은 한 마디로 악마의 조약이었다.

의암 유인석은 강원도 제천을 거점으로 열강의 침략을 저지하는 의군 항쟁에 나섰다. 그는 동학농민전쟁 때 단양에서 공주 병참 소속 관군과 일본군 연합부대와 전투를 벌여 첫 승리를 거두었다. 을미왜변 때는 "국모의 원수를 갚고 의리를 지킨다"는 애국충정의 기치를 내세워 격문을 발표하고 항일의 깃발을 올렸다. 그 이듬해 의암의 의병대는 열악한 무기로 일본군과 싸워 충주성을 장악하기까지 했다.

김홍집 내각이 붕괴된 후에도 의암의 국내 항일전쟁은 계속되었다. 의암 의병대는 관군과 일본군에 쫓겨 압록강까지 후퇴했다가 만주 간도에서 항쟁을 끝냈는데, 퇴로가 없자, 해산되었다. 그 후, 의군들의 일부는 간도로 망명했다. 의암은 고종황제의 소명을 받고 귀국한 후에도 "원한을 품고 고통을 참으며 때를 기다린다"라는 자세를 굽히지 않았다.

의암은 국난의 위기에 황해도 청계동을 방문, 친구 고능선과 함께 구국을 위한 담론을 벌였다. 안태훈과 안중근, 이도엽 등 젊은 이들이 시국토론에 참여했다. 1903년 9월 29일 일본내각의 고무라 외상은 주한 일본 공사 하야시 곤스케에게 대한제국에 대한 초강경 대책을 주문하기에 이른다.

"조선의 중립국 정책을 포기시키고 한일 군사동맹을 관철할 것,

러시아의 조선에 대한 경제적 군사적 지원을 차단할 것, 러시아와 전쟁태세를 유지하고 조선을 일본의 지배권에 둔다."

본국으로부터 강경한 훈령을 받은 하야시는 고민에 빠진다. 지금까지 조선황실과 불화 관계가 깊었던 그는 조선에 한일군사동맹을 제안할 수가 없는 입장이다.

일본이 을미왜변 이후, 조선을 조심스럽게 대한 것은 자칫 고종이 러시아에 군사지원을 요청할지도 몰랐기 때문이었다. 조선의 친러는 일본의 악몽이다. 게다가 여론은 러일전쟁이 시작되면 일본이 단숨에 패할 것이라는 소문이 압도적이었다. 그만큼 러시아 육군과 해군은 세계 최강이었다.

"뭐라고? 하룻강아지 범 무서운 줄도 모르고 왜놈들 간덩이가 부었구나. 러시아가 청국과 같은 줄 아는 모양이지?"

세계 각국은 일본을 조롱했고, 일부 유럽의 언론은 "일본 사무라이들이 영국 엘리자베스 여왕에게 영국의 대리전쟁을 자청하여 비굴한 충성을 바치려고 무리수를 둔다"라고 야유했다. 그 상황에서 1905년 8월 12일 제2차 영일동맹이 전격 체결된 순간, 일본열도는 축제 분위기에 휩싸였다. 거리로 쏟아져 나온 일본 군중들은 벌써 승전이라도 한 듯, 일장기를 흔들며 승리를 외쳤다. 그 당시 영국에 유학 중이던 일본 작가 나쓰메 소세끼는 그 상황을 보고 본국 정부에 비판의 글을 썼다.

"일본은 마치 가난한 집 딸이 부잣집 아들의 청혼을 받고 부자가 다 된 듯이 기뻐서 날뛰며 그 말을 동네방네 떠들고 다니는 천박한 집의 딸 행세를 하고 있다."

그 말은 일본 국민들의 정서를 바라보는 세계인들의 정서를 대변한 비판이었다. 그때 안중근은 "일본은 러일전에 앞서 조선을 점령할 것입니다. 만주에서 러시아군과 싸우려면 한반도를 디딤돌로 삼아야 하기 때문입니다. 이제 대한육군 정규병력 10만과 대한의군들은 국내에서 일본군과 맞서 싸워야 합니다. 우리는 게릴라 전법으로 일본군의 전진기지에 타격을 줘야 합니다. 그것이 항일의군들이 해야 할 일입니다"라고 했다.

안중근의 말이 끝나자 의암이 이도엽에게 물었다.

"자네도 그리 생각하는가?"

"그것만이 최선의 길이 아닐까요?"

이어 안중근이 말했다.

"우리 대한의군들은 만주 간도와 연해주에서 러시아 육군과 합동 작전을 벌여 일본군의 조선반도 장악을 최대한 저지할 것입니다. 이미 황실에서도 북간도의 이범윤 장군으로 하여금 한러 합동 군사훈련을 시작하도록 독려하셨습니다. 우리도 그 작전에 동참해서 일본의 침략을 막아야 마땅합니다."

그 말에 좌중은 한동안 침묵에 휩싸였다. 그 순간 유인석은 자리에서 벌떡 몸을 일으키면서 말했다.

"젊은이들 말을 들어보니, 내가 한가하게 있을 때가 아닌가 싶네. 당장 고향으로 달려가 의군들을 정비하겠네."

1903년 10월 말, 러시아는 청국과 약속한 만주 주둔 병력의 철수계획을 백지화했다. 청국 역시 러시아군이 만주에서 일본군을 막아주길 바랐다. 고종은 전쟁 대비책을 세워 일본이 한성을 공격하면 러시아공관이나 프랑스공관, 혹은 춘천, 평양으로 피신할 수 있는 계획을 세웠다. 일본은 러시아가 제안한 조선반도의 중간지역 북위 39도를 중립 경계선으로 삼아 남북을 분할 통치하자는 제안을 거절했다. 이어 대한제국은 중국 산둥성 즈푸에서 전시 중립 선언을 발표했다. 예상대로 러일 양국은 고종의 중립선언을 무시하고 무력대결로 들어섰다.

19

    한반도에서 전쟁 위기가 고조되자, 고종은 즉각 외교특사 현상 건을 러시아에 파견하여 차르 황제에게 밀서를 전했다. 그 내용은 조선의 운명을 좌우할 중대 사안이었다.

    "차르 황제 폐하! 저희는 귀국의 대일강경책에 적극 지지와 성 원을 보내며 러시아의 승리를 확신합니다. 귀국의 만주군 사령관 쿠로파트킨 장군이 조선반도를 넘어 남하 작전을 개시할 때, 우리 만주 북부지역 대한의군들이 러시아의 군사작전을 지원하겠습니 다. 그 시기에 저희는 국내에서는 항일 민중봉기를 시작할 것입니 다. 대한제국은 일본군을 방어할 군사력이 없으니, 바라건대 일본 군이 조선을 공격하기 전에 귀국의 군사들을 미리 파견하여 대처 해주시기를 바랍니다."

    러시아는 그 사태를 대비하기 위해 마산항에 러시아 해군 주둔 을 제안했다가 거절당했던 일을 잊지 않고 있었다. 그렇다고 해서 러시아는 조선의 파병요청을 무시할 수 없었다.

    고종의 밀사 현상건이 러시아 측으로부터 아무런 답변을 듣지 못하고 귀국길에 뤼순에 들렀을 때, 전 주한 러시아 공사 무관이었 던 극동아시아 총독 알렉시에프를 만났다. 그때 알렉시에프는 현 상건에게 러시아 황제의 답변을 전해주었다.

    "저희 황제 폐하께서 러시아군 2천 병력을 즉시 조선에 파견하 여 한성을 사수하라고 명령하셨습니다."

그 말을 들은 현상건은 크게 안도의 숨을 내쉬었다. 러시아에 다녀온 일이 뒤늦게나마 결실을 거둔 것이다. 이어 1903년 12월 9일, 뤼순 러시아 해군기지의 함대사령관 스타르크가 대한 황실로 찾아와 직접 고종과 회견하고 러시아 황제와 극동 총독 알렉시에프의 뜻을 다짐하면서 말했다.

"러시아 정부는 머잖아 만주 병력을 증원하겠다는 말씀을 전해 주셨습니다. 일본이 한판 붙겠다면 맞서 싸우겠다는 전의를 다짐하셨습니다. 러시아는 일본의 조선 침략을 결코 좌시하지 않고, 대한제국의 주권과 독립을 지원하겠다고 약속드립니다. 따라서 대한제국은 애매한 중립적 태도로 우리의 조선 방어 의지를 약화시키지 않기를 바라며 압록강 용암포를 개항하라는 일본의 요구를 절대 허용해서는 안 됩니다."

고종은 그때 러시아의 함대사령관 스타르크에게 말했다.

"러시아가 일본의 침략을 막고, 조선의 국권과 독립을 지켜주신다면 대한제국은 러시아가 만주의 이권을 지키는 완충 지역이 될 수 있도록 지원하겠습니다."

1904년 1월 11일 특사 현상건이 귀국한 후, 대한제국의 황실 분위기는 친러 반일 쪽으로 완전히 기울었다. 황실 내각은 친러파의 주도로 바뀌고, 군부대신 이근택은 러시아 공사 파블로프와 조약을 체결하고, 러시아 장교와 경호관을 조선황실 시위대로 채용하는 5개 조항에 합의했다. 그 사실을 알게 된 일본은 크게 반발했다. 이어서 일본은 대한제국의 러시아 친화정책을 저지하겠다는 작전을 세운다.

1903년 12월 30일, 일본은 대한제국에 대해 러시아와의 평화교섭을 즉각 중단할 것을 요구하는 한편 러시아와 전쟁을 개시하는 작전에 들어갔다. 고종은 다음 해 1904년 1월 21일 오전 11시에 중국 산둥반도 지푸에 있는 주중 한국영사관에서 제2차 전시 중립선언을 대내외에 전격 발표한다. 중립선언서 전문에는 "대한제국은 스위스 방식의 무장 중립이 아닌 벨기에식 비무장 중립국 방식을 채택한다"라고 발표했다. 하지만 비무장 중립국의 경우는 주변 당사국들이 대한제국의 중립을 묵시적으로 보장해줘야만 가능하기 때문에 실현성은 없었다.

선언문에는 대한제국이 일본과 여전히 군사동맹을 체결하지 않았다는 사실이 적시되어 있었고, 동시에 러시아 병력 2천 명이 한성에 주둔하여 대한 황실의 안전을 지킬 것이라는 내용이 포함되었다. 고종은 중립국을 선언하면서 러시아에 군사보호를 추진하는 이중정책을 쓴 것이다. 러시아 함대사령관 스타르크는 대한제국의 외교정책에 불만이 컸다.

1904년 2월 6일, 이도엽은 황성신문 편집국에서 방금 초벌인쇄로 나온 기사의 교정지를 읽었다. 신문 헤드라인에 일본 정부가 어전회의에서 러시아와 외교단절을 선언하는 동시에 전쟁에 돌입한다는 놀라운 기사가 들어 있었다. 일본은 대한제국의 황실과 영토를 보호하며 영구독립을 지지한다는 내용도 포함되었다. 러시아가 대한제국에게 해줄 수 있는 것은 일본도 해줄 수 있다는 식의 반박 선언이었다. 특히 일본군이 한반도에 주둔하면 민간 피해가 없도록 보장할 것이라는 구체적인 러일전쟁의 작전계획도 언급해놓았다.

주일 한국 공사 참서관 현보운은 도쿄에서 황실에 긴급전화로 일본의 선전포고 소식을 전했다. 그다음 일본은 러시아와 전격적인 외교단절을 통보했다. 일본의 전쟁 선언은 전 세계에 큰 충격과 혼란을 불러왔다. 일본은 러시아와 외교단절을 선언하면서 대한제국 정부에는 단 한 마디의 통보도 없이 갑자기 병력을 동원하여 한반도의 상륙작전을 개시했다.

"폐하, 어서 일본 하야시 공사를 만나셔야 합니다."

고종이 황실에서 긴급회의를 하는 사이에 인천 앞바다에서는 일본 함대들이 항만에 정박 중인 러시아 함대에 기습포격을 시작했다. 동시에 일본군 전방 선발대가 부산, 마산, 인천항에 동시상륙을 개시했다. 그런 위기에서도 고종은 일본 공사 하야시의 알현 요청을 단호하게 거절한다. 이미 조선을 침략한 일본과의 협상은 무의미한 일이라고 생각했던 것이다.

이도엽은 왜 고종황제가 일본 정부를 신뢰하지 못하고 있는지 잘 알고 있다. 일본의 현 정부를 구성하고 있는 내각과 정치지도자들은 정상적인 국가라고 생각하지 않았다. 저들은 지금도 여전히 왜구 도적 떼들과 똑같은 수법으로 조선을 침략하고 있다. 저들의 입에서는 진실이 나온 적이 없었다.

창밖은 을씨년스러운 찬바람이 흐린 유리창을 한 차례 흔들고 지나간다. 편집실은 석탄 난로로 따뜻했지만 이도엽의 마음은 혹한의 벌판에 서 있다. 일본군은 지금쯤 남해안 마을을 마구 유린하고 있을 것이다. 황성신문(1898년 9월 5일 창간)사는 서울의 중심상가 종로에서 목면과 은자를 파는 백목전(지금의 영풍빌딩)에 있다. 이도엽은 가을부터 박은식 주필의 추천으로 황성신문 외신부에서 수습기자 활동을 시작했다.

황성신문은 박은식, 장지연 등 당대의 권위 있는 주필과 논객들이 정의로운 필력으로 시대적 담론을 대변하고 있는 국한문 혼용체 신문이다. 발행 목적도 민족의식을 고취하고, 문명개화와 애국 정신을 통해 한민족의 자강과 부국강병을 지원한다. 비록 임시직이었지만, 그는 대학 시절에 꿈꾸었던 신문기자가 된 것이 기뻤다. 외신기자는 해외특파원이 아닌 경우, 해외통신사들이 전하는 해외뉴스를 번역해서 기사로 작성하는 내근직이 대부분이다. 그래도 그 자리는 세상의 구석에서 일어나는 긴급 사건들이 모이는 곳이다. 이도엽은 이미 러일전쟁을 예감하고 있었지만, 막상 전쟁이 터지자, 오래전부터 유지하던 평정심이 무너졌다. 러일전쟁 역시 어느 쪽이 이기든 어차피 대한제국의 국권과 안위와는 별개의 문제다.

1904년 2월 8일, 일본 해군은 러시아 극동해군기지 뤼순을 기습공격하고 동시에 한반도 제물포에 정박 중인 러시아 전함 2척을 동시에 선제 기습공격으로 침몰시켰다. 아직은 누구도 예기치 못했던 개전 초여서 한성의 종로 일대는 전시 분위기를 전혀 느낄 수 없다. 지난해 10월 초, 이도엽은 손탁빈관에서 만난 황성신문 박은식 주필로부터 "대한의군 총독께서 자네를 내년 봄쯤 러시아로 파견할 계획"이라는 말을 들었다.

안중근은 이미 황실에서 상하이 파견 대기명령이 떨어진 상황이다. 전쟁 직전까지 러시아가 일본에 제안한 마지막 타협안이 있었다. "러시아 · 일본 · 미국 3개국이 대한제국의 영세중립국을 공동으로 보장하는 제안"이었다. 그 제안은 세 나라가 외교적 타협을 앞두고 있던 상황이었다. 그때 국제적인 판도를 먼저 깬 쪽은 일본이었다. 일본의 러시아에 대한 외교단절 선언과 함께 러시아에 대해 적대감을 보인 기습공격은 마지막 협상을 깨기 위한 전략이었다. 한반도가 유럽의 스위스나 벨기에처럼 영세중립국이 된다면 그보다 더 좋은 일은 없다.

안중근과 이도엽은 일본이 러시아의 제안을 받아들이지 않을 것을 예상하고 있었다. 하지만 행여 그런 기적이 일어나기를 마음속으로 빌었다. 역시 예상대로 일본은 여전히 조선의 적이었다. 이도엽은 종로에서 정동까지 빠른 걸음으로 걸었다. 그간 이도엽은 마샤 김과 여러 차례 만났지만, 그녀에게 어떤 사적인 속내를 털어놓은 적이 없었다. 그래도 마샤 김이 한성에서 의지하고 조언을 들을 수 있는 사람은 이도엽 밖에 없었다. 마샤 김은 우울한 표정으로 이도엽을 만났다.

"일본의 국교단절로 러시아 공관이 발칵 뒤집혔어요."

마샤 김의 목소리는 사뭇 격앙되어 있었다.

"난 왜놈들이 뒤통수를 칠 줄 알고 있었어. 사무라이들은 그간 애써 전쟁의 구실만 찾고 있었으니까."

이도엽의 예감보다 그 시기가 너무 빨랐다. 곧이어 이도엽은 마샤 김으로부터 놀라운 말을 들었다.

"파블로프 공사는 러시아공관을 잠시 중국의 즈푸(芝罘, 산동성

엔타이)로 철수한다고 말했어요. 어차피 러시아군이 한성에 들어와서 곧바로 일본군을 박살낼 테니까요. 파블로프 공사는 잠시 소나기를 피하는 식의 작전상 후퇴라고 말씀하시더라구요. 프랑스 해군함대가 즈푸까지 러시아공관의 직원들과 이삿짐을 옮겨주기로 했대요."

"러시아가 일본을 너무 낮잡아 보는 것 같은데?"

이도엽은 러시아의 자만심에 놀랐다. 전쟁을 앞두고 승리에 대한 자만심은 패배의 독배를 미리 마시는 행위와 같다. 이도엽은 일본의 결정이 이해가 안 되어 고개를 갸웃거렸다.

"파블로프 공사가 저더러 즈푸까지 함께 가재요. 제가 하는 일들이 모두 프랑스와 러시아가 넝마처럼 뒤얽힌 일들이거든요. 두나라 말을 동시에 번역할 사람을 구할 수 없대요."

"그래서 네 생각은 어때?"

"손탁 관장님께서도 즈푸까지 가래요. 가서 급한 일을 끈 다음에는 저더러 귀국하지 말고 페테르부르크로 빠지래요."

이도엽은 그 말에 깜짝 놀랐다.

"러시아는 왜?"

"제가 러시아공관에 가서 할 일이 아주 많대요."

"러시아공관이 철수하는 날이 언제지?"

"일본이 외교단절을 통보한 직후에 비상대책을 세웠어요. 철수준비는 끝났지만, 떠날 날짜는 비밀이래요. 제가 갑자기 떠나게 돼서 다시 못 만날 수도 있을 것 같아 서둘러 만나자고 전화한 거예요."

"빌렘 신부와 안토마스도 알고 있니?"

"아직요. 날짜가 정해지면 말씀드릴 거예요."

"마샤야, 어차피 우리 모두 이번 기회에 떠나야 할 때가 된 것 같다. 안토마스와 나도 머잖아 한성을 떠난다."

"그게 무슨 말씀이죠?"

"안토마스는 상하이로 파견 명령을 받았고, 난 페테르부르크로 간다. 어쩌면 널 러시아에서 만날 수도 있겠구나."

둘은 빈관 휴게실을 벗어나 덕수궁 돌담길을 천천히 걸었다. 마샤 김은 이 산책이 어쩌면 둘만의 마지막 시간이 될지도 모른다는 두려운 생각이 들었다. 짧은 순간, 긴 이별을 예감한 두 사람은 어두워질 때까지 그 주변을 거닐었다.

20

　1904년 2월 7일, 주한 일본공사관에서 회의를 마친 첩보 무관 대좌 사키라는 말 위에 올랐다. 그는 평소에 군복 대신 사복 차림을 하지만 퇴근 시간에는 군복을 입는다. 점령국의 장교라는 위세를 내세우기 위해서다. 사키라가 일본공사관 무관으로 임명된 지는 두 달째다. 사키라는 9년 전 첩보부 소위 시절에 만주의 간도와 연해주 지역의 항일 의군 감시역을 맡았다. 그 당시 일본군 첩보대는 관할 지역의 적국 첩자들을 체포, 제거하는 인간 사냥꾼들이나 다름없었다.

　그 당시에 사키라는 러시아와 조선인들에게 악명 높은 저승사자로 불리었다. 마샤 김의 아버지 김헌주는 고종의 특명으로 상무관이 되어 러시아의 크라스키노에 파견되어 러시아 군부와 무기 도입에 관련된 극비협상을 진행하던 중이었다. 김헌주는 조선인 첩자의 밀고로 간도 주재 일본군 첩보대의 체포 리스트에 올랐고, 결국 사키라 소좌의 추적을 피하지 못하고 그의 총격에 피살되고 말았다. 누구든 사키라의 그물 안에 들면 살아남는 사람이 없었다. 그는 첩보대 사냥개였다.

　마샤 김의 아버지도 의군 동지들도 사키라에 의해 피살되었다. 바로 그 악명 높은 일본군 사키라 소위가 9년이 흐른 지금, 대좌로 승진하여 한성의 일본공사관 첩보 무관이 되어 나타났다. 마샤 김은 프랑스공사관의 무관이 러시아공사관에게 제공해준 일본군 첩보 장교 리스트를 정리하던 중, 사키라의 이름을 발견하면서 생각했다.

"이는 필시 하늘이 아버지와 의군 동지들에 대한 복수의 기회를 내려주신 것이다."

마샤 김은 주먹을 불끈 쥐었다. 순간 그녀는 옛 분노가 되살아났다. 마샤 김은 그날 밤 지체없이 천봉산 산채로 달려갔다. 그녀는 산채의 총기 담당 지휘관에게 최신 무기 웨블리 리벌버의 반출을 요청했다. 오래전, 미국 총기 무역상 찰스가 정동에서 안중근에게 선물로 준 최신 권총이었다.

"잠시 총을 빌립니다. 애국을 위해 유익하게 쓰고 반납하겠습니다. 마샤."

그녀는 안중근에게 쪽지를 써놓고, 사키라의 동선을 추적하기 시작했다. 사키라의 거처는 주한 일본공사관과 아주 가깝다. 그는 일주일에 딱 두 번 명월관에서 평양 출신 기생 장매란과 저녁 식사를 한다. 조선왕조가 몰락하고 관기 제도가 폐지되면서 그 대신 기생조합이 조직되었다. 그와 함께 춤과 가무를 주관하는 기생들의 소속사가 생겨났다. 마샤 김은 사키라가 관기 중 가장 인기 높은 장매란를 자신의 한국 소실로 삼기 위해 작업을 진행하는 중이라는 정보를 잡았다.

그 당시 민족의식이 강한 지식인 기방녀들 중에는 일본군의 고급정보를 경무청이나 군부에 밀고하는 첩보자가 많았다. 그들 중에는 자발적인 애국심을 지닌 기녀들도 있었다. 장매란 역시 그중의 한 명이었다. 그녀는 사키라 대좌의 온갖 유혹에도 눈길 한 번

주지 않았다. 장매란은 본래 평양 권세가의 양반집 규수였지만, 일본 군부의 미움을 받아 집안이 몰락하자, 한성에 단신 올라와서 명월관의 가수가 되었다. 장매란은 마샤 김에게 일본군에 대한 혐오감을 자백했다.

"사키라는 저한테 수모와 박대를 당하면서도 끈질기게 포기하지 않고 있는 독종입니다. 자신의 목표를 달성하기 위해서는 비굴한 도전도 마다하지 않습니다. 제가 끝까지 버티면 언젠가는 절 죽이겠지요. 하지만 그 전에 제가 그 자를 먼저 죽일 겁니다. 사키라를 제거하는 일이라면 저도 아씨와 합세하겠습니다. 제가 어떻게 하면 되는지 알려주세요."

마샤 김과 장매란은 2월 9일, 해질 무렵인 오후 5시에 서소문 독립문 앞에서 만나기로 약속했다. 마침내 장매란은 사키라에게 굴복을 위장하고 메모를 전했다.

"오늘은 제가 대좌님을 괴롭힌 죄를 신촌 봉원사의 예불 참배로 속죄한 후, 대좌님을 독립문 앞에서 만나겠습니다."

사키라 대좌는 예정대로 일본군 장교복 차림에 상등급 말을 타고 장매란이 약속 장소로 정해준 독립문 앞에 나타났다. 잠시 후에 사키라의 앞에는 쓰개치마를 둘러쓰고 말을 탄 여인이 모습을 나타났다. 그 시기의 조선 상류층 여염집 부녀 중에는 외출 때 너울 대신 간편한 내외용 쓰개치마를 둘러쓰고 말을 타고 외출하는 신세대 여성들도 있었다. 사키라는 그날 그 시간에 앞쪽에서 조랑말을 타고 쓰개치마를 둘러쓴 여인이 나타나자 만면에 웃음을 띠었다. 이어 조랑말이 천천히 사키라 대좌 앞으로 가까이 오더니, 돌

166

연 쓰개치마 소매 밖으로 권총이 쑥 빠져나오고, 한 발의 총성이 밤의 정적을 깼다. 다음 날 그 시간에 이도엽은 마샤 김이 들려준 은밀한 얘기를 안중근에게 솔직히 털어 놓았다.

"마샤 김이 어제 일본군 첩보 장교를 저격 사살했다."

그 말에 안중근은 눈을 크게 떴다. 산채의 무기고에 남긴 마샤 김의 메모를 이미 읽고, 내심 크게 놀랐던 그는 침묵을 지키고 있다가 이도엽의 말을 전해 듣고 사태의 전모를 깨달았다. 사키라의 죽음은 일본 군부에 의해 엄격한 언론 통제를 받았다.

일본 군부는 사키라의 부검 때 적출된 웨블리 리벌버 권총의 탄환 출처를 두고 광범위한 수사를 벌였지만 끝내 찾아내지 못했다. 신제품 웨블리 리벌버 권총을 가진 일본군이 없었고, 총기의 정보를 아는 사람도 조선 천지에는 없었기 때문이다.

일본군 수사대는 사키라와 장매란의 정실 관계를 의심하기도 했지만 장매란의 알리바이가 너무 확실해서 관련 증거를 확보하지 못했다. 그 사건은 저격자도, 목격자도, 용의자도 추측조차 할 수 없는 깜깜한 미궁으로 남았다. 단지 현장에 남긴 정체불명의 탄피 한 개가 증거로 남았을 뿐이다. 일본 군부와 경시청은 사키라 대좌가 어쩌면 유령이 쏜 총격에 당한 것으로 여기고 있다는 소문이 나돌 정도였다. 이도엽은 그때 안중근에게 마샤 김에 관한 비밀 정보를 알려주었다.

"마샤 김은 우리보다 앞선 익문사 선입 요원이었다. 이번 사키라 저격 작전은 마샤 김이 익문사 본부에 작전계획을 올리고 총독의 승인을 받아서 수행한 작전이라고 들었다."

안중근은 이도엽의 말에 내심 놀랐다. 그는 마샤 김의 부친이 연해주 의군 출신이었다는 말은 들은 적이 있었지만 그런 슬픈 과거가 있었다는 것은 몰랐다. 마샤 김이 러시아공관 직원들과 즈푸로 떠나기 전날 밤인 1904년 2월 10일, 러일 양국의 공식적인 선전포고가 나왔다. 빌렘 신부는 마샤 김이 중국으로 떠난 후에 즈푸에서 보낸 전신을 읽을 수 있었다.

"신부님, 저는 오늘 러시아공관 직원들을 따라 중국 즈푸에 무사히 도착했습니다. 어머님께 제 소식을 전해주십시오. 제 상황이 바뀌는 대로 연락드리겠습니다."

일본은 러시아에 국교단절을 선언한 이틀 후인 1904년 2월 8일, 선전포고도 없이 뤼순항만에 선제타격을 감행한다. 러시아는 일본이 그처럼 불법적인 초강수로 나올 것을 예상치 못했다. 러시아 황제 니콜라이 2세는 그 소식을 듣고 큰 분노에 사로잡혔다. 그러나 일본군의 작전은 치밀하고 민첩했다. 사실 일본은 뤼순의 러시아 극동 해군기지와 랴오닝반도의 러시아 육군을 선제타격으로 빨리 장악하고 유리한 고지에서 러시아와 협상을 벌일 작정이었다. 러시아도 일본의 꼼수를 잘 알고 있었지만 본토와 멀리 떨어진 극동 군사기지를 지원, 방어할 선제조치를 취하는 데 실패한다.

일본은 개전 즉시, 러시아가 압록강을 넘어 남하하기 전에 조선반도를 전격 선점하고, 전진 캠프와 병참기지를 구축했다. 고종은 일본군 침략에 대비하여 프랑스공관으로 망명할 계획을 세웠지만, 주한 일본 공사 하야시는 한성 주재 각국 공관에 사전 로비를 통해서 고종의 망명을 선제적으로 막아서 계획을 좌절시켜버렸다.

1904년 2월 18일, 일본군 2만 병력이 서울에 진입하여 군부대와 병참기지를 구축했다. 일본군은 만주 북진 작전을 신속히 추진한 결과, 만주 주둔 러시아군은 한성에 진입할 겨를이 없었다. 러일 전황은 개전 초반부터 일본에 유리하게 전개되었다. 일본이 한국 측과 체결하려던 제2차 한일의정서는 초안보다 조선 측에 크게 불리하게 바뀌었다. 황실의 외무대신 임시 서리 육군참모장 이지용과 일제의 특명전권공사 하야시 곤노스케가 만든 제2차 한일의정서는 대한제국이 마치 일본에 항복을 선언하고 점령국이 된 것처럼 바뀌어 버렸다.

첫째, 일본군은 한국을 군정의 지배하에 둔다. 둘째, 일본은 한국의 통치권에 개입할 수 있다. 셋째, 일본에 망명 중인 친일개화파 반역자들의 국내송환을 약속했던 망명자 처리 조항이 빠지고, 한국의 요구들은 묵살했다. 한일의정서는 마치 조선의 주권과 영토를 박탈하겠다는 일본의 침략의지로 가득 채워졌다. 고종은 외무대신 서리 이지용이 일본 측과 협의한 제2차 한일의정서를 보고 크게 분노했다.

"과인은 네 놈에게 의정서의 조약 규정을 협의해보라고 했지 왜국에 국권을 넘겨주라고 한 적이 없다. 당장 한일의정서 체결을 중단하고 회담을 연기하도록 하라!"

일본군의 군사적 압박 속에서 체결된 조약이 공정하게 체결될 리가 없었다. 한일의정서는 비공개를 전제로 체결했음에도 불구하고 일본은 그 약속을 깨고 관보에 전문을 전격 공개했고, 의정서 내용은 일본의 대한제국 강탈 의지와 매국노의 정체를 고스란히 드러내고 있었다. 먼저 국내외 언론들은 일본에 대해 불평등조약을 거세게 비판하고 항의했다.

이지용과 친일파 대신들은 국민의 규탄을 받았다. 성난 군중들은 매국노의 집에 폭탄테러를 계속했다. 러시아는 전시체제를 갖추기도 전에 일본의 예기치 못한 선제공격으로 사실상 무리한 전쟁에 어쩔 수 없이 말려든 꼴이 되었다.

1905년 12월 15일, 러시아군과 일본군은 뤼순반도 북부지역의 203고지를 뺏고 빼앗기는 네 차례의 공방전을 벌인 끝에 일본군이 가까스로 마지막 고지를 점령하면서 전쟁의 총격전이 막을 내렸다. 러시아 총지휘관 로만 콘트라첸코 소장이 일본군의 포격에 전사했고, 러시아 육군총사령관 알렉산드르 포크가 1906년 1월 2일 오후 7시, 항복문서에 서명하면서 전쟁은 사실상 공식적으로 종료되었다.

뤼순 고지의 전투에서 일본 육군의 인명피해는 최대 11만 명, 러시아육군은 1만 6천여 병력이 전사했다. 전사자로만 보면 일본은 거의 패전에 가까운 전투를 치렀고, 러시아군에 비하면 열 배에 가까운 사상자를 내고도 놀라운 승전기록을 세운다. 이어 세계 최강의 러시아 발트함대는 본국을 떠나 일본을 향해 긴 항해를 하지만, 도중에 러시아 극동 해군기지 뤼순항이 일본 해군에 함락되었다는 불길한 뉴스를 전해 듣는다. 적진의 베이스캠프나 다름없는 뤼순항을 잃게 된 발트함대는 목적지를 잃게 되자, 회항할 수밖에 없다. 먼 적진에서 해전을 하자면 함대를 수리 정비해야 하고, 해군들의 휴식도 필요하고, 부족한 군수품과 부족한 석탄도 공급받아야 한다.

그리고 무엇보다 작전해역의 해류와 지형과 기후를 관찰하여 작전계획을 철저히 세운 후에 전투를 시작해야 한다. 하지만 러시아 황제 차르는 막무가내로 계속 전진를 명령한다. 극동의 러시아에는 해군기지 블라디보스토크가 있다는 것이다.

더구나 발트함대가 블라디보스토크에 도착하려면 적의 작전해역을 무사히 통과해야만 가능하다. 일본함대가 발트함대의 일본해역 통과를 그대로 둘 리가 없다. 결국, 발트함대는 지구 둘레의 반이나 되는 2만 9천km의 항로와 7개월에 걸친 파도와의 전쟁을 치른 끝에 기진맥진한 상태로 일본 쓰시마해협을 지나게 된다.

발트함대는 일본 연합함대의 감시망을 피해 은밀히 통과하던 중, 일본함대에 발각되어 운명적인 해전을 치르게 된다. 먼저 발트함대의 총사령관 로제스트밴스키 제독이 중상을 입고 의식을 잃은 가운데, 일본함대와의 결전에서 전 함대가 쓰시마해역에서 수장된다. 그 해전에서 러시아해군 전사자는 총 4,380명, 부상자 5,917명, 포로 6,106명의 세계 해전사상 대참패를 기록한 날이 되어다. 반면에 일본 해군은 수뢰정 3척이 격침되고, 전사자 117명, 부상자 583명의 최소한 피해를 입었을 뿐이다.

왕관 없는 조선왕

21

　대한제국 황실에 비밀본부를 둔 제국익문사 독리 정재관은 안중
근과 이도엽에게 해외파견 명령을 내렸다. 이도엽의 파견지는 만
주 옌지현 룽징춘의 서진서숙(독립군 양성소)이다. 러시아 연해주의
의군 훈련을 강화하기 위한 포석이었다. 안중근에게는 상하이에서
해외통신의 전진기지를 구축하고, 영국 홍콩은행에 예치된 내탕금
회수 관련 수사 임무가 주어졌다. 황실의 내탕금은 러시아 연해주
대한의군의 무기 구입 자금이다.
　그동안 익문사의 운영자금은 황실의 내탕금이나 통치자금에서
지급되어 왔다. 당시 고종황제의 비자금은 해외차관이나 특수상품
의 판매대금으로 충당되어 왔다. 그 가운데 가장 큰 액수는 영국의

홍콩은행 상하이지점에 예치된 중국 내의 홍삼 판매대금이다. 고종은 그 돈을 의군의 무기 지원에 사용하기 위해 상하이에서 황실 자금의 관리를 맡은 민영익에게 출금과 송금을 요청했지만, 문제가 생겼다.

민영익은 20대 초반에 입궐하여 미국 파견 보빙사(답례사절단) 대표와 선혜청 당상관, 병조판서를 비롯한 7개 이상의 판서직을 단기간에 두루 거친 대궐의 실세였다. 그가 권력의 정상에 군림하던 시기에 이도엽은 미국 유학 시절이어서 국내정세가 어두웠다. 이도엽은 갑신정변 때 민영익이 급진개혁파 자객의 피습을 받고 겨우 목숨을 구했다는 사실만 알고 있었다. 개화파 김옥균의 정적이었던 민영익은 자객들의 칼부림으로 절명의 위기를 맞았지만 그 당시 대궐의 외교고문관이었던 러시아인 참판 묄렌도르프의 등에 업힌 채, 현장에서 구출되어 미국인 의사이자 선교사인 알렌의 집도로 외과수술을 받고 겨우 목숨을 구할 수 있었다. 안중근은 이도엽에게 민영익에 대한 설명을 간략하게 설명해주었다.

"암튼 민영익은 민씨 세력의 간판급 대표선수였지. 그래도 고종 황제는 처조카인 그를 믿고 프랑스은행 차관 관리도 맡기고, 황실의 홍삼 1만 근에 대한 중국 판매권도 맡겼지. 그런데 문제는 황제의 유일한 항일자금의 현금 회수가 어려워졌네. 황제께서 민 대감에게 비자금 은행 출금을 하명했지만 민 대감의 소식이 딱 끊겼단 말일세. 내 임무는 상하이에 가서 행방을 감춘 민영익을 찾아내어 황제의 통치자금을 가능한 빠른 시일에 회수하라는 임무가 주어졌단 말일세."

민영익은 한때 정부의 친러정책에 반대한 것은 물론 고종의 폐위 음모 사건에 연루되어 반정부 반황제의 패륜을 저질러 황제의 큰 분노를 산 적도 있었네. 결국은 충성을 재다짐 받고, 그를 상하이로 보내 막중한 책임을 맡겼네만, 떠난 후에는 행방을 감춘 것인지, 아닌지, 소식이 없다네. 소문에는 그가 중국 쑤저우의 여인을 소실을 삼고, 홍콩과 상하이를 오가며 호화생활을 한다는 말도 들리긴 하네만 그가 상하이은행에 예치해둔 황제의 군자금이 은행 측의 출금 거부로 묶여서 오도 가도 못 하고 연락이 두절되었다네."

이도엽은 안중근의 말을 듣고 고개를 끄덕였다.

"먹튀란 말이지?"

안중근이 아니라고 고개를 가로저었다.

"그런 줄 알았는데, 은행 재고는 고스란히 있다는군."

"액수는 얼마나 되나?"

안중근은 고개를 갸웃거렸다. 이도엽은 재빨리 머리를 굴려 홍삼 판매대금이 얼만지 대강의 계산을 내놓았다.

"그저, 시중 가격만으로도 5천억 원? 최고가로 팔았다면 1천억 원? 대강만 때려잡아도 그 정도는 되네."

안중근은 너무 큰 액수에 입을 다물지 못했다.

"억수로 큰돈이군. 내가 상하이에 가서 무슨 수로 민 대감을 만나겠는가. 모래펄에서 바늘을 찾는 격이지."

이도엽이 고개를 끄덕거린다.

"그 돈만 회수되면 우리 의군에게는 천군만마를 얻는 격이네. 대한의군을 대강 백만대군으로 잡아도 그 정도의 돈이면 최신 미제 소총 샤프 라이플로 완전무장을 하고도 남네."

"와아! 미제 샤프 라이플 연발 소총 대 일제 무라다 소총의 대결이다, 싸워보지 않고도 이미 승패가 갈리는군."

이도엽은 안중근의 말을 듣는 순간, 샤프 라이플 연발총으로 무장한 대한의군 백만대군이 압록강 국경을 건너 남쪽으로 국내 진공 작전을 펼치는 장면들을 상상해보았다. 그런 거액의 군자금이 지금 홍콩은행 상하이지점에 묶여 있다는 사실이 너무 안타깝고 분통이 터지는 일이었다.

"그 정도 액수라면 회수가 어렵겠는데…."

이도엽이 난감한 표정을 지었다.

"자네가 금융 문제를 잘 아는가?"

"그런 큰돈은 은행에서 예금주가 나타나도 인출 절차와 조건을 아주 까다롭게 군다네. 예치금 인출을 못 하게 하는 은행들의 수법이 아주 교활하지. 특히 전쟁 때 은행들은 입금은 받아도 출금은 까다롭게 굴어. 은행에 돈을 넣은 예금주들 중 하소연도 못 하고 냉가슴만 않는 자들이 많다네."

1905년 6월, 러시아군은 극동에서 육군은 항복을 선언했고, 해군은 전멸당했다. 일본은 승전의 기세를 부추기며 빠른 종전선언을 원했지만, 러시아는 항복하지 않았다. 러시아의 입장에서 러일전은 극동전투의 일부에서 패전한 것일 뿐, 본토가 점령당한 것은 아니다. 그 시기에 고종황제는 예금을 영국은행 홍콩 상하이지점에 맡겼다. 대부분이 홍삼 판매대금이지만 은행 본사로부터 출금 정지를 당했다. 이유는 은행의 극비사항이어서 알 수가 없지만 그 배경에는 일본 정부가 개입되어 있다. 일본과 동맹국인 영국 정부는 영국 은행을 통해 홍콩과 상하이는 물론 러시아와 조선인의 모든 예금에 출금정지를 내리고 빗장을 닫아버린 것이다. 사실상 은행돈을 묶어버린 것이다. 민영익 역시 출금이 묶였지만, 은행은 매달 낮은 이자를 지급해주었다. 민영익은 상하이에서 출금이 풀릴 날을 기다리며 호화생활을 하고 있었다. 그 사실은 황실에서도 잘 알고 있었다. 물론 예치금은 은행 계좌에 고스란히 남아 있고, 은행이 예치금을 횡령했거나 박탈하지도 않았고, 당국이 공금 횡령자로 법적 조치를 취하지 않은 상태여서 예금주는 피신하지 않아도 되었다.

영국은행은 자본금 수백여만 원으로 상하이은행을 설립한 후에, 전쟁의 혼란기를 틈타 막대한 예금액 출금을 막았다. 모든 은행들은 전시에 대출도 투자도 하지 않는다. 은행이 전시에 폭격을 당할 수도 있고, 군사력으로 돈을 강탈당할 수 있는 위험에 노출되어 있기 때문이다. 영국의 홍콩 상하이은행의 상황은 좀 특이한 경우였다. 그들은 청국 황실의 비자금이나 중국의 혁명사령부가 숨겨둔 군자금, 혹은 중국 비리 공무원들이 횡령한 돈들은 세탁했다. 금은보화를 가진 재산가나 외국회사들은 신용이 높은 해외은행에 돈을 맡겼다. 하지만 그 점이 예금주들에게는 화근이 되었다. 은행 예금주 중에는 전쟁 도중에 죽거나 실종되는 일이 많았고, 예치금을 제3의 대리인이나 위탁보증인을 통해 출금을 시도하면 그다음 날 대리인은 놀랍게도 여기저기서 변사체로 발견되었다.

그런 일들은 악덕 은행과 조폭들과의 은밀한 커넥션이 만들어낸 범죄 탓도 있었고, 예금주들이 전쟁으로 죽는 일도 많았다. 어띤 경우에도 전쟁의 승패와 관계없이 은행 돈은 금고 속에 고스란히 남았다. 민영익이 예금 인출을 위해 내세운 법정 대리인들도 그간 여럿 살해되거나 실종되기도 했다. 전후에 홍콩이나 상하이은행들은 임자 없는 예치금들이 쌓인 돈으로 비약적인 성장세를 보인 것은 사실이었다. 예를 들면, 중국 황실의 비자금이나 조선 대궐의 통치자금, 혹은 러시아의 부정축재 군자금처럼 고스란히 눈먼 돈이 되어 은행 차지가 된 사례들도 아주 많았다. 그 사실은 이도엽이 미국 유학 시절에 전쟁 외교 비사를 통해서 읽은 금융가의 흑막에 관한 보고서에 나와 있는 실태들이다.

"결국, 넌 민 대감을 만날 수가 없겠구나."

안중근은 이도엽의 말을 듣고, 결과를 예측할 수 있었다.

"민 대감은 찾을 수 있겠지만 은행에서 돈은 뺄 수 없을 거야. 금융 전문가나 변호사들도 못 하는 일을 누가 하겠어. 황실에서 널 보낸 것은 돈 문제보다 민 대감의 진정성을 확인하려는 의도도 있을 거야."

안중근은 이도엽이 한 말 가운데 "조선은 늑대들에게 포위된 어리석고 착한 토끼 같고, 가난한 대한의군들은 눈물 어린 애국심으로만 무장된 양떼들과 같다"라고 비유한 말이 떠올랐다. 그렇다. 홍삼 판 돈이 물 건너갔기에, 통치자금을 날린 황실은 어떻게 의군을 지원할 수 있을 것인가.

"조선은 이토가 입버릇처럼 조선의 독립과 평화를 보장하겠다고 하는 늑대의 거짓에 속아서는 안 된다. 우린 항일독립정신으로 무장하고 군사력을 길러서 일본에 강탈당한 국권을 되찾아야 한

177

다. 특히 본국에서는 불가능한 항일 독립군 전진기지를 의군 군사
력을 활용하여 만주 간도나 연해주에 구축해야 한다."

안중근과 이도엽도 같은 생각이었다. 국내의 일부 친일파 지식
층 중에는 이토가 조선의 자주독립을 이루어줄 것이라는 감상적인
희망을 갖고 있다. 왜냐하면, 일본 내의 군부 강경파들이 이토의
대조선 유화정책에 반기를 들고 조선에 대한 강압적인 식민주의
정책을 고집했기 때문이다. 바로 그 시기에 고종황제는 한반도에
서 자행되는 일본의 침략 만행에 대해 세계열강에 그 사실을 적극
알리는 한편 한국군의 국내외 항일무장투쟁 지원을 호소하는 외교
전을 펼치기 시작했다.

고종황제가 러시아 황제에게 군자금 차관 지원을 요청하자, 전
주한 러시아 공사 파블로프가 자신의 지급보증을 통해 러청은행
상하이 지점에서 1만 루불의 대출을 받아 지원했다. 그 시기에 러
일 양측은 1년 이상 계속된 천문학적인 전쟁비용으로 국가재정이
바닥나서 전투를 계속 치를 수 없는 상황에 이르렀다. 러시아가 뤼
순전투에서 일본에 두 손을 든 것은 1905년 1월 4일이었다. 그로
부터 5개월이 지난 5월 27일에는 러시아 발트함대가 쓰시마 해전
에서 일본 해군에 완패를 당하게 된다. 고종이 러시아로부터 군자
금 차관을 지원받은 것은 1905년 11월 20일이었으니까 그 시기에
는 러일 양측의 전투가 중단된 지 6개월이 지난 시점이었다. 이는
러시아가 대한의군의 지원을 통해 연해주에서 군사력을 보강시키
는 것이 전략상 유리하다는 판단을 했고, 그때까지도 일본과의 전
쟁 의지가 남아 있었던 것으로 판단된다.

22

상하이 푸동에는 한인들이 세운 진쟈샹(金家港)성당이 있다. 그 성당은 한국 가톨릭 사상 첫 사제가 된 김대건 신부가 사제서품 (1845년 8월 17일)을 받은 곳이어서 의미가 큰 성지라고 할 수 있다. 진쟈샹성당은 훗날 도시개발로 철거되고, 그 후 2005년 4월에 한 인공동체가 새 성당은 짓고, 김대건 신부의 유해를 안치하여 기념 경당을 마련했다.

안중근은 진쟈샹성당이 가까운 푸동 빈관에 숙소를 정하고 본 당 사무장 쉬샤오이의 도움을 받아 작전을 시작했다. 그의 임무는 황실의 실세였던 민영익의 행방을 찾아서 그가 관리하고 있던 황 실자금을 회수하는 일이다. 그를 찾기 위해서는 먼저 한인거상 서 상근(徐相根)을 찾는 일이 시급했다. 서상근은 황실의 인척으로 권 력의 실세였던 민영익이 국내에서 상하이로 직접 반입해온 최고급 홍삼의 중국 독점판매를 전담한 중계상이다. 그를 찾아야만 민영 익의 소재를 파악할 수 있기 때문이다. 안중근이 상하이에 올 때, 익문사 본부로부터 받은 정보는 "상하이의 신텐디 쉬쿠먼에 있는 프랑스 카페가 서상근의 단골이다"라는 것이 유일했다. 상하이의 쉬쿠먼은 중국의 옛 중산층들이 살던 전통적인 주거지역이다.

그곳은 유럽풍의 이국적인 카페와 레스토랑들이 빼곡하게 들어 차 있다. 안중근은 끈질긴 탐색과 수소문 끝에 서상근의 단골 카페 를 찾아냈고, 카페 주인을 통해서 어렵게 서상근을 만날 수 있었다. 서상근은 오랜 보부상 경력을 쌓는 동안 개성과 상하이를 오가며 무역으로 잔뼈가 굵은 밀무역의 대부로 컸다. 안중근은 서상근에게 자신이 황실에서 나온 감찰 특사라고 밝히고 협조를 구했다. 그러자 서상근은 은근히 뒤가 캥겼는지 민영익이 사는 곳을 서슴없이 일러주었다.

민영익의 상하이 집은 중국의 부유 상류층들이 사는 지역에 있었다. 옛 중국식 전통양식으로 지은 기와집 대문을 두드리자, 젊은 조선 관리인이 나와서 "대감께서 조선인이 찾아오면 누구든 집안에 들이지 말라 이르셨소"라며 냉대했다.

"허! 민 대감이 조선인을 안 만나는 이유는 모르겠으나, 나는 황제 폐하께서 보낸 감찰 특사다. 나를 문전박대 하면 대문을 부수고 들어갈 것이니, 민 대감에게 어서 전하거라."

안중근의 말에 관리인은 놀라서 안채로 뛰어 들어갔다가 다시 나와서 안중근을 정중히 모셨다. 민 대감의 얼굴에는 불편한 심기에 의심의 눈길을 거두지 않은 표정이었다.

"황제 폐하의 특사라면 증거가 될 명패라도 지녔소?"

민영익은 황실의 관행을 잘 알고 있어서 법적인 절차를 확인하려고 했다. 안중근은 그 말을 듣는 즉시 양복 안주머니에서 황제의 옥새가 찍혀 있는 오얏꽃 문양이 선명한 문서 한 장을 건네주었다. 고종황제가 민영익에게 쓴 서찰이었다.

"경에게 상하이은행에 예치해둔 황실 통치자금 전액을 인출해 오라 일렀건만, 감감무소식이었다. 여기 과인의 특사 안다묵을 파견하니, 그간 연락을 두절하고 과인을 피한 연유를 밝히는 것은 물론 자금 인출이 안 되면 그 사유를 특사를 통해서 전하라. 과인은 경의 서신을 읽고 차후 대책을 세울 것이다."

황제의 친서를 읽은 민영익은 그때서야 안중근에게 예를 갖추며 "무례하게 굴어서 실례가 많았소. 워낙 방문객들이 많아서 면담을 제한하다 보니 그리됐소이다"라고 사과했다. 안채와 접견실을 둘러보니, 중국풍의 화려한 고급가구들이 구색에 맞추어 잘 배치되어 있고, 벽에는 풍죽화 액자 하나가 걸려 있었다. 민영익은 황제의 어명을 수행하는 한편 조선 문인화가의 행세를 하며 자신이 그린 풍죽화를 중국 화구상에 내다 팔았다. 벽의 다른 한쪽에는 "知其不可而爲之(안 되는 줄 알면서도 해보려고 애쓰다)"라는 논어의 친필 한문 족자가 걸려 있었다. 그는 갑신정변 때, 조선의 개혁이 안 되는 줄 알면서도 개혁파들과 무리하게 휩쓸렸다가 반대파들의 테러를 받고 죽음의 위기를 넘긴 쓰라린 경험 때문에 테러의 위험을 막기 위해 일부러 조선인들을 기피하며 살았다.

"소신이 황제 폐하에게 주요 사안과 경과보고를 계속 전신으로 올려드렸는데 어찌 대황제 폐하께서 소신에게 특사를 보내셨는지 저는 이해가 안됩니다만."

민영익은 안다묵의 전격 방문을 오히려 이상하게 여겼다.

"지금 말씀이 사실이시라면 대궐에서 반대파들이 전신 보고를 일부러 누락시켰을 것입니다. 요즘 황실에는 폐하의 눈과 귀를 가리는 신하들이 넘치고 있습니다. 황제의 국록을 오래 누린 신하들이 국난의 위기에 큰 책임을 지고 상하이에 온 후, 연락이 두절되어 폐하의 국정 수행에 큰 차질을 빚는 경우가 많았으니 대감께서 오해를 살만도 하십니다."

안중근의 말을 듣고 그는 크게 웃으며 손사래를 쳤다.

"허어, 그럴 리가 있겠소. 들고 보니 그간 제가 보낸 전문들을 누군가 가로채어 음해를 자초한 듯싶습니다. 지금은 제가 상소를 올릴 자격도 염치도 없고, 찾아뵐 면목도 없습니다. 물론 제 잘못은 아니지만, 황제 폐하에게 큰 누를 끼친 것을 생각하면 참담한 마음을 금할 수 없습니다."

안중근은 민영익과 얘기를 나누면서 그간 서로가 소통이 안 되어 오해를 일으킨 점을 인정했다. 황제의 비자금 문제는 민영익이 자초한 것이 아니라, 영국 정부의 정책에 따라 적대국들의 은행 자금에 대한 인출 정지가 문제였다.

"예치금은 고스란히 통장에 남아 있지만, 예금주가 인장을 갖고 가도 출금이 안 되는 기막힌 상황입니다."

안중근은 이도엽의 말을 들었던 터여서 민 대감의 말을 이해했다.

"강대국들이 약소국을 약탈하고 통째로 말아먹는 판국인데 은행에서 돈 가로채는 일은 다반사겠지요. 저는 대궐에서 이미 반역자와 도둑의 누명을 쓰고 귀국조차 어려워졌습니다. 황제 폐하께 전한 전신들이 배달 사고로 제 누명만 쌓였지만, 이곳에서 저는 무기력한 존재였을 뿐입니다. 은행에 출금하러 간 변호사나 인출 대리인들은 다음 날 도처에서 시체로 발견되는 일이 많았습니다. 은행이 상하이 폭력조직과 연루되었다는 사실도 부인할 수 없지만, 대책이 없습니다. 제가 귀국해서 폐하를 알현하고 현실을 해명해드리는 게 도리긴 합니다만, 누가 절 믿어줄까요? 안 감사께서 오늘 제 형편을 들으셨으니까 귀국하시면 제 오해를 풀어주십시오."

안중근은 민영익을 만나서 확인한 사실을 익문사의 오얏꽃 문서를 통해 총독에게 보고했다. 그 후로 그 문제는 수면 아래로 가라앉았다. 안중근의 머릿속에는 무역상 서상근이 한 말이 계속 맴돌았다. "돈 없으면 나라도 구할 수 없다." 나라의 곳간이 비었으니 구국의 길도 어려워졌다.

안중근이 진쟈상성당에서 휴가를 끝내고 돌아온 르각 신부에게 조국의 위기 상황을 전했다.

"신부님, 을사늑약 이후로 조선의 주적은 이토가 확실해졌습니다. 이토가 군대를 이끌고 황실에 난입, 강제조약을 통해 국권을 강탈하는 강도로 돌변했습니다. 저는 순진하게 동양평화와 조선의 독립을 약속했던 이토를 믿었지만 이제 기대와 희망을 말끔히 접고, 역적 이토를 한민족의 반역자로 내 손으로 반드시 응징할 것입니다."

르각 신부는 침착하고 냉정했던 안중근의 분노와 적개심을 지켜보면서 마음이 아팠다. 안중근의 이토에 대한 분노는 당연한 일이었다. 르각 신부 역시 빌렘 신부와 같은 프랑스 알자스 로렌 출신이었다. 그 역시 독일군에 짓밟힌 조국의 현장을 지켜보면서 안중근처럼 울분을 토로한 적이 있었다.

"토마스야, 좀 더 냉정해지자. 생각은 구름처럼 늘 꼴을 바꾸는 법이다. 조선은 지금 위기와 절망의 시기지만 머잖아 독립의 기쁨을 누릴 날이 올 것이다. 넌 구국의 길을 밖에서 찾지 말고 안에서 찾아야 해. 무력항쟁보다 조선의 미래가 될 청소년교육에 관심을 갖고, 사회를 단합시키고, 조직을 확대하고, 민심을 하나로 모아서 나라를 교육 강국의 반석 위에 세워놓는 거야. 그것이 바로 막강한 국력의 바탕이 되는 거다. 그렇게 되면 강토는 빼앗겨도 빼앗긴 것이 아니고, 강제조약이 체결되었더라도 그것은 한낱 종잇장에 불과한 것이 되고 만다. 그것이야말로 만법이 통하는 이치가 아닌가. 넌 이제 상하이에서 할 일이 없다. 내가 재령성당에서 어린이 한문학교를 설립했을 때, 네가 후원해주지 않았니? 귀국하면 교육사업을 시작해."

안중근은 고개를 끄덕였다. 청년교육과 민족 정신의 결속은 강대국이 총칼로 빼앗을 수 없는 강력한 미래의 무기다. 교육이 강해지면 자강과 독립이 가까워진다는 말은 맞다.

"신부님 말씀이 맞습니다. 신부님이 가신 후에 저도 곧 귀국하겠습니다."

안중근은 르각 신부가 먼저 조선으로 떠난 후에 푸둥의 리엔양 지역과 진쟈샹성당 청년회를 중심으로 대한의군 조직을 결성했지만, 상하이의 조선족들은 항일투쟁에 소극적이었다. 고달픈 해외 생활에서 고국의 독립보다 생존 문제가 발등에 떨어진 불이었기 때문이다.

1905년 12월 중, 안중근은 상하이 파견 임무를 마치고 귀국 준비를 서두르던 중, 동생으로부터 집안이 모두 청계동을 떠나 진남포로 이주한다는 전보를 받았다. 내용은 잘 몰랐지만 마음은 산란했다. 안중근은 다음 날 여객선 객실에 앉아서 창밖을 바라보았다. 맵찬 높바람이 파도를 일으키는 바다의 황량한 풍경이 을씨년스럽게 눈에 들어왔다.

안중근은 상하이를 떠나면서 만주의 옌지현 룽징(용정)에 파견된 이도엽에게 자신의 귀국 사실을 전보로 알렸다. 이도엽은 일제 식민교육을 거부한 참찬 이상설이 애국지사들과 설립한 한인 교육기관 서전서숙에서 훈련 교관의 직책을 맡고 있었다. 이도엽과는 다시 만날 기약을 할 수도 없었다.

진남포에 도착한 안중근에게는 슬픈 소식이 기다리고 있었다. 부친 안태훈이 진남포로 이주하던 중 지병이 악화되어 안중근의 외가가 있는 재령에 머물며 간병을 받다가 세상을 뜬 것이다. 당시 안태훈의 나이는 44세. 가족들은 이주 도중 부친의 장례를 치르기 위해 다시 청계동으로 되돌아갔다. 진남포에 도착해서 아버지의 서거 소식을 들은 안중근은 하늘이 무너지는 충격에 빠졌다. 그에게 아버지는 존경하는 스승이었고, 하느님을 깨닫게 해준 신앙의 선각자였다.

그는 말을 빌려 타고 청계마을을 향해 계속 달렸다. 그는 달리던 말을 멈추어 세우고 한참을 울었고, 다시 달리다가 말을 멈추고 울면서 겨우 청계마을에 도착했다. 청계성당에 도착한 안중근은 모친과 형제들과 빌렘 신부를 부둥켜안고 슬픔을 함께 나누었다. 그는 집안의 상주로서 상청에 나가 상례를 갖추고 맹서했다.

"아버님! 저는 유훈을 받들어 이 나라가 독립하는 그날까지 금주를 맹서하고, 오직 독립운동에 헌신할 것입니다. 부디 저세상에서도 제 뜻을 이룰 때까지 지켜봐주십시오."

그때 모친 조성녀(마리아)는 맏아들을 위로했다.

"토마스야, 아버지는 널 못 보고 가시는 것을 가장 안타깝게 여기셨다. 아버지는 청계 주민의 애도와 연도를 받고, 빌렘 신부님께서 정성껏 치러주신 장례미사의 은총을 모두 받으셨으니 천국의 평안을 누리실 것이다."

그해 겨울 내내 안중근은 가족들과 청계마을에서 보내며 빌렘 신부와 천주교식 전례를 치렀다. 안태훈은 중근이 상하이에 머물러 있는 동안, 그가 귀국해서 항일 구국과 애국 계몽활동에 전념할 수 있도록 진남포에 새 유산을 남겼다.

특히 빌렘 신부와 르각 신부는 안태훈을 도와 안중근이 교육사업에 전념할 수 있는 기반을 마련하는 밑돌이 되어주었다. 비록 안중근이 원하던 신학대학 설립은 이루지 못했지만, 두 신부는 신학대학 대신 돈의(敦義)학교와 삼흥(三興)학교를 설립했다. 빌렘 신부는 대동강 하류에 진남포가 개항(1879년)하기 전에 세운 공소를 성당(훗날의 진남포성당)으로 승격시켰다. 진남포성당에는 이미 식물학자인 초대 주임신부 포리(J.Farie, 방요한)가 돈의학교를 설립하여 운영하고 있었다.

1906년 3월에 안중근은 아버지의 뜻을 받들어 취학이 어려운 청소년들을 위해 설립한 돈의학교 제2대 교장으로 취임했다. 초기에는 17명으로 시작한 돈의학교는 훗날 3백여 명에 이르는 명문 사립학교로 성장했다. 어려운 재정 형편에도 안중근과 형제들은 부친의 가산을 정리해서 야간 삼흥학교를 세워 민족정신이 투철한 인재를 양성하는 데 혼신을 다했다.

1906년 6월, 일본은 러시아와의 협상을 미국이 주선하도록 부탁했지만, 러시아는 미국의 제안을 한 마디로 거절했다.

"러시아는 패전국이 아니다. 우리는 언제든지 일본과 다시 싸울 것이다. 최후 승자는 반드시 러시아가 될 것이다."

러시아는 그렇게 말했지만, 그것은 희망사항이었을 뿐, 일본과 전쟁을 치를 돈도 의지도 아예 없었다. 특히 극동 전투에서 완패한 니콜라이 황제는 국민들의 불신임과 분노를 일으켜 거센 폭동과 맞서야 했다. 러시아는 반정부 시위 세력과 진압 경찰과의 유혈 충돌로 수천여 명의 인명피해가 발생, 니콜라이 황제는 퇴진 압박을 받고, 폐위의 위기에 이른다.

  1905년 11월 17일, 덕수궁 어전회의실. 황제의 어좌는 비어 있고, 대신들은 숙연하게 머리를 조아리고 서 있다. 일본의 추밀원 의장 이토 히로부미와 주한 일본 공사 하야시 곤스케는 무장 일본군을 동원하여 덕수궁 중명전을 포위하고 5시간째 대신들을 겁박하는 중이다. 이미 이틀 전, 황실의 외무대신 박제순은 고종황제와 한 마디의 상의도 없이 일본 공사 하야시 곤스케와 굴욕적인 을사늑약을 체결해버렸다.

  "한국은 일본의 보호를 받는 약소국가이므로 앞으로 외교활동을 하지 않겠다. 황실 휘하에 별도의 조선통감부를 설치하고 일본의 식민통치를 받겠다."

  고종은 외무대신 박제순이 올린 제2차 한일협약의 전문내용을 보고 기가 막혀서 버럭 소리를 질렀다.

  "네 놈이 한 마디 상의도 없이 어찌 그런 망국적 행위를 저질렀느냐. 하늘이 무섭지 않는가. 조약 비준은 어림도 없다. 네 놈이 저질렀으니 네가 책임지고 되돌려 놓아라."

  고종은 화를 내며 어좌를 박차고 나가버렸다. 이후로 고종은 모든 일정을 취소하고 근신과 침묵으로 일관했다. 궐 밖에서 조약의 비준을 기다리던 이토 히로부미는 고종이 퇴청했다는 말을 듣는 순간, 일본군 사령관 하세가와와 무장 헌병들을 이끌고 중명전 안으로 들어가 황실의 대신들에게 공포 분위기로 조성했다. 일부 대신들은 궐 밖으로 나가려고 했지만, 일본 헌병들이 중명전 입구를 막았다. 이토는 메모지와 펜을 들고 대신들을 한 명씩 대면해가며 공갈과 협박으로 을사늑약의 찬반을 묻기 시작했다. 참정대신 한규설, 탁지부대신 민영기, 법무대신 이하영은 '불가'라고 썼고, 학부대신 이완용, 군부대신 이근택, 내부대신 이지용, 외무대신 박제순, 농상공대신 권중현은 '찬성'을 썼다. 을사늑약은 8명의 투표 결과 5명은 찬성, 3명은 반대로 통과되었다. 이토는 궁내부대신 이재극에게 말했다.

"대신이 폐하에게 본 조약이 내각회의에서 가결되었다고 전하고, 폐하의 재가를 받아오시오. 이 길만이 대한제국과 황실이 살아남을 수 있는 유일한 길임을 전하시오."

그날 이후로 을사늑약에 찬성표를 던진 다섯 명의 대신들은 '매국노 을사 5적'으로 낙인찍혔지만, 일제로부터 은사금과 작위를 받아 평생 부귀영화를 누리며 살 수 있게 된다. 그날로 일제는 조선의 주권과 외교권을 박탈하고, 조선통감부를 통해 조선을 통치할 수 있는 길을 열었다. 이토는 초대 조선 통감이 되어 한반도를 통치하는 사실상의 조선왕이 되었다. 따라서 이토는 조선의 국권을 강탈한 강력범으로 등장하면서 조선 항일 독립군의 암살 표적 1순위가 된다.

그 당시 국제법은 군사 강국이 약소국가를 지배할 수 있는 어떤 정당성도 합법성도 인정하지 않고 있다. 그처럼 엄중한 국제법이 존재하는 가운데 일본이 한국의 주권을 강탈한 것은 일본이 국가가 아니라 한낱 범죄집단이며, 이토는 범죄자들의 우두머리로 표적을 자청한 셈이나 다름없었다.

고종은 전범국 일본을 규탄하고 대한의군의 항일무장투쟁의 지원을 호소하는 외교전을 펼쳤다. 고종은 미국인 헐버트를 특사로 워싱턴에 파견하여 한국의 실상을 미국에 알리도록 했다. 그때 헐버트는 뉴욕 타임스(1905년 12월 14일 자) 기자와 인터뷰에서 한국의 절박한 상황을 이렇게 표현했다.

"대한제국의 고종황제가 저를 특사로 파견한 사실을 알게 된 일본은 제가 미국에 도착한 그날, 군대를 동원하여 대한제국 황실을 점령하고 황제를 압박하여 국권강탈을 강행했습니다. 기자 여러분, 일본의 조선에 대한 폭력적인 침략행위는 이제 국제회의에서 그 진실이 밝혀질 것입니다."

그런 위기 상황에서 고종의 유일한 돌파구는 사실상 '항일무력항쟁'밖에 없었다. 고종은 러시아 황제에게 보낸 밀서에서 일본에 대한 분노의 감정을 이렇게 밝히고 있다.

"일본군은 조선을 침략한 후, 폭도들처럼 악행을 저질렀습니다. 우리 2천만 민족은 닭과 개들조차 짖지 않을 정도로 숨을 죽인 채 살면서 강권탄압에 시달리고 있습니다. 귀국의 군대가 속히 악랄한 일본군들을 한반도에서 몰아내야만 귀국의 안보 역시 안전해질 것이라고 믿습니다."

고종은 일본의 만행을 폭로하기 위해서 한국 대표가 반드시 헤이그 평화회의에 참가해야 한다고 주장했다. 그로 인해 고종은 러시아 정부로부터 1907년 6월 15일 네덜란드 헤이그에서 개최되는 국제 평화회의에 한국대표단을 초청하겠다는 기쁜 소식을 받았다.

한국에 우호적인 헤이그 주재 러시아 대사 차리코프가 헤이그 평화회의 47개국 초청국 명단에 대한제국을 12번째 순서로 올려 놓았던 것이다. 고종은 즉각 헤이그에 파견할 특사 3명을 극비리에 선임했다. 전 내각 참찬 이상설, 전 평리원 검사 이준, 주 러시아 공사 참서관 이위종 등 3명이다. 한편 1907년 3월, 안중근은 서북학회 간사의 연락을 받고, 서울 다동의 김달하의 집에서 개최하는 항일구국 극비 모임에 참석했다. 그 자리는 안창호, 이갑, 양기탁, 신채호, 이동휘, 유종모를 비롯한 신민회 비밀결사 동지들이 주축이 되었다.

안창호는 샌프란시스코에서 한인 항일단체 '공립회'를 창설하고 조직을 강화하던 중, 국내에서 정미 7조약이 체결되자, 1907년 1월에 서둘러 귀국, 항일 비밀결사단 신민회를 조직했다. 안중근은 김달하의 집에서 안창호와 함께 3월까지 두 달 동안 애국 동지들과 함께 국내외 단체들이 항일전선에서 협력할 수 있는 방안과 대책을 논의했다.

그 모임에서 비밀결사단은 처음으로 이토와 주한 일본 공사 하야시 곤스케 등 국권침탈의 주적들을 공식적으로 거론하였다. 또 국내의 매국노 을사 5적이 최우선으로 처단 표적이 되었다. 이미 국내에서는 을사늑약이 체결된 직후부터 '을사 5적 암살단'이 조직되어 암살 작전에 들어갔지만, 별다른 성과를 거두지 못했다. 을사 5적의 한성판윤과 군부대신, 농상공부대신은 암살단에 의해 총격을 받았지만 계속 실패했다. 일본 군경들의 삼엄한 경호 조치로 접근이 불가능한 탓이었다.

안중근은 다동의 집회에서 애국인사들과 돈독한 친교와 우의를 다졌다. 그 모임에는 간도나 연해주로 떠날 의군 지원자들도 많았다. 안중근은 그들 중에 강영기, 김동억, 민형식, 이종건의 간도행 여비를 부담하겠다고 자청했다. 한편 황제의 특사로 임명된 평리원 검사 이준은 1907년 4월에 블라디보스토크에 도착, 특사단 대표 이상설을 비롯한 옌지현 룽징춘의 서진서숙(독립군양성소)에 있던 제국신문 논설위원 이동녕, 신민회 동지 정순만을 만났다. 그 시기에 독립군양성소 훈련 교관 이도엽은 특사단의 통역관으로 헤이그 회의에 합류하게 된다. 한국대표단 일행은 시베리아 열차편으로 6월 4일, 러시아의 수도 페테르부르크에 도착, 참서관 이위종과 합류한다. 이위종은 미국과 프랑스에서 수학하고, 프랑스군 특수전문학교 3년을 마친 후, 외교관이 되어 러시아 공관의 정책 보좌관, 한러 비밀외교관으로 활약했고, 고종의 중립화 선언 정책을 자문하기도 했다.

한편 일본은 뒤늦게 한국대표단이 평화회의에 참가한다는 사실을 알고 비상이 걸렸다. "한국은 독자적인 외교권이 없는데 어떻게 국제회의에 초청되었지?" 일본 정부는 헤이그 집행부에 강력히 항의하는 한편, 회의가 진행 중인 7월 말, 러시아와 극비회동을 통해 러시아로부터 외교적인 양보를 받아낸다. 그로 인해 한국은 러시아의 정식 초청을 받고도 참가 자격을 박탈당하는 수모를 받게 된다. 결국, 한국은 러시아가 일본과의 만주 협상 전략으로 만들었다가 버린 카드가 된 것이다. 러시아의 굴욕적인 배신행위였다. 그래도 한국대표단은 포기하지 않고, 세계 평화회의가 열리는 네덜란드 헤이그 용스(de Jongs)호텔에 머물며 태극기를 게양했다.

러시아 외상 이즈볼스키는 용스호텔 앞에 내걸린 태극기를 보고, 헤이그 회의 의장국인 네덜란드 외상 넬리도프에게 한국 특사단의 협조 요청에 응대하지 말라는 압력을 넣었다. 그로 인해 대표단은 회의 주관국인 네덜란드 후온데스 외무상의 접견조차 거절당했다. 그 후로 세계 각국은 한국 정부의 외교 자주권을 인정하지 않고, 한국 특사단의 출입을 봉쇄하고 활동을 제한했다. 세계 강국들은 승전국 일본 편으로 완전히 기울어져 있었다.

한편 고종황제는 미국인 선교사 헐버트를 외교특사로 임명하여, 유럽에 파견했다. 헐버트는 영국기자 스테드의 도움을 받아《헤이그 평화회의 홍보신문》에 한국파견단 대표 이상설의 활동과 한국측의 선언서 전문을 게재했다. 그와 동시에 이위종은 헤이그 평화회의장 밖에서 해외 기자들과 계속 만나면서 약소국 한국이 직면한 문제점들을 하소연했다.

"일본에 국권을 강탈당한 약소국 한국의 대표단이 세계 평화회의가 열리는 헤이그에 왔는데 왜 주최국 네덜란드는 약소국인 우리를 회의에 참석조차 할 수 없게 하는가?"

한국대표단은 주최 측에 강력히 항의했지만, 그들은 모두 입을 다물었다. 7월 9일 한국대표단은 영국의 언론인 스테드가 주관한 별도의 프레스센터 국제협회에서 발언권을 얻었다. 그날 이위종은 일본을 규탄하고 국권 회복에 도움을 청하는 "한국인의 호소(A Plea for Korea)"를 외쳤다.

"세계 언론인 여러분, 일본은 말로만 평화를 외치지만 누가 총

193

구 앞에서 평화를 누립니까. 한국의 자유와 독립이 없는 한, 극동
의 자유와 평화는 없습니다. 한국은 자유와 독립의 공동목표를 이
루기 위해 일본의 야만적인 잔혹성과 탐욕적인 침략 본능에 계속
항전할 것입니다. 일본은 결코 항일투쟁을 결의한 2천만 한민족의
의지를 꺾지 못할 것입니다. 세계 시민 여러분의 전폭적인 지원을
부탁드립니다."

　마침내 분노를 참지 못한 평리검사 이준은 7월 14일, 헤이그에
서 지병의 악화로 세상을 떠난다. 한국대표단은 이준의 유해를 헤
이그 공원묘원에 안치하고, 눈물을 머금은 채 헤이그를 떠나야 했
다. 그 후 이위종과 헐버트는 유럽 각국을 순방하면서 각 나라의
정치지도자와 언론인들에게 한국의 국권과 자주 독립을 지지해줄
것을 호소했다.

24

1907년 7월 7일, 고종황제가 헤이그 평화회의에 대표단을 은밀히 참석시킨 사실이 밝혀지자, 일본의 외무대신 하야시는 본국의 총리대신 사이온지 긴모치에게 그 사실을 전하고, 한국 측에 그 책임자들을 추궁하도록 요구했다.

"조선은 일본과 맺은 을사조약의 규정을 위반했습니다. 이제 우리는 조선 정부에 즉각 선전포고로 대응할 것이며 군사력으로 조선 황실을 무력화시켜, 본격적으로 완벽한 식민지 지배체제로 들어가야 한다고 생각합니다."

일본의 군부 강경파들은 이토의 미온적인 조선 지배와 통치전략에 불만이 컸다. 그들은 이토가 조선의 숨통을 즉각 끊지 않고, 조선인들의 도발과 준동을 애써 참아내는 저의를 모르겠다는 불만이 고조되었다. 이토가 자국 내의 반대파 세력들의 여론 추이를 모를 리가 없었다. 이토의 반대 세력들은 조선의 헤이그 밀사 파견의 책임을 물어 그 기회에 조선 통감의 자리를 박탈하려는 정치적 공세를 벌였다. 이어 이토는 즉각 조선통감부에 강력한 대응을 주문했다. 조선의 황실 내각은 헤이그 사건의 해결을 위해 어전회의를 열었다. 총리대신 이완용은 고종에게 헤이그 사태를 강력히 비판했지만 고종은 놀랍게도 태도를 바꾸어 냉담한 반응을 보였다.

"이번 헤이그 사태는 나와 전혀 관련 없는 일이니, 대신들은 그리 알고, 참정대신은 책임지고 사태를 수습하라."

대신들은 고종의 말에 당황해서 입을 열지 못했다. 그때 이토의 주문을 받고 나온 매국노 대타가 등장한다. 그가 바로 이토의 강압과 추천으로 최근에 농상부대신이 된 송병준이었다. 그는 송시열의 9대손 서자 출생으로 본래는 민씨 가문의 식객이었다가 급제 후, 사헌부 감찰에 오른 인물이다. 그는 갑신정변 때 일본에 피신했다가 귀국한 후, 스스로 창씨개명에 앞장서 이름을 노다 헤이치로라는 일본 이름으로 바꾸고 강경 친일파가 되었다. 그는 당시 '노다 대감'이라는 별칭이 붙었다. 그 말은 매국노 대감이라는 뜻이다.

특히 노다 대감 송병준은 이토를 사이에 두고 이완용과 충성 경쟁을 벌이는 라이벌 관계였다. 송병준은 "누가 내게 1억 5천만 엔만 주면 조선을 통째로 일본에 팔아넘기겠다"라고 호언을 하고 다니며, 일본의 일진회 고문 우다치와 회장 이용구의 뒷배를 믿고 '고종황제의 저격수'로 자처하고 나섰다.

"황제 폐하! 이번 사건은 폐하께서 모르는 일이라고 뒤로 빠질 일이 아니옵니다. 이토 통감께서는 그 사태를 심각한 조선의 외교적 불륜 행위로 여기시고 조선의 황실에 강력한 공격적 대응을 할 것이라는 사실을 알고 계시기나 하시는지요. 그 일로 대신들이 얼마나 큰 곤욕을 치르고 있는지 아십니까? 이번 사건은 머리에서 발끝까지 모두 폐하께서 자초한 일이시니 손수 해결하셔야 마땅한 줄로 압니다."

고종은 송병준의 말을 듣고 보니 어처구니가 없었다.

"과인은 그 문제를 이미 참정대신에게 전권을 주고 수습하라 일렀는데 어찌 너 따위가 나서서 과인에게 무례한 말을 하고 있느냐. 농상공부대신이 일본 미곡상 등살에 천정부지로 뛰고 있는 쌀값 하나도 못 잡고 있는 주제에 외무대신조차 입 다물고 있는 판에 네 놈이 감히 어느 안전에서 입을 함부로 놀리는가. 지금은 네 놈이 나설 자리가 아니다."

그 말에 대신들이 쿡쿡 웃음을 참는 상황이 벌어졌다. 고종은 대신들의 소란을 무시하고 의연하게 말을 계속했다.

"대신들은 들거라. 국권을 침탈당한 이 나라의 대신들이라면 헤이그 특사 파견은 막중한 나랏일이었거늘, 그게 혹시 잘못되었다면 대신들이 나서서 나랏일을 수습해야 할 일이거늘, 어찌 모두 벙어리들처럼 입을 다물고 있는 것이냐."

고종의 답변에 송병준이 다시 나선다.

"헤이그 사건은 통감께서 소신을 통해 황제 폐하께 그 책임을 묻고 있다는 사실을 어찌 모르고 계십니까. 황제 폐하께서 일본에 친히 가서서 천황에게 잘못을 빌거나, 아니면 일본군 하세가와 요세미치 사령관에게 정식으로 항복을 하시고, 일본의 선전포고를 막으시든지 방책을 내놓으셔야 하지 않겠습니까. 만일 그 둘도 못 하시겠다면 폐하께서 일본에 결연히 선전포고를 하시는 길밖에는 없지 않겠습니까?"

그 순간 고종황제의 감정이 마침내 폭발했다.

"허어! 무엄한지고! 네 놈은 어느 나라 대신이기에 어전에서 통감의 말을 자청하며 그토록 무례를 저지르느냐!"

그 순간 어전회의는 긴장이 감돌았다. 대신들의 숨소리가 깊이 가라앉았다. 고종은 송병준의 말이 끝나자 벌떡 일어나 어좌를 박차고 나가버렸다. 그 이후로 1907년 7월 16일 이완용은 자택으로 각료들을 불러 모아 고종을 퇴진시키기 위한 극비 작전회의를 가진다. 그 자리에서도 노다 대감 송병준은 "황제 대리 조칙과 양위 조칙을 미리 마련한 후에 퇴진을 상주하고, 황제가 끝내 거부하면 옥새를 강탈해야 할 것"이라고 대신들을 설득했다. 마침내 대신들은 고종에게 황위 퇴진을 상주하고, 순종에게 황위 이양을 강요했다. 바로 그 시간에 이토의 사주를 받은 송병준은 일진회원 3백여 명을 동원하여 횃불 집회를 열고, 대궐의 담장 밖을 돌면서 고종의 퇴진시위를 진두 지휘했다.

"황제폐하는 퇴진의 용단을 내리시옵소서. 어서 양위하시어 혼란한 국정 사태를 수습하시옵소서!"

그들은 계속 구호를 외치며 황제의 퇴진의 목청을 높였다. 이어 내각회의에서는 고종황제의 폐위와 순종의 즉위를 결정하고, 이완용을 입궐시켜 고종에게 그 사실을 통보토록 했다. 7월 18일에는 황태자 대리 조칙이 발표되고, 7월 20일에는 일본군의 경계 속에서 고종과 순종이 모두 참석하지 않은 자리에서 두 명의 환관이 서로 황위를 주고받는 어처구니없는 황제 권한 대리 인수식이 거행되었다. 마침내 고종은 황제의 지위를 순종에게 양위해야 하는 지경에 이르게 된다.

7월 24일, 조선 통감 이토는 순종의 재가를 얻어서, 이토의 자택에서 이완용이 주관한 한일 간의 새 협약을 체결했다. 그 중, 각 조항의 시행규칙에는 비밀조치가 들어갔다. 그 내용은 한국군대 해산, 사법권 위임, 일본인 차관 채용과 경찰권 위임 등이다. 고종이 미리 알고 있었던 초고 문서 그대로였다. 그 조약으로 언론을 위한 신문법과 집회결사의 금지법이 공포되고, 7월 31일에는 대한제국 군대해산 조칙이 발표된다. 그것으로 일본은 대한제국의 국권을 강탈하고, 고종의 44년 조선 왕정 통치가 종식되었다.

경운궁은 덕수궁으로 명칭이 바뀌고, 고종은 황제에서 왕으로 격하되어 '이태왕'이라는 존칭으로 바뀌었다. 순종은 조선의 왕으로 모양새를 갖춘 허수아비가 되었다. 그것으로 이토 통감은 '왕관 없는 조선왕'으로 등극하게 된다. 고종의 퇴위 소식이 전해지자 종로에서는 국민들의 통곡 소리와 울부짖음이 하늘을 찔렀다.

국민은 친일내각을 맹렬히 비난 성토하고, 대한제국군 일부가 경무청에 총격을 가했으며, 서울시민들은 한밤에 일제 기관지《국민신보사》를 습격, 파괴했다. 곧이어 총리대신 이완용은 군부대신 이병무와 함께 한국군 해산을 주도했다. 1907년 8월 1일, 일본군 사령관 하세가와의 지시를 받은 이병무는 아침 8시까지 일본군 사령관 관저인 대관정으로 한국 시위대 대장들을 집합시키고, 10시에는 한국군의 전격 해산식을 통보했다. 그 시간에 중앙시위대 대대장 박승환 참령은 장교들과 군사작전을 통해 고종의 복권을 시도하는 친위쿠데타 작전을 세웠지만, 기밀이 발각되었다. 동대문 훈련원 연병장에서 부하 대원들이 무기를 박탈당하고 강제로 해산되는 충격적인 사태를 목격한 참령 박승환은 분노를 이기지 못하고 남대문 병영사무실에서 "군인으로서 나라를 못 지켰으니 만 번 죽어도 아깝지 않다"라는 유서를 남기고 권총 자결로 삶을 마감한다. 그의 유서는 군인들의 눈물에 분노의 기름을 부었다. 군인들은 무기고를 부수고 일본군을 공격하기 시작하였다. 남대문 전투는 임진왜란 이후 한국군과 일본군이 벌인 최초의 육상전쟁이 되었다. 남대문 전투기록의 일본 측 자료에 의하면, "일본군 전사자 4명과 부상자 30~40명, 한국군 전사자 68명과 부상자 100여 명, 포로 516명"으로 되어 있다. 당시 한국군 지휘관을 포함한 총병력은 1천 1백여 명, 나머지 550명의 한국군 잔여 병력은 서소문으로 후퇴한 후, 서울을 탈출해서 대부분이 국내와 러시아 연해주의 항일 독립전쟁에 참전했다. 전쟁의 흔적이 씻겨간 서울 거리는 시민들의 통곡소리로 가득 찬 눈물 바다가 되었다. 수천여 명의 시민들은 무리를 지어, 일본인들의 거주지를 파괴하는 등 폭동이 점차 확대되었다. 이완용의 집은 불길에 휩싸였고, 거리에서는 "이토를 죽여라! 이토를 죽여라!" 하고 외치는 군중들의 비원의 함성이 처절하게 메아리를 쳤다.

그 이후로 조선 통감 이토와 일본외상 하야시, 일본군 사령관 하세가와는 이토의 1위에 이어 한민족의 증오 표적 2순위로 등장했다. 경운궁 대한문 앞에는 군중들이 몰려와 무릎을 꿇고 고종황제의 퇴진반대를 외치며 울었다. 일본 군경들은 경운궁 앞 시위군중을 총칼로 무자비하게 진압하기 시작했다.

1907년 8월 1일에 대한제국의 군대해산 조칙을 발표했다. 이토가 강압적인 군대해산 조치를 취한 배경에는 1907년 7월 30일에 제1차 러시아와 협약이 성사된 탓이 컸다. 4개조로 체결된 비밀조약에는 "만주를 남북으로 쪼개어 두 나라가 세력 범위의 경계선을 하얼빈-지린(길림)으로 정한다. 러시아는 일본에게 조선의 지배권을 인정하고, 일본은 러시아의 외몽고 지역의 지배권을 준다"고 되어 있다. 두 나라는 그렇게 이웃국가를 분할 소유했다.

일본이 한국의 국권을 유린하고 군대해산이라는 초강수를 둔 것은 외교적 승리의 뒷받침이 컸다. 일본은 정미 7조약이 체결되고 고종을 강제 퇴위시킨 후에, 그들의 정책을 지원해준 조선의 일진회에 50만 엔을 지급하고, 일진회 한국지부장 이용구와 송병준에게는 별도로 10만 엔의 성과급을 지급했다.

"너희들이 개처럼 뛴 발품은 우리가 보상해주마. 앞으로도 누가 더 잘 뛰는지는 우리가 지켜보겠다."

그것이 이토가 친일파를 금전으로 매수한 방식이었다. 친일파 대신들이 왜 그처럼 경쟁적으로 친일행각을 벌였는지를 잘 보여주는 대목이다.

망명정부의 꿈

25

1907년 봄부터 대한제국의 국가 경제는 파산 직전의 위기가 닥친다. 안중근은 학교 운영에 어려움이 닥치자, 의군 동지 한재호, 송병운과 평양에서 석탄회사 '삼합의'를 설립하고 사업을 시작했다. 그러나 안중근은 일본 광산업자들의 조직적인 사업 방해로 투자비만 날리고 파산한다. 이미 모든 분야에 일본의 자본 침략과 지배 경영이 횡행하고 있는 상황에서 석탄 사업 역시 발도 못 붙이고 진남포로 돌아올 수밖에 없었다.

바로 그즈음 돈의학교 교장실로 낯선 노인 한 분이 찾아왔다. 흰 광목 두루마기를 입은 백발의 노인이었다.

"어르신은 무슨 일로 절 찾아오셨습니까?"

안중근은 노인에게 깍듯한 예의를 갖추었다.

"자넨 나를 모를 것이네만, 난 자네 부친과는 진사시 동기로 친분이 두터웠네. 자네도 알겠지만 지금 간도와 연해주의 한인 교포들은 모두 의군에 자원하고, 독립자금 모금 운동에 나서는 등 항일 독립운동의 열기가 높네. 따져보면 자네 같은 젊은이들에게 나라를 되찾는 일보다 더 시급한 일이 어디 있겠는가. 평생 일제의 개돼지 노릇으로 살거나 친일 매국노로 살지 않겠다면 말일세. 자네의 교육사업도 나라를 구하고 난 후에 할 일이 아닌가. 지금 안 진사가 살아계셨다면 어찌 자네 같은 인재를 이런 한가한 곳에 눌러 앉혀놓았겠는가. 어서 연해주로 가서 항일 독립군에 가담하여 총을 들게나. 내 말을 허투루 듣지 말고 가슴에 새겨 듣게나."

안중근은 김 진사의 한 마디 한 마디가 가슴에 꽂혀왔다. 그렇다. 내가 아버지의 꿈을 이루겠다는 핑계로 이 시국에 시골에 편히 눌러살고 있지 않은가. 그는 자책감에 빠져 있다가 문득 정신을 차렸다. 눈을 떠보니, 백발의 김 진사는 눈앞에 보이지 않았다. 문득 꿈에 홀린 듯했다. 항일구국 운동에 뛰어들어라. 아버지가 평소에 늘 하던 말씀이었다. 서우학회 연설에서도 박은식 선생은 그런 말을 했다. 안중근은 꿈에 김 진사가 아버지 말씀의 전령으로 찾아왔다는 생각이 들었다.

그 시기의 한국 사회는 국채보상운동이 전국적으로 전개되던 중이었다. 조선 통감 이토는 일본에서 들여온 차관의 대부분을 주한 일본인들의 특수이익에만 썼다. 모든 예산은 식민지정책의 유지비나 일본인 거주지역의 시설과 복지정책에만 퍼부었다. 이토는 조선의 모든 국민학교에서 한글을 폐지하고 일본어로 가르치게 했고, 한국인들의 해외 유학을 금지했으며, 민간 사유지는 일본군 군사기지로 보상 없이 박탈했고, 화폐개혁으로 한국 상인들을 파산으로 몰아넣었다. 통감부와 친일내각이 한국의 경제발전과 미래를 위해 투자하는 것은 모두 한국을 일본의 경제권에 예속시키는 전략들이나 다름없었다. 거기에는 진정성이 없다.

청일전쟁 이후 조선 정부의 일본 차관액은 1천 3백만 원에 육박하고 있었다. 일본에 진 조선의 빚은 이미 국가 예산을 초과한 지 오래였다. 국가경영의 적자 폭이 계속 늘어나면서 부채 상환은 사실상 불가능해졌다. 이어 서울, 평양, 대구 등 전국에서 "나라가 진 빚을 갚고 경제 주권을 되찾아야 한다"라는 거국적인 국민운동이 일어나기 시작한 것이다. 대한매일신보, 황성신문 등 언론기관과 애국부인회를 비롯한 시민단체들이 그 운동에 동참했고, 한국인들은 비녀와 반지 등 패물을 모아 정부에 기부하고, 남자들은 금연운동을 시작했다. 전 국민의 여론과 호응은 뜨거웠다. 안중근은 국채보상운동 관서지부를 맡아, 전 가족이 국채보상운동에 적극 가담했다. 온 국민이 한마음이 되어 일사불란하게 움직이자, 일제는 국채보상운동이 구국운동으로 바뀌는 분위기를 느껴 일진회를 통해 국채보상운동을 전면 금지했다.

특히 조선통감부는 국채보상운동을 주관한 전국 간사 양기탁을 보상금 횡령죄로 누명을 씌워 구속했다. 안중근의 관서지부도 일본 경찰들이 들이닥쳐 가입 회원들의 모금을 전수 조사했다. 안중근은 일본 경찰을 향해 항의했다.

"우리 국가의 국채보상운동 가입 회원은 2천만 명이고, 모금목표는 차관총액 1천 3백만 원이다. 빚진 채무자가 돈을 갚으려고 노력하는데 권장은 못 할망정, 왜 방해하는가. 너희들이 빚을 못 갚게 하는 것은 비싼 이자만 계속 뜯어먹겠다는 고리 대금업자들의 횡포와 무엇이 다른가!"

안중근이 일경에 항의하자, 주민들이 사무실로 몰려와 일본 경찰을 향해 험담을 퍼부으며 "그래서 이토가 늙은 도둑이라는 욕을 듣는 거다"라고 외쳤다. 시비가 커지고 언성이 높아지자 사람들이 안중근과 경찰을 뜯어말려 사태가 겨우 수습되었다. 그 후로 국채보상운동은 끝내 실패로 돌아갔다.

그 가운데 고종은 통감부 소속 관리로부터 중요한 제보 문건을 받는다. 일본어로 작성된 문서에는 이토가 이완용에게 보낸 '한일신협약(정미 7조약)의 초안'이었다. 그 내용은 "조선 정부의 행정 입법 사법 인사권은 통감부의 결재를 받아서 시행하고, 조선 정부에 외국인 고문의 채용금지와 함께 통감이 일본 관료를 임명할 수 있는 권리, 그리고 대한제국 군대를 해산하고, 재판소와 감옥을 설치"하는 내용이었다.

그 문서는 사실상 한국과 일본을 합병하겠다는 것으로 국가권력 탈취 공작을 기획한 불온문서였다. 그 문서는 내각이 가결하고 순종의 결재를 거쳐 공표하면 즉각 시행할 수 있게 되어 있었다. 익문사 대령 이갑은 그 문건을 황제에게 올렸다. 하지만 놀랍게도 고종은 문서를 보고도 태연한 표정을 짓고 있었다. 이미 예상했던 일이 자연스럽게 지금 찾아왔기 때문이다.

대한제국이라는 국가 간판은 이미 을사늑약으로 빛이 바랬지만, 이번에는 그 간판마저 완전히 철거하겠다는 뜻이었다. 이미 친일 매국노들이 점거하고 있는 대한제국의 붕괴는 점차 무너져가는 중이었다. 고종은 그 사실이 전혀 새로운 일이 아니어서 표정이 없었을 뿐이다. 고종은 러일전쟁이 시작되면서 사실상 사직의 운명이 침몰되는 과정을 지켜보고 있었다.

고종은 러일전쟁 초기에 러시아와 협력하여 연해주에 대한제국 망명정부를 세우고 군사력을 강화하여 일본과 항일 독립전쟁을 선언할 꿈을 갖고 있었지만 이미 그 절호의 기회를 놓친 것이 통한이었다. 고종은 이범진과 베베르가 마산항에 러시아해군을 주둔시키자는 카드를 거절하고, 러일 양국에 명분 없는 중립국 선언의 깃발만 흔들어댄 악수를 둔 것이 후회되었다.

만일 고종이 러시아의 제안을 받았다면 일본은 조선 공격에 선뜻 나서지 못했을 것이다. 대한제국은 총 한 번 쏘아 보지 못하고 일본에 나라를 고스란히 내주어야 했다. 특히 억울한 공분에 사로잡힌 것은 고종뿐만 아니라 한국군과 청년들이었다.

이제 한국은 세계 각국으로부터 일본의 개돼지 취급을 받지 않으려면 항일 독립전쟁을 통해 국가의 명예를 회복하는 일밖에 다른 방도는 없었다. 고종은 해외 항일 의군 조직을 강화하고, 군사 훈련과 무장 전술체계 등을 제대로 갖추고 일본군에 정상적으로 도전하는 것이 구국의 대안이었다. 따라서 고종은 해외의 망명정부를 꿈꿀 수밖에 없었다. 고종은 익문사 독리 정재관과 이갑 대령이 짠 비밀 요원들의 전투계획을 재가하여 확정했다. 마침내 안중근은 익문사 본부로부터 소환 통보를 받고 서둘러 돈덕전 익문사 본부로 달려갔다.

그 시기에 고종은 권력을 박탈당하고 경운궁에 유폐되었지만, 국내외의 익문사 비밀요원 조직은 살아남아서 황제를 중심으로 단합하여 항일 독립전쟁을 치를 각오를 다지고 있었다. 안중근은 돈덕전에서 독리대행 이갑 대령으로부터 연해주 파견 임무를 받았다. 연해주 하산지역 크라스키노는 두만강 국경선 건너 서쪽으로 40km 떨어진 러시아의 작은 국경 마을이다. 크라스키노는 일제의 탄압을 피해 망명한 교민들이 한인촌을 이루고 있는 곳으로 한국과 러시아가 통상과 군사 협상을 할 때마다 회담장소가 되었던 곳으로 전신국 시설이 잘 갖추어져 있다.

"지금 통감부와 친일파 대신들 사이에는 대한 황실의 존폐 여부에 관한 논란들이 대두되고 있네. 왜놈들은 먼저 여론몰이를 한 후에 식민지 침략정책의 단계를 하나씩 높이는 수법을 쓰고 있네, 머잖아 황실 폐지라는 최종 목표에 도달하겠지. 오늘 황제 폐하께서는 익문사 대표 요원들과 긴급 회동을 갖고, 크라스키노 해외 망명정부와 군사기지 구축에 관한 상호 협력방안과 작전에 관한 논의를 할 것이니 대처해주기 바라네."

이갑은 고종황제 면담 내용을 안중근에게 미리 전해주었다. 안중근은 "해외 망명정부와 군사기지 구축"이라는 말을 듣는 순간, 갑자기 신선한 바람이 가슴속까지 파고들었다.

"연해주 망명정부는 폐하의 오랜 구상이었네, 조금 늦은 감은 있지만, 그 마지막 카드로 필살기를 꺼내셨네. 우리가 한 번도 제대로 싸워보지도 않고 주저앉을 수는 없지."

안중근은 그 말에 끓어오르는 울분을 참았다. 그렇다. 고종황제
가 크라스키노에 해외 망명정부를 세운다면 일제에 대한 분노와
절규로 들끓는 한민족에게 항일투쟁 의지를 결집시키는 중심축이
될 것이다. 절망에 빠진 우리 민족이 지금의 난국을 돌파할 수 있
는 유일한 출구가 될 수 있다. 대령 이갑을 뒤따르는 안중근의 발
길은 훨씬 가벼워졌다.

"오늘은 익문사 간사들이 몇 명이나 모이죠?"

"황제 최측근 친위대가 10명쯤? 폐하께서는 안 동지와 먼저 단
독 접견이 끝난 후, 익문사 간사들과의 확대 회의를 할 것이네. 자
넨 그렇게 알고 있으면 될 것이네."

이갑 대령의 말이 끝나는 순간 그들은 어느덧 접견실 앞에 도착
했다. 잠시 후 방문이 열리고, 뜻밖에도 손탁이 나타났다. 돈덕전
접견실은 황제가 해외 국빈급 내빈과 회견하는 곳이다. 내실은 벽
지와 비단 커튼이며 가구 등 서양식 인테리어로 화사하게 꾸며져
있었다. 이윽고 고종황제가 들어왔다. 총독은 황제 의관 대신 정장
평복 차림을 하고 있었다.

"안 동지! 상하이에서는 수고가 많았네. 민 대감(민영익)은 성격
이 급하고, 허세도 좀 있고, 때론 오만한 점이 탈이지만, 영민하고
재능 있는 문인 화가네. 그 친구는 대궐의 관복을 입은 후에 두어
번 과인에게 정치적 배신 행위를 한 적도 있었지만, 돈 문제만큼은
과인을 속일 속물은 아니고, 그럴 배짱도 없는 위인이지. 안 동지
가 애써준 덕분에 그가 며칠 전 자진 귀국해서 과인을 만났고, 그

간 서로의 오해도 풀고, 황실에 묵란화 한 폭을 벽에 걸어주고 떠났네. 자네가 찾아간 민 대감의 상하이 집 이름이 천심죽재(千尋竹齋)라고 하던데… 저 그림이 그 집 화실에 걸렸던 것이라고 하네."

황제는 벽에 걸린 그림을 가리켰다. 안중근은 상하이의 민 대감 집에서 본 묵란도를 돈덕전에서 다시 보게 된 것이 신기했다. 민영익은 추사 김정희 이후로 국내 화풍의 전통을 획기적으로 걷어낸 문인 화가로 중국에서도 인정하는 실력파 화가였다. 민영익의 홍삼 판매대금은 황실의 내탕금(비자금)이기 전에 의군의 무장을 위한 군자금이어서 그 손실이 너무 크다. 그 액수면 대한의군 1백만 명 전원을 러시아제 5연발 총기로 무장시킬 수 있는 거액이라고 했던 이도엽의 말이 떠올랐다. 황제는 천문학적인 군자금을 그처럼 고스란히 날렸는 데도 무척 냉정하고 태연하다는 점이 놀라웠다.

"바둑을 둘 때 패착인 줄 알고 두는 고수가 어디 있겠나. 이젠 우리가 막다른 길목에 몰렸으니 정공법밖에는 없네."

고종은 한숨을 크게 쉰다. 국가의 운명이 초토화된 상황에서도 마지막 순간까지 최선을 다하겠다는 고종의 결기가 가상하다. 조선왕조 40년 집권으로 산전수전 다 겪은 고종은 체념도 도전 의지도 도인의 경지에 이르렀다. 지금 고종은 황후도 잃고, 권좌도 박탈당하고, 세자와도 심정적으로 멀리 있다. 고종의 주변에는 충신도 없고, 내탕금도 몽땅 털린 빈 소라껍데기가 된 궁궐만 간신히 지키고 있을 뿐이다. 몸은 대궐에 있지만, 마음은 삼수갑산 험산의 유배지에 있다. 그럼에도 불구하고 실각한 황제에게 항일 의지가 살아 있는 것은 기적이었다.

26

안중근은 황궁 대령 이갑으로부터 "크라스키노에 가서 8도 의군 통합부대 동의회 휘하에 합류하라"라는 명령을 받았다. 그는 황제와 단독회견을 마친 후, 익문사 지휘관 십여 명이 모인 작전회의에 참가했다. 대령 이갑이 각지에서 활동 중인 지휘관들을 소개했다. 안중근은 대령 이갑으로부터 연해주 크라스키노에서 작전 중인 대한의군 파견부대의 조직과 전투 현황을 뜨거운 가슴으로 전해 들었다.

첫 번째 의군 부대는 구 한국군, 의병 출신과 포수꾼 등 1천여 명으로 조직된 이범윤 부대의 충의군이 있다. 1904년 2월 러일전쟁이 시작되면서 이범윤은 러시아군과의 연합작전에 참가, 익문사 본부로부터 총기와 탄약을 지원받아 일본군을 격퇴했으며, 함경도 무산 회령 종성 은성과 간도의 일부 지역에 충의대 병영을 탄탄히 구축했다.

곧이어 1905년 7월에 이범윤 부대는 러시아군 아니시모프 장군의 부대에 소속되어 함북에서 큰 전과를 올렸다. 이범윤은 블라디보스토크의 귀화 러시아 한인회장 최재형과 그의 조카 엄인섭(안중근의 의형제)과 함께 의군 3천여 병력을 이끌고 동의회 연합군에 가담한다. 그 부대는 연해주 항일독립 의군 조직 가운데 최대의 병력을 가진 부대였다.

두 번째 부대는 헤이그 평화회의 대표단이었던 주러 한국공관의 외교 참서관 이위종 부대인데, 러시아 수도 페테르부르크를 떠나서 크라스키노에 도착할 예정이다. 이위종 부대에는 러시아에 파견되어 군사훈련을 마치고, 현재 상하이에 체류 중인 대한의군 지휘 교관 23명이 있다. 그들은 일제가 한국군을 강제 해산하기 1년 전부터 러시아 군관학교에 파견되어 특수 전투훈련 과정을 마친 정예 대원들이다.

그들은 대동보국회 상하이 지부장인 한국군 참령 현상건과 이학균의 지휘하에 있던 중, 러시아에서 합류하는 이위종의 부대에 재편되어 연해주에 파견된다. 특히 고종의 특사로 러시아 황실에 다녀온 현상건 참령은 러청은행 상하이 지점에서 1만 루블의 차관계약 위임장을 갖고 전 주한 러시아 공사 파블로프의 지급보증으로 군자금을 대출받았다. 그 군자금 1만 루블은 이위종이 상하이에서 인수하여 연해주 동의회에 참가할 예정이다.

러청은행이 지급한 의군 군자금 차관은 1908년 4월 5일 러시아 우수리 남부지역 국경 판무관 스미르노프가 연해주 군무 지사 플루그에게 보낸 보고서에 의해 밝혀졌다. 한국, 연해주, 만주의 항일 독립의군들의 모든 군자금은 상하이의 은행을 통해 고종황제로부터 지원받고 있었다는 사실은 러시아 정부의 공개 보고서 문서 기록에서 밝혀진 내용이다.

세 번째 의군 부대는 항일의군을 이끌던 강원도 의군 대장 유인석 부대다. 유인석은 을미의병 이후에 창설된 8도 창의군 대장으로 강원도 제천에서 항일 의병을 일으켰다. 그들은 1908년 초에 크라스키노로 들어와 의병 전쟁을 지휘한 허위, 민긍호, 홍범도,

신돌석이다.

네 번째 부대는 크라스키노에서 동의회가 결성되던 시기에 안창호가 귀국하여 조직한 항일 비밀결사단 신민회가 있었다. 익문사 독리 정재관은 샌프란시스코의 해외 항일단체 '공립회'와 '대동보국회'를 통합하여 중앙위원회를 결성한다. 그들 일부는 을사늑약 이후, 친일매국 대신들을 처단하기 위해 조직된 을사 5적 암살단들이 포함된다. 그들은 국내에서 대일테러전을 벌였지만, 거사에 실패하고, 정미 7적 암살단과 합류한다.

대한의군 조직에 관한 대부분의 정보는 상하이 주재 러시아 정보국장 '상하이서비스'의 총책 고이에르가 러시아 정부에 올린 비밀 보고서를 통해 확인된 내용들이다. 이어서 이갑 대령은 고종황제와 십여 명의 익문사 작전 요원들과 함께 고종황제의 연해주 망명정부 수립을 논의한다. 미주지역 한인 애국단체들은 '국민회'로 통합되어 정재관 독리가 이상설 참찬과 함께 연해주에서 해외 항일 통합본부를 설립할 계획이었다. 그들은 고종황제의 경운궁 탈출 작전이 성공하면 크라스키노에 대한제국 망명정부를 세우고 항일전쟁을 개시할 계획이었다.

1907년 초, 만주에 있는 대한의군들은 한반도 북부지역 갑산, 경성, 용천지역 일대에서 일본군을 퇴치하고 광범위한 지역을 군사적으로 장악하고 있었다. 1907년 가을 대한의군 병력은 총 1만 1천여 명이었지만, 그다음 해 1908년 봄에는 3만 1천여 명으로 증가했다. 그해 5월에 연해주 의군들은 두만강 상류 무산지역을 점령한 의군들과 합류하기 위해 도강작전을 계획 중이었다. 그처럼 항일 독립군들의 전세가 강화되고 유리해지자, 연해주 러시아 군무 지사 플루그는 한러 접경 지역에서 한국군과 일본군의 무력충돌을 우려했다.

마침내 주러 일본 공사가 러시아 정부에 "크라스키노의 대한의군들이 러시아군과 군사기지를 공유하면서 군사훈련과 합동작전을 계속하고 있다. 러시아는 즉각 한국군과의 군사작전을 중단하고 크라스키노에서 항일의군들을 철수시켜야 한다"라는 서한을 러시아 정부에 보냈다. 그 이후로 러시아 총리 스톨리핀은 일본과의 외교적 마찰을 피하기 위해 크라스키노의 러시아 총독에게 독립의군과 합동작전을 하지 말고, 크라스키노의 대한의군들을 격리시키라는 행정명령을 즉각 발동했다.

당시 남우수리 지방관리 케셀만의 보고서에는 "대한의군을 한국으로 추방하지 말고, 훈춘 쪽으로 격리시키고, 대한의군들이 크라스키노로 복귀할 수 없도록 한러 국경을 통제하라"는 기록이 나와 있다. 그러자 러시아는 항일 독립군들이 무장투쟁을 할 수 없도록 하겠다고 일본군에게 약속하고 있다. 그 조치가 바로 제1차 러일협약(1907년)이다. 중국 국경지대에 주둔하고 있던 대한의군 이범윤의 동의회는 러시아의 지방관리 스미르노프로부터 한국군의 작전과 전술을 바꿀 것을 제안한다.

"한국군은 좀 더 다양한 전술적 변화가 필요합니다. 전쟁은 정규군들과의 전면전이 아니어도 독극물, 칼, 파열탄 등을 쓰는 다양한 전술들이 있습니다. 극비 테러전이나, 치고 빠지는 게릴라식 전법도 있고, 군부나 정계 요인의 암살 등의 전술들이 더 효과적일 수 있습니다. 대한의군이 일본군 정규군과 전면전을 계속한다면 일본군들은 러시아 국경을 넘어서 한국군과 충돌할 것이고, 제2차 러일전쟁으로 발전할 수도 있습니다."

러시아는 내심 한국군을 돕고 싶었지만, 합동 군사작전을 할 수 없게 된 이상, 게릴라전이나 첩보전으로 대일전략을 수정할 것을 요청한 것이다. 그와 함께 일본군 역시 러시아 영토 내에서 한국군을 공격할 수가 없었다.

"지금까지 익문사 요원들은 지휘관의 재량으로 국지전을 벌였지만, 연해주에 동의군이 결성되면 모든 작전은 황제 폐하가 대한의군 총독의 공식 명령으로 바뀌어 각 부대 지휘관이 수행하게 될 것입니다. 의군 지휘관 여러분은 황제 폐하의 직인과 밀지를 갖고 휘하 부대의 직책을 임명하고 승진시키고 특수작전 수행을 명령할 수 있게 됩니다. 지금 이 자리에는 이미 두 명의 지휘관이 김두성 대한의군 총독의 이름으로 주요 공식 임무를 수행하고 있습니다. 한 분은 재정관리 책임 지휘관 김두성이고, 또 다른 한 분은 중러 국경 지역의 군자금 조달과 연락 책임을 수행하시는 참모중장 김두성이 계십니다. 여러분도 앞으로는 황제 폐하이자 총독께서 하사하시는 유척(鍮尺, 지방관이나 암행어사가 검시로 쓰던 놋쇠로 만든 자)이나 밀지(密旨, 왕의 명령)를 받아서 의병 모집과 규합, 의군의 승진 임명, 군사비 모금 등을 총독 김두성의 이름으로 수행하고 작전명령도 내리시기 바랍니다."

한편 러시아의 크라스키노에 망명정부가 정식으로 수립되면 러시아 영토에서 수행하는 항일작전은 고종황제의 밀지라고 해도 러시아 플란손 공사의 허가를 받아서 수행해야 하는 제약이 있었다. 러시아가 자기네 영토에서 벌이는 작전의 허가권을 행사하겠다는 뜻이었다. 그런 만큼 김두성 총독 휘하의 각 지역 지휘관들은 앞으로 김두성 총사령관의 이름으로 항일전쟁의 책임을 수행하게 된다. 안중근도 이범진, 이위종과 함께 러시아연방 안보국(FSB) 특수 첩보훈련을 받은 23명의 특수 지휘관 대원들로 구성된 특파 독립 부대의 참모중장으로 임명을 받았다. 이갑 대령은 안중근의 독립 특파부대에 서북 출신의 대원 이도엽과 마샤 김을 포함시켰다.

두 사람은 러시아 황실 소속 정보원 훈련을 마친 후에 러시아 정보기관 '상하이서비스' 파블로프 국장의 추천으로 동의군에 배속된 것이다. 안중근을 비롯한 총 26명의 특수 대원들은 앞으로 블라디보스토크에 입국이 예정된 익문사 독리 정재관의 작전지휘를 받게 된다.

27

1907년 8월 초, 미국 샌프란시스코만 오크랜드에 있는 대한인 공립협회 사무실에는 익문사 독리 정재관(26세)이 창가에 기대어 수평선 위로 붉은 저녁노을을 바라보고 있었다. 그의 눈시울은 분노에 젖어 있었다. 일본이 정미 7조약을 통해 황제를 강제 퇴위시키고, 군대를 해산한 비참한 현실에 의분이 솟구친다. 그것으로 대한제국은 사실상 멸망했다.

그 현실은 단지 정재관 혼자만의 고통이 아니다. 모든 해외동포들도 똑같이 느끼는 공분이다. 미국의 대한인공립협회는 1903년 안창호와 정재관이 미국에 온 후, 샌프란시스코 한인교포 20명의 친목회 모임으로 시작되었다. 그러나 점차 일제의 침략이 노골화되자, 조국에서 망명한 이민자들이 증가하면서 협회 규모가 커져 친목회에서 애국운동본부로 바뀌게 되었다.

"일본을 더는 두고만 볼 수 없다!"

그들의 공분은 현실 대처 방식으로 바뀌었다. 이젠 두고만 보지 않을 것이다. 그들은 항일 독립전쟁을 선포하고 직접 행동에 나서자는 공동의 결의가 이루어졌다. 먼저 안창호, 송석준, 정재관 등 샌프란시스코 재미교포를 중심으로 항일 애국단체 '공립회'가 창립되면서 국내에 악의 씨처럼 뿌리를 내린 매국노 정치 대신들의 제초작업부터 손대기 시작했다.

정재관은 먼저 공립 신보를 발간하여 미주 교민들에게 항일정신의 핵심 역할을 주도했다. 그 결과 1907년에는 LA와 새크라멘토를 비롯한 서부해안 전 지역에 공립회 지부가 설립되었다. 그 후 도산 안창호는 공립회를 정재관에게 맡기고 귀국, 항일 독립투쟁의 강도를 높이고 국권 회복 운동을 현실에서 실행하는 비밀결사체 조직 '신민회'를 창설하여 미국의 공립회와 국내의 신민회를 조직적으로 연계시켰다.

안창호의 귀국 직후, 3월 초에 서울 다동에 있는 김달하의 집에 애국지사들이 대거 집합하였다. 안중근 역시 첫 모임에 참가했다. 그 모임이 훗날 1907년 4월에 창립된 신민회의 기반이 되었다. 신민회 회장에는 윤치호, 부회장 안창호, 총감독 양기탁, 서기 이동녕, 언론인 장지연 · 신채호 · 박은식 · 이동휘 · 이갑 · 이승훈 등 각계각층의 지도자들과 전국회원 8백여 명의 지식인들이 가담했다. 그렇게 조직을 이룬 신민회는 국내에서 유례가 없었던 최강의 지도자와 지식인들로 조직된 강력한 항일구국회로 등장했다.

신민회는 독립협회가 입헌군주제 정치체제를 기반으로 내세운 것과는 달리 공화국체제를 내세웠다. 그들은 해외 무관학교 설립, 해외 독립군 기지 구축, 항일투쟁의 무장화를 주장하여 기존의 항일단체들보다 과격한 기질을 드러냈다. 안창호는 신민회를 샌프란시스코, 상하이, 연해주의 공립회를 포함하여 국내외 항일단체의 통합을 목표로 하였다. 안중근이 주장한 것처럼 "회초리 하나는 꺾일 수 있지만, 회초리 여러 개가 모이면 꺾이지 않는다." 민족의 단결 구호는 안창호의 주장과 정재관의 생각과도 일치했다. 정재관은 해외 항일단체를 하나로 묶어 중앙위원회로 총괄 지휘하는 한편, 신민회의 주도로 정미 7적의 처단을 첫 작전 목표로 정했다.

"이 땅의 매국노들이 일제의 특권층 귀족이 되어 한국 땅에서 떵떵거리며 호의호식하고, 특권을 누리는 현실을 방치하는 것은 국가의 불명예와 국치에 해당됩니다. 대한의군 총사령관 각하! 항일 독립전쟁은 먼저 내부의 적부터 척결해야 합니다. 적과 내통하는 자들은 더 큰 적입니다. 우리 통합 항일단체 중앙위원회는 '정미 7적'을 2천만 민족의 이름으로 모조리 처단한 후에 항일전쟁에 나설 것입니다."

대한제국 황실의 시종무관이었던 정재관이 대한의군 총사령관인 고종황제에게 올린 정책 상소는 곧바로 승인되었다. 항일 독립전쟁은 "이에는 이, 눈에는 눈"으로 대응한다. 한국은 더는 순한 양이 될 수 없다. 대한의군은 일제의 무력강탈과 탄압을 무력으로 대응한다는 원칙을 세웠다. 정재관은 재미 익문사 요원 송선춘과 조병한을 국내의 대동보국 조직에 즉각 파견했다. 대동보국회는 본래 1905년, 안창호와 장경이 미국에서 청소년 교육 진흥을 위해 창설한 단체였지만 일제의 국권침탈이 계속되면서 단체의 목표가 정치적 저항운동으로 바뀌었다.

지금은 교육보다 항일 독립전쟁이 더 시급하다. 그들은 무력투쟁을 결과로 끌어내는 과격한 항일 결사체로 변신했다. 그 시기에 상하이에 대동보국회 지부가 설립된다. 상하이 지부장은 고종의 특사로 러시아에 다녀온 현상건 참령과 미국 군사교관 다이 장군의 보좌관이었던 이학균이 지명되었다.

현상건과 이학균은 러시아에서 군사훈련을 받고 돌아온 26명의 구 한국군 장교들을 거느리고 러시아 특수정보기관 '상하이서비스'와 작전 공조를 시작했다. 전 주한 러시아 공사 파블로프는 대일첩보전을 위해 러시아 상무관이었던 고이에르를 특채로 발탁, '상하이서비스'의 첩보업무를 맡겼다. 그 당시 러시아의 고이에르 국장이 러시아 정부에 보낸 보고서에 의하면 "한국의 대동보국회는 옛 청국 정부의 유신파 비밀 정치결사와 같은 과격단체입니다. 그들은 황실에 충성하고, 조국의 자주독립을 쟁취하기 위해 왜놈들을 한국에서 모조리 축출할 때까지 투쟁을 계속할 것이라는 정치 슬로건을 내세웠습니다. 그들은 대부분 친러파 구 한국군 장교들로 구성되어, 우리 정보기관과 긴밀한 협조 관계를 유지하고 있습니다"라는 내용을 담고 있다.

정재관은 미국에 있던 익문사 요원 송선춘, 조병한을 귀국시켜 경운궁에서 고종황제를 보필하는 이갑 대령을 지원하도록 했다. 주러 한국공사 이범진은 고종의 연해주 망명정부 수립 작전을 배후에서 지원했다. 바로 그 시간에 러시아의 수도 페테르부르크의 주러 한국공사관 회의실에서는 이범진과 이위종, 현상건과 익문사의 러시아 파견 요원들이 긴밀한 회의를 가졌다. 회의 내용은 대한의군 총독 고종의 연해주 망명정부 수립과 관련된 경운궁 탈출 작전과 망명 루트, 그리고 선박 임대와 고종의 신변 경호 문제를 다루었다. 먼저 외교 참서 이위종이 망명정부를 위한 브리핑이 있었다.

"황제 폐하께서 망명정부와 관련된 행동강령을 내놓으시고, 망명정부 수립자금을 위해 수년 전, 극비리에 독일은행에 예치해둔 내탕금의 인출을 시도했으나 조선통감부와 일본 첩보대의 인출금 방해로 실패했습니다."

고종은 당시 주한 독일공사 잘데른에게 베를린 할인은행에 예치한 내탕금의 인출을 요청했다. 첫 예치금은 1만 8천 6백 30엔과 금괴 23개였다. 3년 전(1906년 12월 31일)에 예치한 원금과 이자의 가산금액은 당시 기준으로 증권액면가 51만 8천 8백 마르크에 해당하는 거액이었다. 고종은 그 돈을 의군 군자금으로 투입할 작정이었다. 독일 총영사는 인출금을 궁내부대신 이윤용에게 현찰로 직접 출금하겠다고 약속한 후로 갑자기 소식이 끊겼다. 황실에서 독일은행 측에 문의한 결과 놀랍게도 예치금 인출이 끝났다는 답변이 왔다.

조선통감부 친일매국노들은 예금주인 고종도 모르게 이토 통감의 지시로 황실의 내탕금 인출을 문서위조로 빼낸 것이다. 그 일에는 독일공사 잘데른의 불법개입과 방조가 있었다. 황실의 막대한 군자금(현시가 2백 50억 원)이 예치금 부정인출로 도난당한 것이다.(당시 독일은행의 조선 황실 비자금 부정인출사건은 그 후 1945년 한국이 해방된 후에 방문한 미국인 선교사 헐버트가 이승만 정부에게 독일 채권 문제를 제기하면서 일본의 이토가 허위 인출서를 작성, 금융사기로 돈을 탈취해갔다는 사실이 밝혀졌다.)

한국의 국권과 영토를 강탈한 일제의 조선통감부 이토는 대한제국 황실의 내탕금을 불법으로 강탈해간 강도행위를 한 사실이 뒤늦게 밝혀진 것이다. 그 돈이 일본 정부로 들어갔는지 이토가 탈취했는지는 밝혀지지 않았다. 그 이후로 고종이 러청은행에 청구한

1만 루불의 차관과 연해주 크라스키노의 도헌(군수) 최재형이 기부한 1만 3천 루불, 여러 지역에서 보낸 성금 6천 루불과 안중근 동지가 모금한 4천 원 등을 포함, 대략 3만 루불이 망명정부 수립과 군사지원금으로 편성되었다.

러시아 참서관 이위종은 이미 3년제 파리 군사전문학교를 수료한 군사 경험을 바탕으로 대한의군의 휴대 총기류 예산을 각별하게 챙겼다. 그는 연해주 대한의군 병력을 최대 1만여 명으로 잡고, 총기 구매 예산책정을 최우선으로 집행하는 의견을 제시했다. 당시 연해주 일대는 마적단 도둑 떼들이 들끓어서 러시아 정부는 민간인의 신변안전을 위해 총기 소유를 허가제로 공인해주고 있었다. 그로 인해 연해주에서는 총기와 탄약을 자유롭게 구입할 수 있었다. 특히 크라스키노에는 블라디보스토크에 본점을 둔 '쿤스트 앤드 알베르스' 총기 판매회사의 지점이 있어서 대한의군의 군사력 증강에는 최적의 조건을 갖추고 있었다. 그 외에도 크라스키노 주둔 제6연대 러시아 기병 부대원들과 친분이 두터운 최재형에게는 무기와 탄약을 대량구매가 가능한 루트가 있었다. 그 당시 엄인섭이 언급한 대목이다.

"제 삼촌(이범윤)의 의군 부대는 주로 러시아제 5연발이나 14연발 총기를 구입했습니다. 최재형 의병장은 성능이 뛰어난 체코제 5연발 총기로 모든 의병들이 완전무장하고 있습니다. 크라스키노에서 동의회 연합군이 결성되면 의군의 개인 화기도 통일해야 할 숙제를 풀어야 합니다."

러시아 공사 이범진은 황제의 대궐 탈출 동선과 선박 대여 계약,

러시아항구 입항까지 신변 보호 작전을 설명했다.

"먼저 믿을만한 무역상 한 분을 포섭하고, 배 한 척을 사거나 빌려야 합니다. 그 배는 중국 무역선으로 위장하고, 중국 구이저우성에서 우장강을 벗어나 동해에서 산둥성 즈푸에 도착합니다. 다시 그 배에는 중국 전통 남성복 치파오를 입은 황제와 위장 친위대와 호위무사들이 선원으로 가장하여 타고 항로를 안내합니다. 치파오 차림의 호위무사들은 배가 즈푸를 출발할 때쯤 제물포항에 도착하는 시간을 동지들에게 알려야 합니다. 그때 대기 중인 황제와 시위대들은 배가 제물포항에 도착하면 서둘러 승선합니다. 물론 그 배에는 블라디보스토크로 가는 승객과 외국인들도 타게 되지만 그들도 위장 승객들이어야 합니다."

고종의 망명길은 뱃길도 있고, 강원도 원산을 거쳐 회령에서 두만강을 건너는 육로도 있고, 제물포항에서 선편으로 뤼순항까지 간 후에 만주철도를 이용하는 방법도 있다. 중요한 것은 육지로 가느냐, 바다로 가느냐가 아니다. 가장 중요한 것은 러시아 황제가 퇴임한 고종황제의 연해주 망명정부를 승인하느냐의 여부이다. 그 외에 망명정부의 수립 자금도 있어야 하고, 일본에 인질로 잡혀 있는 의친왕(이강)도 걸림돌이다. 재정 문제는 러시아 교민들의 지원금을 해결한다고 해도 인질로 잡혀 있는 의친왕(이강)의 목숨은 장담할 수 없었다.

중전 엄비는 아들의 신변안전이 걱정되어 고종의 연해주 망명을 강력히 반대했다. 그것이 가장 큰 이유는 아니었지만, 고종은 망명정부 수립을 포기할 수밖에 없었다. 러시아 정보국 상하이서비스

국장 고이에르가 고종의 망명계획을 반대한 탓이었다.

"이미 일본 해군들이 고종의 망명계획을 알고 감시 통제를 강화해서 어떤 위장 선박도 블라디보스토크를 빠져나갈 수 없습니다. 선편으로 망명하는 일은 위험한 도박입니다."

고이에르가 고종의 망명을 강력하게 말렸다. 그 이후로 황제는 육로를 통한 망명을 검토한 적이 있었지만, 일본 정부가 그 계획을 알게 된 이상 고종은 덕수궁 탈출조차 불가능한 상황이 되고 말았다.

28

1907년 8월 1일, 안중근은 지난 3월에 김달하의 서울 다동 집에서 가진 항일 구국 모임에서 "자네가 연해주로 갈 때 내 아들놈(김동억)을 데리고 가서 의군에 넣어주게"라고 부탁한 말을 실천했다. 그날 안중근은 동지 김기룡, 김동억과 함께 한성을 떠나면서 일본군이 강제 해산된 한국군과 무력충돌을 한 시가전에서 한국군의 참담한 모습을 지켜보았다.

"나는 대한의군의 이름으로 반드시 이토와 하야시(주한 일본 공사)와 하세가와(일본군 사령관)를 처단할 것이다."

안중근은 그 의지를 가슴에 새겼다. 해외 항일단체가 침략의 원흉 3명의 처단을 결의한 것은 그 시기였다. 안중근 일행은 부산에서 선편으로 원산까지 갔다. 그는 원산에서 일주일 머물면서 천주교 원산 본당 주임신부 브레(A.Bre)를 만났다. 때마침 천주교의 중요한 전례행사인 성모승천대축일(8월 15일)이었다. 안중근은 축일 미사에 참석하고 떠날 예정이었다. 브레 신부는 빌렘 신부와 친구여서 안중근에 대해서 잘 알고 있었다.

"여보게, 항일 독립군이 어찌 일본군을 격퇴한단 말인가. 오르지 못할 나무는 쳐다보지도 말라는 말이 있지 않은가. 청국과 러시아 같은 군사 강국들도 일본에 두 손 든 것을 잘 알지 않는가. 바위에 계란을 치는 어리석은 짓은 하지 말게. 자네가 의군에 가담하는 일은 좋은 결정도 옳은 선택도 아니고, 하느님의 뜻도 아니네. 지금이라도 포기하겠다는 것을 공개적으로 표명하고, 교육자의 길을 천명으로 삼게."

안중근은 집에서 떠날 때 빌렘 신부로부터 들은 말을 브레 신부로부터 다시 들었다. 브레 신부는 목숨을 걸고 지켜야 할 계시라는 뜻을 가진 천명(天命)을 통해 안중근의 마음을 돌려보려고 애썼지만, 안중근은 집을 떠나면서 빌렘 신부에게 했던 똑같은 말로 브레 신부에게 자신의 의지를 밝혔다.

"나라를 잃은 저는 국가를 되찾아야 할 천명을 타고 태어났습니다. 신부님, 부디 제 용기와 의지를 꺾지 말아주시기 바랍니다. 저는 하느님의 정의가 이 땅에 살아계시다는 것을 증명하기 위해서라도 항일 독립전쟁 참전을 순교정신으로 돌파하겠습니다. 제 말이 옳다면 떠나는 제게 성사의 은총으로 격려해주시고 아니라면 성사를 거두셔도 됩니다. 그것은 오직 신부님이 선택할 수 있는 자유입니다."

안중근은 천명을 공언한 이상 결단을 바꾸지 않았다. 그때 브레 신부는 한참 동안 눈을 감았다가 이윽고 말했다.

"알겠네. 자네에게 성사를 줄 수 없게 된 것이 유감이네."

그 말을 듣는 순간, 안중근은 곧바로 사제실에서 나갔다. 그는 혼자 성당의 성체 앞에서 무릎을 꿇었다.

"주여! 저는 오직 악마의 주술에 빠져서 전쟁의 망령에 사로잡힌 일제를 처단하는 분노의 편에 서 있습니다. 제 판단과 결단이 하느님의 뜻을 거슬렀다면 제게 징벌을 내리시고, 브레 신부님의 판단도 축복해주시옵소서."

1907년 8월 15일, 안중근은 성모승천대축일에 브레 신부로부터 성체성사를 거부당하고 참담한 심정으로 청진을 거쳐 블라디보스토크로 가기 위해 일행과 함께 배에 올랐다. 그 순간 일본 군경들이 갑자기 달려와 떠나려던 배를 정지시키고 검문을 시작했다. 그들은 안중근과 김기룡과 김동억에게 무조건 밀항자라는 이유로 하선 명령을 내렸다. 누군가의 밀고가 있었던 것이 분명했다. 안중근은 배에서 내리면서 "브레 신부를 의심하는 죄를 짓지 않게 해주십시오"라고 맘속으로 기도했다.

마침내 배에서 쫓겨난 안중근 일행은 선편을 포기하고, 말을 빌려 타고 육로로 함북 회령을 거쳐, 두만강을 건넜다. 그들은 간도 화룡현에 도착한 후, 그곳에서 석 달을 머물면서 의군 모집에 애를 썼지만 별다른 성과를 거두지 못했다.

만주의 간도는 이미 일본군이 주둔하면서 한인들에 대한 감시와 통제가 심한 상황이었다. 안중근 일행은 간도를 포기하고 크라스키노를 거쳐서 블라디보스토크에 도착했다. 극동 연해주(프리모르스키)의 중심도시 블라디보스토크는 본래 러시아어로 '동방을 정복하다'는 뜻을 가진 중국 땅이다. 1860년 아편전쟁 때 영국 편이 되어 중국을 공격한 러시아가 승전 전리품으로 얻게 된 러시아 유일의 부동항이다. 그 당시 그곳에는 한인교포 5천여 명이 신한촌을 이루며 살고 있었다. 안중근은 가장 먼저 한인사회의 '계동 청년회'에 가입한 후에 그날부터 임시사찰 활동부터 시작했다. 안중근은 간도의 국경행정관 겸 조선 북부지역 군사령관에 임명된 이범윤을 만났다. 그는 주러 한국공사 이범진의 동생으로 러일전쟁

226

중, 동시베리아 보병연대 2사단장 아니시모프 소속으로 한인 의군을 이끌고 참전했다가 전쟁이 끝난 후에는 크라스키노에서 살았다. 안중근은 이범윤에게 의군 의거를 일으킬 것을 계속 제안했지만, 그는 의외로 다시 의군을 일으킬 의지도 없고, 군자금도 없다고 말했다.

안중근은 그동안 만난 동지들 가운데 담력이 크고 의협심이 강한 동지 엄인섭과 한성에서부터 동지로 연해주까지 동반한 김기룡과 의형제를 맺고, 그날부터 군 지원금 모금 운동에 앞장섰다. 엄인섭은 크라스키노 자치지역의 도헌(군수) 최재형의 조카로 의군 참모직책을 수행하고 있는 중이었다.

그는 러일전쟁 때, 하얼빈 주둔 러시아 제1군단 소속 통역관을 역임한 적이 있었다. 김기룡은 러시아로 망명하기 전까지 의군의 군자금 모금책으로 일한 경력이 있었다. 안중근은 엄인섭과 김기룡과 함께 군자금 지원 유세를 벌였다.

"교민 여러분, 어느 날 고향에서 비보가 날아들고 있습니다. 강도가 들어 가족들은 내쫓고 집을 빼앗기고, 형제들은 죽었으며, 재산은 약탈당했다는 소식입니다. 그 말을 듣고, 여러분은 그저 참 안됐구나. 그렇게 말하면 그만입니다. 멀리 러시아에서 살고 있는 내가 왜 그런 일에 신경을 쓴단 말인가. 그저 눈 딱 감고 잊자. 여러분 중에 누가 그런 생각을 한다면 그가 사람입니까? 짐승입니까? 가족의 불행을 눈 감는 자가 짐승입니까? 사람입니까? 교민들이여! 제발, 제 말을 들어주십시오. 그건 남 얘기가 아니라, 바로 내 조국의 얘깁니다. 여러분은 조국의 참상을 알고 계십니까? 일본은 지난 두 해 동안 우리 동포 수십만 명을 학살했습니다. 그토록 우리 민족에게 갖은 학대와 온갖 잔학한 행위를 저지르고 있는 늙은 도둑, 한민족 만고의 역적이 바로 이토 히로부미입니다. 여러분은 조국을 정녕 잊지 않으셨겠지요. 우리 한민족 선조들의 백골도 잊으셨습니까. 내 고향도 혈육도 부모 형제와 친척들도 잊으셨습니까. 뿌리 없는 나무는 꼿꼿이 설 수 없듯이 나라를 잃은 백성은 조국 땅뿐만 아니라, 이곳 러시아만도 아니라, 어디를 간들 살 수 없습니다. 더구나 조국도 동족도 자기 가족조차 외면하는 무익한 조선 교민들을 러시아가 왜 자기 땅에서 거두어 주겠습니까? 조국의 뿌리가 없는 교민들은 이곳 러시아에서도 국경 밖으로 추방당하게 됩니다. 조국이 독립하고 강하게 살아야 러시아도 여러분을 업신여기지 않고, 추방도 당하지 않습니다. 조국을 구해야만 여러분도 이곳에서 자리 잡고 살 수 있게 됩니다. 그러기 위해서 우리는 스스로의 힘으로 조선의 국권을 지켜내야 제대로 된 독립국을 세울 수 있습니다. "하늘은 스스로 돕는 자를 돕는다." 우리는 지금 이 자리에서 두 가지 중 한 가지만 선택해야 합니다. 교민 여러분은 이렇게 앉아서 죽기를 기다리겠습니까? 아니면 싸우다 죽겠습니까?"

1908년 1월 24일부터 안중근은 연해주 한인촌을 순회하며 한인들에게 의군 지원병과 군자금 모집의 필요성을 이해시켰다. 그로 인해 많은 한인 교포들이 호응해준 결과, 군자금 4천 원을 모금할 수 있게 되었고, 한국 최초로 연해주에서 해외 교민들로만 조직된 3백여 명의 의군부대를 결성할 수 있었고, 대한의군은 1백 정의 신형무기로 무장할 수 있었다. 안중근은 그 사실을 한성본부에 전신으로 보고했다.

안중근은 블라디보스토크에 온 후로 이갑 대령은 물론 정재관 독리와의 전신 교신을 통해 인적 결속을 계속해나갔다. 그때마다 독리 정재관은 "안중근의 항일 목표가 나의 목표이기도 하고 총독의 목표이기도 하다. 그 목표에 도달할 때까지 힘껏 노력하자"라는 위로와 용기를 보냈다. 이갑 대령은 안중근에게 "도엽과 마샤가 러시아 의군 특수 훈련 부대와 함께 3월 초에 연해주에 도착해서 앞으로 특파 독립부대로 귀속할 것"이라는 교신을 보내주었다. 안중근은 그 소식을 듣고 힘이 솟았다. 안중근은 의형제 엄인섭, 김기룡과 함께 벌인 모금액을 갖고 이범윤 부대의 창의회에 소속되었다.

곧이어 대한의군 총독 김두성이 내린 밀지가 러시아의 국경 지역에 파견된 황실친위대 김인수 참령을 통해서 간도 의군 사령관 이범윤에게 전달되었다. 그 밀지에는 대한의군 지휘관급 임명장이 들어 있었다. "의군대장 이범윤, 도영장 전제익(함북관찰부 경무관 출신), 참모장 오내범, 병기부장 김대련, 경리부장 강의관, 좌영장 엄인섭 외 중대장 3명, 우영장 안중근 외 중대장 3명"의 임명장이 있었다. 총독의 밀지에는 황실의 전통 이화 문양이 새겨 있고, 옥새도 찍혀 있었다.

고종은 황제의 지위가 박탈되고, 군대도 해산되어 사실상 폐군의 처지였지만 아직은 경운궁을 지키고 있었기 때문에 의군의 지휘관을 임명할 수 있었다. 그 당시 안중근과 엄인섭은 최재형의 동의회 소속이었지만 통합 의군의 결성을 앞두고 이범윤 부대에 임시소속으로 편성되었다. 안중근은 공식 직함은 참모 중대장이었다. 그 시기에 창의군 대장 이범윤은 두만강 진지에 병력을 잠복시킨 후에 무기를 은닉시켰다. 기회를 기다려 국내 진격 작전을 수행하기 위한 포석이었다. 창의군은 함북 무산군 삼사면 서두수 상류 지역에 주둔 중인 홍범도 부대와 연합작전을 펼치기 위해 백두산 논사동까지 병력을 전진시켰다. 그 사실은 곧 일본 경비군의 첩보에 발각되면서 일본군의 기습공격을 받아 주둔지를 떠나, 험산 숲속으로 퇴각해야 했다. 의군 척후병 부대들은 군량미가 떨어지자, 초근목피로 끼니를 때우며 오랜 고난을 거친 끝에 겨우 퇴로를 찾아서 크라스키노로 귀대할 수 있었다. 1908년 3월이 되면서 고종 황제의 연해주 망명정부는 본래 예정했던 시한을 넘긴 채, 그 계획이 계속 뒤로 미루어졌다. 러시아 황제가 고종의 러시아 망명정부를 허락하지 않았기 때문이었다.

러시아 정부는 제2차 러일협약을 앞둔 상황에서 일본을 자극하지 않기 위해 고종의 망명정부 수립을 계속 보류시킨 것이다. 그 시기에 주일 러시아 공사 말레비치가 러시아 외무성에 보낸 비밀 전문에 의하면 "고종황제의 연해주 망명정부 수립은 러일관계를 악화시키고, 극동 정세에 혼란을 부추길 우려가 있다. 고종의 망명정부는 반드시 좌절시켜야 한다"라는 기록이 훗날 밝혀진다. 비록 고종의 망명정부는 좌절되었지만 연해주 대한의군의 군사력은 계속 강화되어 갔다.

1908년 봄을 전후로 만주와 연해주의 항일 의군 무장투쟁은 최재형, 이범윤, 안중근, 전제익의 주도로 러시아의 포시에트, 블라디보스토크, 니콜스크와 우스리스크 등의 지역에서 계속된 전투에서 그 성과가 점차 커졌다. 그 배경에는 국경지대 크라스키노와 파르티잔스크(수찬) 지역의 한인촌에서 군자금과 군수물자의 지원이 큰 힘이 되었다. 그 이후로 국내의 13도 의군 창의소 유인석과 군사교관 이상설, 함경도 의병장 홍범도, 황해도 의병장 이진용 등이 우스리스크 지역에서 일본군과 의병 간의 무력대결이 시작되었다.

그 당시 러시아의 블라디보스토크 경비대장이 연해주 지사 플루그에게 보낸 보고서에 의하면 "1908년 한 해 동안 항일 독립군과 일본군과의 무력충돌은 1천 4백 51회나 있었다. 항일작전에 투입된 대한의군은 대략 7만여 병력이 된다"라는 기록이 남아 있다. 비록 고종의 연해주 망명정부는 무산되었음에도 불구하고, 서울 경운궁의 대한의군 지휘부는 총독 김두성의 항일 무장조직의 통합과 강화가 계속되었다.

29

안중근은 블라디보스토크에서 발행되는《해조신문》에 실린 "조선 통감의 미국인 외교고문 스티븐스 총격 사망"이라는 기사를 읽고 큰 충격을 받았다. 마침내, 익문사 독리 정재관이 주도한 첫 거사가 성공했다는 점에서 의미가 더 컸다.

그는 일제가 조선과 강요로 맺은 을사 5조약과 정미 7조약을 극찬한 발언으로 한국인들의 공분을 샀다. 그 시기 미일에 전쟁의 먹구름이 감돌고 있었다. 미국 정부는 '일본인 이민 금지법'을 의회에 제출했다. 미국은 일본의 식민주의식 약탈과 지배 욕망에 제동을 건 첫 조치였다. 일본은 그 법의 의회 통과를 저지하기 위해 조선통감부의 고문직에 있는 친일파 외교관 스티븐스를 미국에 파견했다. 1908년 3월 21일, 스티븐스는 미국 언론과의 인터뷰에서 한민족의 분노를 자극하는 비하 발언을 서슴지 않고 했다.

"일본의 한국 지배는 동양평화를 위해 가장 적절한 조치였다. 따라서 조선이 독립을 포기하고 일본의 보호국을 자청한 것은 탁월한 선택이었다고 본다. 조선이 일본과 맺은 을사조약은 독립국의 자격이 없는 미개하고 무지한 한민족에게는 너무나 당연한 선택이 아니었을까요?"

그의 발언이 미국 신문에 발표되자, 샌프란시스코 공립협회 회장 정재관은 최유섭 등 4명의 동지와 함께 항일단체 대표 자격으로 스티븐스를 찾아가서 발언을 즉각 사죄하고, 정정해줄 것을 요구했다. 스티븐스는 사과는커녕 자신의 소신 발언은 조선의 현실을 반영한 것이라는 주장을 폈다.

그 말에 정재관과 대표단들은 분노를 참지 못하고, 스티븐스에게 폭행을 가했다. 그날의 폭행 사건은 미국에서 큰 화제로 떠올랐다. 일요일 밤, 샌프란시스코의 항일단체 '공립회'와 '대동보국회'는 긴급회의를 열고 2천만 한민족의 공분을 대신해서 스티븐스의 망언에 강경 대응하기로 결의했다.

1908년 3월 23일, 9시 30분, 스티븐스가 워싱턴DC로 가기 위해 샌프란시스코 페리 빌딩에 도착했을 때, 잠복, 대기하던 애국동지 정명운이 그를 향해 권총을 발사했다. 첫발은 불발되었지만 저격 실패를 대비하고 있던 공격 대기조 장인환이 세 발의 총탄을 연속 발사하여 스티븐스는 현장에서 숨진다. 스티븐스 저격 사건을 계기로 해외의 모든 항일 과격단체들은 '국민회'로 통합되어 정재관을 총장으로 선출한다. 그 사건은 한국인의 의기를 세계에 알린 쾌거였다.

한편 1908년 5월 초, 여러 악조건에도 불구하고 대한의군 통합부대가 연해주에서 창립되었다. 대한의군 지도자들은 크라스키노의 도헌 최재형 집에 모두 모였다. 지금까지 연해주에는 국내파 이범윤의 창의회와 러시아 교민들이 주축이 된 최재형의 동의회 두 의군 부대는 비로소 대한의군 총독 김두성의 지휘체계로 통합되어 하나가 될 수 있었다.

특히 러시아의 참서관 이위종과 그의 러시아인 장인 놀캔 남작은 고종이 러청은행에서 차관한 1만 루불의 군사 지원금을 갖고 도착했고, 크라스키노의 한인 대부 최재형이 쾌척한 1만 3천 루불, 안중근이 연해주 교민사회에서 모금한 돈이 하나의 군자금으로 통합되었다. 그날 대한의군 동의회는 투표를 통해 처음 통합 동의군 지휘관을 선출했다. 그 결과 동의회 총장에는 크라스키노 한인회장 최재형, 부총장에는 이범윤, 회장은 이위종, 부회장은 엄인섭이 선출되었다. 이미 덕수궁 황실의 김두성 총독으로부터 참모중장에 임명된 안중근은 새 지휘부의 조직개편에서도 여전히 특파 독립부대로 남았다.

1908년 5월 14일, 러시아 남우수리 국경수비대가 연해주군 총독 플루크에 보낸 보고서를 보면 "4월 말까지 대한의군 1천여 명의 무장병력이 두만강을 도강하는 상륙작전을 전개했다"라는 대목이 나온다. 연해주의 동의회 의군들은 함경도 갑산, 무산 등지에서 1백 명 단위의 소규모 부대로 편성되어 일본군 주둔지를 공격하는 한편, 함북지역에 의군 부대를 주둔시키면서 장기전에 대비했다. 안중근은 4월 초에 김범윤 부대 소속 엄인섭과 두만강 하류 경흥군 노명상리에 주둔한 일본군 수비대를 공격(안중근의 제1차 의군 출전)했다.

그해 7월에 지휘관 엄인섭은 3백여 명의 병력을 이끌고 일본군을 공격한 홍의동 전투에서 일본 척후병 4명을 체포하여 총살 처단했고, 안중근은 두만강을 건너 함북 경흥과 신아산 전투(안중근의 제2차 의군 출전)에서 10여 명의 일본군과 상인들을 포로로 잡은 전과를 올렸다. 안중근은 포로들에게 "너희 일본은 러일전쟁을 통해 동양평화를 유지하고 한국의 독립을 약속했지만 그 약속을 지키기는커녕 한국을 강압적으로 점령한 배신의 역적이 되어 한국에 강도 짓을 저질렀다"고 호통을 쳤다. 일본군과 무역상 등 포로들이 모두 하소연하면서 말했다.

"우리는 전쟁을 원해서 이곳에 온 것이 아닙니다. 누가 먼 타국 땅에서 명분 없는 전쟁에 목숨을 걸고, 죽어서 원혼으로 이 땅에 묻히고 싶겠습니까. 우리를 전쟁으로 내몬 이토는 천황의 뜻을 거슬러가며 권력을 남용하고 전쟁을 초래하여 많은 젊은 목숨을 희생시켜 왔습니다. 이 모든 일은 동양평화를 위장하여 아시아를 지배 통치하려는 이토의 탐욕에서 비롯되었습니다. 그로 인해 이토는 일본을 위기와 멸망으로 이끄는 주범입니다. 저희가 지금 이렇게 전쟁 포로로 비참하게 죽게 된 것이 억울합니다. 저희를 용서해 주십시오."

안중근은 일본군 포로들의 하소연을 듣고 "비록 적군이지만, 너희들이 한 말을 들으니, 충의가 살아 있다. 내가 너희들을 풀어줄 터이니, 귀대하거든 동양평화의 교란자 역적 이토와 그 세력들을 제거하는 데 앞장서주길 바란다. 너희들은 정말 그렇게 할 수 있느냐?" 안중근의 다짐에 포로들은 "네, 꼭 그렇게 하겠습니다"라고 울면서 약속했다. 마침내 안중근은 그들을 만국공법(국제법)에 의거하여 과감히 석방했다.

만국공법은 국제사회가 "전시에 적국의 포로를 상대 국가가 어떻게 대우하고 관리할 것인가에 대한 규범을 정한 제네바협약"이다. 그 법규에는 "적군 포로를 임의로 죽이지 말고, 서로가 적대국에 되돌려 보내야 한다"라는 강제규정이 있다. 안중근은 국제법을 잘 인지하고 있었기에 대한의군 역시 일본과 독립전쟁을 하고 있었기 때문에 국제법에 따른 포로 관련 지침을 합법적으로 지킬 생각이었다.

이미 1907년 12월에 국내에서 결성된 13도 창의군 이인영 대장 역시 일제 침략군을 국제공법상의 교전국으로 인정하고 "대한의군은 독립을 위해 일본을 적으로 삼아 정정당당하게 싸울 것"이라고 결의한 통문을 서울 주재 각국 공사관에 배포한 적이 있었다. 하지만 안중근의 일본군 포로 석방은 끝내 악수가 되어 의군 내의 분열을 초래한다. 동의군 부회장 엄인섭은 안중근에게 "왜놈들이 만국공법과 동양평화를 지키는 자들인가? 놈들은 청일전쟁과 러일전쟁을 먼저 시작한 동양평화의 교란자들이자 전범자들이다. 그자들은 국제법을 무시하고 우리를 침략한 떼강도들이 아닌가. 우리가 목숨이 걸린 전쟁에서 일본군 포로를 석방하는 일은 용납할 수가 없다. 우리는 의형제였지만 목표가 다르면 함께 작전할 수 없다. 각자 부대로 갈라서자"라고 하였다.

그래도 안중근은 엄인섭을 다시 설득했다.

"엄 중장. 포로를 마구 처단하는 것은 하느님과 인간을 노여움에 빠뜨리는 죄악이오. 그래서 국제법도 포로에 관한 규정을 두지 않았습니까? 적들이 만국공법을 어긴다고 해서 우리도 야만인이 되어서는 안 됩니다. 우리 의군은 항일 독립전쟁을 '악의 전쟁'으로 치러서는 안 되고 '의로운 전쟁'으로 치러야 합니다. 특히 우리는 이토의 포악성을 세상에 알리고, 강대국들의 분노와 공감을 얻어야 합니다. 우리가 만국공법을 잘 지켜서 국제사회가 우리의 준

236

법정신을 인정할 수 있도록 해야 합니다. 그것이 약한 것으로 강한 것을 이기고, 어진 것으로 악을 대적하는 대의명분입니다."

안중근의 설득에도 엄인섭은 그 말을 인정하지 않았다. 두 사람의 의견 차는 포로 석방 문제만은 아니었다. 그들은 군사 전술도 달라서 의견대립이 컸다. 두 사람은 합의를 이루지 못하고, 갈라설 수밖에 없었다. 결국, 안중근 부대는 석방한 일본군 포로들이 귀대 후에 배신하면서 의군 부대의 위치가 노출되어 위기의 상황을 맞게 된다.

7월 19일, 서울 주둔 일본 정규군 병력은 안중근과 전제익이 주둔한 회령 지역을 기습 공격했다. 일본군과 5시간에 걸친 교전(안중근의 제3차 의군 전쟁) 끝에 의군은 병력과 무기의 열세로 후퇴를 거듭했다. 안중근 부대는 일본군의 추격을 피해 흩어지면서 남은 의군은 60여 명에 불과했다. 그 후에는 탈락자들이 더욱 줄어들어 안중근의 옆에는 겨우 부관 세 명만 남았다. 그들은 며칠 동안의 굶주림으로 창자가 끊어지고 간담이 찢어지는 사경을 헤맨 끝에 작은 마을을 찾아내어 보리밥으로 배를 채우고 추위를 면할 수 있었다. 겨우 목숨을 건진 안중근은 그때서야 시 한 수를 써서 고통스러운 동지들의 마음을 달래주었다.

대장부가 야망을 품고 조국을 떠났으나
그 뜻을 못 이루니 몸 둘 바를 모르겠네.
바라건데, 동지들이여! 죽음을 걸고 맹서하자.
세상에서 의리 없는 귀신은 되지 말자고.

안중근은 애국 시 한 수를 지어 동지들을 위로했다.

"동지들이여! 나는 하산하면 일본군과 한판 붙어 장쾌하게 죽어서 2천만 동포의 한 명으로 내 의무를 마치고 여한을 없애겠다. 동지들은 각자가 자신의 소신에 따르라."

안중근은 적진을 향해 단독 돌격을 결심했다. 그러자 의군들이 놀라며 말렸다.

"중장님, 그건 안 됩니다. 천금같이 소중한 목숨을 초개같이 버리시면 안 됩니다. 지금 목숨을 포기하는 것은 훗날 있을지도 모를 좋은 기회를 모두 포기하는 일이 됩니다. 중대장님은 강동 땅으로 무사히 귀대하셔서 훗날을 도모하셔야 합니다. 죽음을 뛰어넘는 인내를 보여주십시오."

그 순간 안중근은 문득 옛 초패왕 항우가 자결할 때 오강을 찾아가서 죽었던 대목이 떠올랐다. 강동은 비록 작은 땅이지만 분하더라도 오강에 가서 왕이 되어 죽어야 한다는 생각이 들었다. 그렇다. 항우는 한 번 죽으면 천하에 다시는 항우라는 존재는 사라지고 없다. 오늘의 안중근도 한 번 죽으면 이 세상에 다시 안중근이 없을 것이 아닌가. 안중근 의군 참모는 지혜로운 부하의 말이 깊은 울림처럼 가슴이 닿았다.

"그렇다. 무릇 영웅이란 때로는 굽히고, 때로는 버텨야 하는 법, 더 큰 목적을 위해서 자네의 말을 따르겠네."

안중근은 뜨거운 가슴을 냉정한 마음으로 되돌렸다. 그날 눈앞에는 구름과 안개가 하늘까지 가득 차고, 땅까지 덮어서 세상을 분별할 수 없었다. 산은 높고 골은 깊었다. 안중근과 두 의군은 다시 숲에서 나흘 닷새 동안 굶고, 풀뿌리를 캐 먹고 담요를 찢어서 발을 싸매고, 물 한 모금과 밥 한 그릇을 구걸해 먹고, 열이틀 동안 여러 번 죽었다가 깨어났다. 그 고통 속에서도 안중근은 주린 배를 움켜쥐고 성호를 긋고 하느님께 기도하다가, 문득 두 의군에게 마지막으로 하느님의 뜻을 전해야겠다는 생각이 들어 기도하듯 말했다.

"오늘 우리는 죽을 지경에 이르렀다. 나를 따라 천주 예수의 진리를 믿고 영혼의 구원과 영생을 얻은 후에 죽겠느냐, 아니면 그냥 이대로 죽겠느냐. 옛말에도 아침에 도를 들으면 저녁에 죽어도 좋다는 말이 있다. 동지들은 죽기에 앞서 하느님의 말씀을 믿고, 영생의 구원을 얻는 것이 어떤가?"

안중근은 두 의군에게 성서의 교리를 허기진 목소리로 두런두런 전해주었다. 그러자 두 의군 병사가 말했다.

"중장님, 지금 저희 셋이 죽으면 각자 헤어질 터인데, 그 통한을 어찌 이 세상에서 풀겠습니까. 저희 둘도 중장님의 부하로서 마땅히 저세상 가는 길에 동참하겠습니다. 저희들은 중장님의 말씀에 따라 당장이라도 천주교인이 되어 죽음의 뒤를 따르겠으니 어서 저희를 안내해주시오."

안중근은 천주교에서 세례를 받은 교인으로서 위급한 상황 때 교회법이 허가한 법규대로 대세(대신 세례를 주는 행위)를 주었다. 두 의군은 안중근이 지어준 세례명 베드로, 바오로를 받고 성호를 그었다. 죽음 앞에서 장엄한 세례식을 치른 그들은 잠시 후, 기도의 기적이었는지, 깊은 산에서 집 한 채를 발견했다. 그들은 그 집의 노인의 호의로 밥을 배불리 먹고, 따뜻한 방에서 깊은 잠에 빠졌다. 얼마 후에 노인이 그들을 서둘러 깨웠다.

"일본군 수색대들이 올 시간이 되었소. 내가 일러준 대로 가면 두만강이 나올 것이오. 강 건너는 러시아 땅입니다. 국난의 시기에 시련과 고통을 받는 것도 국민의 의무입니다. 훗날의 기회를 기다려 큰일을 도모하시오."

안중근은 노인에게 존함을 물었으나 대답하지 않았다. 그는 두 의군과 함께 노인에게 깊이 허리를 숙여 감사의 작별 인사를 하고 그곳을 떠났다. 안중근은 항일 독립군을 크라스키노 지역 가까운 곳에서 만났다. '안중근 전기 11장'에는 그 당시의 상황을 묘사한 대목이 나온다.

"내가 러시아의 크라스키노에서 의군 동지들을 만났을 때 그들은 나를 알아보지 못했다. 내 몰골에는 예전의 내 흔적을 찾을 수 없었던 탓이었다. 아니! 자네가 안응칠이란 말인가? 이도엽과 마샤 김은 나를 알아보자, 붙들고 울었다."

안중근은 연해주의 한인촌 코로지포에 사는 한의사 동지 유경집(본명: 유승렬)의 집에 머무르며 한약으로 건강을 다스렸다. 안중근은 그때 이도엽에게 자작시를 건네주며 재기를 다짐하는 기도로 삼았다.

솔잎 한두 개 떨어진들/ 푸르른 기개가 어이 삭을 것이며/
큰 성취는 훗날 이룰 일인데/ 장부의 의지가 어찌 꺾이랴.

독립문의 자유종이 울릴 때

30

1909년 2월 7일, 안중근은 러시아 핫산 북쪽의 크라스키노 하리 마을에서 20~30대 청년 동지들과 '애국단지(斷指)동맹'을 결성하고 그 취지를 밝혔다.

"우리들은 지금까지 조국의 독립운동을 해왔지만 내세울 만한 실적이나 결과물이 없어서 동포들의 비웃음을 피할 수가 없었다. 하지만 어떤 일도 조직적인 단합과 협력 없이는 성사될 수 없는 법, 우리들은 지금부터 여기서 함께 뜻을 모아서, 손가락을 끊는 결기를 통해서 조국 독립을 위해 헌신을 맹서한다."

안중근을 비롯한 11명의 젊은 동지들은 각기 태극기를 앞에 펼쳐놓고 왼손 약지의 마디를 잘라서 그 피로 태극기의 여백에 '대한

독립'이라는 혈서를 쓰고 만세삼창을 했다. 이어서 단지 동맹의 청년 동지들은 만주와 연해주 항전 지역에서 의군들이 애창하는 〈독립군가〉를 불렀다. 젊은 그들의 가슴속에는 칼날의 아픔이 저미는 비장한 각오로 노래를 불렀다.

대한독립군 백만 용사들이여/ 조국의 부름을 너희는 알고 있는가./ 삼천리 2천만 동포를 구할 자는 오직 너와 나뿐,/ 나가자 싸우러 나가자./ 싸우러 나가자. 독립문의 자유종이 울릴 때까지/ 싸우러 나가자.

그와 함께 연해주 대한의군들의 항일전선은 점차 세력이 확대되어 갔다. 일본군 주둔 지역의 소규모 부대를 습격하는 작전들이 좋은 결과를 보여주기 시작했다. 대한의군들은 곧이어 러시아 국경을 넘어 국내로 진입, 함경도 무산, 갑산, 경성, 용천 등지의 험한 산악지대를 하나씩 장악해나갔다. 일본군은 대한의군들의 기세가 점차 커지자 위기를 느꼈는지, 정규군을 투입하는 한편 러시아 정부에 강력 항의한다.

"러시아가 조선의군들의 연해주 군사작전을 그대로 방치한다면 우리는 일본 정규군을 투입하여 조선인 의군 본부와 기지를 격퇴할 것이다. 러시아 정부는 그게 싫다면 즉각 조선의군들을 연해주에서 추방해야 할 것이다."

일본 군부는 항의서를 러시아 정부에 전달했다. 러시아는 일본의 항의서를 받자, 즉각 연해주 총독 플루그에게 지시를 내린다.

1909년 2월 6일 자, 연해주 행정명령의 기록을 보면 "연해주의 조선의군 지휘관 니콜라이 리(이위종)를 즉각 체포하라. 경흥 지역은 일본경찰의 관할구로 넘겨라. 조선의군 대장 이범윤은 하바로프스크에서 추방하고, 러시아 경찰의 감시하에 두어라. 크라스키노의 표트르 최(최재형)와 엄인섭을 아무르 주의 블라고베션스크로 추방하고, 경찰은 그자들을 계속 감시 보고하라. 연해주에서 조선의군의 군사 활동은 전면 금지하라."

러시아 정부가 연해주 총독에게 내린 군사명령은 조선 의병 지휘자의 체포, 추방, 철군, 감시 등 대부분 가혹한 조치들이었다. 하지만 연해주군 총독 플루구는 중앙정부의 명령을 그대로 따르지 않고 조선 의병들에 대해서 아래와 같이 훨씬 관대한 징계 조치로 그 문제를 해결했다.

"이범윤 부대는 훈춘의 산악지대로 철수할 것, 최표트르(최재형) 부대는 대일 군사작전을 즉각 중단할 것. 공사관 참서 이위종은 상트페테르부르크로 급히 귀가할 것, 이후로 연해주 주둔 조선의군들의 대일 군사작전은 중단한다."

러시아 정부가 조선의군에 호의적이었던 것은 러일전쟁의 패배에 대한 대일 적대감정 탓이 컸기 때문이었지만 실제로는 러시아가 일본과 국지전도 치를 수 없었던 탓이 컸다.

마침내 조선의군들은 한반도 북부지역에서 수복한 점령지에서 모두 퇴각해야 했다. 그것으로 연해주 대한동의군의 군사 활동은 사실상 자멸되었다. 1909년 4월 22일, 마침내 미국 샌프란시스코에서 해외 통합 항일단체를 지휘하던 국민회 총회장 정재관은 헤이그 밀사 대표였던 이상설과 함께 미국에서 급거 귀국했다. 정재관은 서울에 도착하자마자 서울 경운궁의 익문사 총독 고종을 접견한다. 그때 그 자리에는 현직 익문사 지휘관 이갑 대령이 함께 배석했다.

"폐하! 구미 각국이 만주의 분할통치로 독과점을 누리던 러시아와 일본에 강력하게 반발하면서 두 나라는 비상이 걸렸습니다. 러시아는 일본과 만주의 분할통치를 유지하기 위해 일본과 더욱 밀착하게 될 것이고, 그 대신 러시아는 일본에 '한일합병' 카드를 양보할 가능성이 커졌습니다."

고종과 이갑의 표정에는 어두운 그림자가 드리워졌다. 조선의군들의 사기가 막 오르면서 전투력이 강화되고 상승세를 타던 연해주에서 지금까지 뒷배가 되어 주던 러시아가 배신을 때린 것은 충격적인 일이었다. 국난의 위기가 어제 오늘 닥친 일은 아니었지만, 암담한 조국의 미래에 한 줄기 실낱같던 위로와 희망이 사라진 듯했다. 이갑 대령이 정재관에게 물었다.

"이젠 항일 독립전쟁도 포기해야 합니까?"

정재관은 그 말에 위로의 말을 건넬 수가 없다. 특히 러시아가 고종의 연해주 망명정부에 대한 지원을 포기한 것이 가장 치명적인 타격이었다. 그 시기에 러시아는 반정부 시위 세력이 일으킨 혁명의 불길에 휩싸여 러시아 황실은 실각의 위기 상황에 빠져 있었다. 러시아 황제 니콜라이는 자신의 발등에 떨어진 불을 끄는 일이 더 시급했다. 정재관은 일본군과의 군사적 대결을 전략적으로 전환하려던 중이었다.

"우리 동의군은 만주와 연해주에서 일본군과 직접 대치를 할 수 없게 되었습니다. 우리는 특수부대를 통해 테러와 게릴라전으로 전면 개편해야 합니다. 앞으로 저는 익문사 요원들을 전원 전투 요원으로 전환할 것입니다."

"그럼, 본부에서는 어떻게 도우면 되겠소?"

이갑이 눈빛을 반짝이며 총독의 질문을 대신했다.

"지금 크라스키노에 조직된 특파 독립부대를 재편하여 특수 전술을 적용시키겠습니다. 폐하께서 크라스키노의 안중근 참모중장에게 소속 정예 요원 26명에 대한 독립적인 지휘권을 넘겨 주시면 우리 국민회가 주도한 스티븐스 저격 처단에 이은 두 번째 작전을 즉각 개시하겠습니다."

안중근 참모중장 소속 특수대원들은 익문사 소속이지만 그들의 지휘권은 총사령관 총독에 있기 때문에 돌발적인 군사작전에 대처할 때마다 작전 허가가 필요한 어려움이 있었다. 이윽고 고종황제는 정재관의 말에 고개를 끄덕이며 말했다.

"여부가 있을 수 없네. 특수부대 요원들은 처음부터 정 독리에게 지휘권을 맡겼으니, 새삼스럽게 과인의 명령을 별도로 받을 필요가 없네. 경의 말을 들어보니, 다소 위로와 희망이 보이는군. 독리가 모든 작전을 책임지고 시행하게."

그때 이갑이 정재관에게 물었다.

"익문사 통신원들은 자신의 본명을 반납하고, 가명을 등록한 전사들입니다. 그들은 양지를 등지고 음지로 숨어서 목숨을 걸고 얻은 승리와 죽음의 명예를 조국의 이름으로 헌납하기로 맹세한 전사들입니다. 독리님께서 이 자리에서 다음 작전의 표적을 좀 더 구체적으로 밝혀주시겠소?"

그때 정재관은 이갑 대령의 말에 서슴없이 대답했다.

"다음 표적은 늙은 도둑입니다."

그의 확신에 찬 발언에 고종과 이갑은 놀랐지만, 일체 내색은 하지 않았다. 정 독리의 의중은 다시 들어야 할 이유도 없었다. 일본의 이토는 조선 통감에서 물러난 지, 두 주일만에 일본 황실 제4대 추밀원 의장직에 올랐다. 그 후, 이토는 1909년 8월 1일부터 8월 25일까지 대한제국 황태자 이은(영친왕)을 데리고 일본 열도 시찰 여행을 떠났다. 이토는 여행을 마치고 마지막으로 투숙한 후쿠시마에서 일본 기자들과 비공식 모임을 갖고, 자신의 꿈과 야망을 밝혔다.

"제 공식 일정 중에는 만주 여행이 남았습니다. 여긴 황실 출입 기자들만 초대한 자리니 제 솔직한 계획을 털어놓겠소. 신문에는 쓰지 말고 듣기만 하시오. 내 오랜 꿈과 야망은 조선을 일본과 합병시키고, 만주 지배를 완수하고 일본제국의 영토를 대륙까지 넓히는 일입니다. 일본의 국경을 본토에서 한반도를 잇고, 섬과 북방 만주 대륙을 하나로 끌어안는 거대한 대일본제국을 상상해보시기 바랍니다. 아주 크고 멋진 그림이 아닙니까? 이미 우리는 이미 조선의 숨통을 끊었고, 앞으로는 만주를 장악하고 있는 러시아에 협조하는 척하면서 서구와 미국 세력이 만주에 한 발짝도 끼어들지 못하도록 방어벽을 구축한 후에, 철도 건설과 항만 관리로 일본제국의 국부를 창출하면서 강력한 군사력을 길러 끝내는 러시아군을 만주에서 축출할 것입니다. 이번에 제가 만주에 가는 목적은 러시아를 잘 구슬려서 조선합병을 마무리 짓는 일입니다. 지금 러시아 황제는 혁명 세력의 반정부 시위로 혼돈에 빠져 있습니다. 잠시 기다리면 러시아군이 만주에서 철수할 날이 옵니다. 그때 우리 제국의 군사력은 최종 목적을 달성할 수 있는 승리의 날이 올 것입니다. 기자 여러분, 제 의중을 아셨다면 협조해주시기 바랍니다."

그때 호텔 객실에서 귀빈들의 차 시중을 드는 여종업원이 이토의 비공식 기자간담회에서 나온 말들을 낱낱이 엿들었다. 그녀는 일본 후쿠시마에 파견된 한국계 출신 익문사 소속 요원 마사코였다. 그녀가 수집한 극비정보는 즉각 샌프란시스코의 국민회 총장 정재관의 귀에 들어갔다. 정 총장은 그 정보를 듣는 즉시, 한국행 선박에 올라, 지금은 경운궁 돈덕전에서 대한의군 총사령관 고종의 앞에 앉아 있다.

그때 노크 소리가 나면서 황실 궁내부 서양 전례관장 손탁이 나타났다. 정재관이 깜짝 놀라서 그녀에게 목례를 보냈다. 1885년 러시아 공사 베베르를 따라 갓 서른 살을 넘긴 중년의 처녀는 24년의 긴 세월 동안 고종의 곁을 지켜왔다.

그때 이갑 대령이 정재관에게 "손 관장은 다음 주에 고향으로 귀국하십니다"라고 귀띔해주었다. 정재관은 깜짝 놀랐다.

"오랜 세월 황실을 위해 참으로 수고가 많으셨습니다."

"제 임무를 수행했을 뿐입니다. 오늘이 제가 타드리는 마지막 커피가 될 것 같아서 마음이 무겁습니다."

"아! 그렇군요. 참, 은퇴하신 후에는 어디로 가시죠?"

그의 질문에 손탁은 잠시 머뭇거리다가 대답했다.

"프랑스 칸에 제 집이 있습니다."

"아! 멋진 휴양지군요. 안녕히 가십시오."

손탁이 찻잔을 내려놓은 후, 접견실을 떠나자, 대령 이갑이 미리 준비해둔 고종의 하사품을 가져왔다. 상자 안에는 벨기에제 8연발 브라우닝 FN M1900 권총 세 자루가 들어 있었다. 고종황제는 정재관에게 상자를 건네며 말했다.

"이 권총은 그날의 의거자가 될 조국의 영웅에게 내리는 하사품이니 그들에게 잘 전해주시게."

정재관은 황제의 하사품을 받아들고, 다음 날 경운궁을 떠나 제물포에서 배에 올랐다. 그는 블라디보그토크에 도착한 후에 러시아 한인교포 유진률을 대동공보 대표로 임명하고 스스로 주필을 맡았다. 대동공보 취재기자는 윤일병, 이강, 정순만, 크라스키노 지국장 겸 특파원으로 안중근을 임명했다. 신문사 수금과 회계는 안중근이 추천한 우덕순이 맡았다. 이듬해 1909년 봄에 우덕순은 크라스키노에서 안중근, 김기열과 함께 단지 동맹에 가담했다. 안중근과 우덕순은 피와 눈물로 맺은 죽음의 우정으로 묶인 동반자가 되기로 다짐했다. 그다음 날 안중근은 익문사 독리 정재관의 연락을 받고 블라디보스토로 떠날 예정이었다.

하얼빈 작전

31

　이토가 추구하는 일본제국주의의 목표는 "한반도와 만주 대륙을 일제의 영토로 통합지배하는 대동아시아 제국의 건설"이다. 이 말은 이토가 극비 기자회견에서 밝힌 자신의 꿈과 야망이다. 이토는 자신의 꿈을 이루기 위해 미친 전쟁광이 되면서 끝내 세계인들, 특히 중국과 한국으로부터 '늙은 도둑 쥐'라는 악명이 붙었다. 그 결과 일본의 전쟁 DNA는 훗날 미국과의 태평양전쟁으로 이어지면서 끝내 자국을 멸망으로 이끈 전범 국가로 타락시키는 근본적인 악수가 되었다.

　그 당시 안중근이 이토 히로부미를 언급한 말 중에 "이토가 끝내는 미국과의 전쟁도 불사할 것"이라는 발언은 머잖은 앞날에 미래의 태평양전쟁을 예측한 혜안이었다. 안중근은 자신의 저서 동양평화론에서 "이토가 입버릇처럼 말하는 위장 동양평화론은 사실상 일본이 이웃 국가들을 식민지로 지배하여 입에 재갈을 물리는 침묵과 굴종의 평화"를 의미하고 있다고 언급하고 있다. 그 당시 이토의 만주 방문은 러시아와 함께 미국의 만주 개입을 저지하려는 전략 중의 하나였다.

안중근은 연해주의 크라스키노에서 훈련 대기 중인 특파 독립부대로 돌아와 이도엽과 마샤 김을 만나, 현재 시국의 동향을 정확히 파악하고 항일전쟁의 결의를 새롭게 다졌다. 이윽고 안중근은 독리 정재관의 부름을 받고 블라디보스토크로 떠나면서 친구들과 마지막 작별 인사를 나누었다.

안중근은 이도엽과 마샤 김과 손을 부여잡고 눈물을 흘리면서 훗날 반드시 살아서 만날 것을 기약했다. 안중근은 깊은 침묵 속에서 슬라비얀카 항에 도착했고, 그곳에서 다음 날 선편으로 50여km쯤 떨어진 블라디보스토크를 향해 떠났다.

안중근의 예측대로 일본 황실의 초헌법적 최고결정기구는 1909년 봄에 한국 통치방침을 강제합병으로 확정했다. 그때 일본의 총리 가츠라 다로는 한일합병을 추진하면서 한 국가의 '완전 궤멸'을 의미하는 합병이라는 과격한 용어 대신 어감이 좀 더 부드럽고 거부감이 없는 병합이라는 단어로 바꾸어 썼다. 이토는 통감직을 사임하고 본국으로 귀국했지만 당시 일본 내의 반이토 세력들은 통감직 사퇴배경을 놓고 "조선 통치의 실패 책임을 지고 물러난 것"이라거나, 혹은 "조선의 이완용 내각과 극우 친일파 일진회와의 반목을 초래한 책임을 진 것" "국내외 항일 독립전쟁을 효과적으로 대처하지 못한 책임을 진 것"이라고 했다. 그 무성한 소문들은 당시 이토가 일본 정계에서 가진 위상을 잘 몰라서 한 말이다. 이토의 권력은 일본의 권력서열 제2위로 사실상 황제의 권위와 명령을 좌지우지 할 수 있는 통치권을 장악하고 있었다. 그 외에도 이토는 조선의 국왕이나 다름없는 막강한 통치권을 쥐고 군림하고 있었다.

이토가 대한제국 황태자 이은을 인질로 잡아 귀국한 것은 자신의 정치적 배후세력이 한반도와 만주라는 대륙세력의 위상을 일본 정계에 과시하는 행위였다. 그가 조선을 병합한 후에도 한국의 고종과 순종을 축출하지 않고 황실에 존치한 것은 앞으로 조선을 독립시키기 위한 포석이 아니라, 대한제국의 황제를 휘하세력으로 확보해 둠으로서 본토에서 자신의 정치적 잠재력과 영향력을 담보하는 포석의 의미가 컸다.

이토가 만주 방문을 마치고 조선의 황태자 이은과 함께 한 달여에 걸친 일본 전국 견문 여행(8월 1일~30일)을 다녀온 것은 조선과 이은의 미래를 위해서가 아니라 그의 계산된 정치적 전략 중의 하나였다. 1909년 10월 14일, 러시아 재무상이자 극동 총책 블라디미르 코콥체프가 동청철도 시찰 차, 만주를 방문한다는 소식이 전해졌다. 이토는 즉각 러시아에 제2차 러일협상을 하얼빈에서 갖자고 제안한다.

만주를 분할통치하고 있던 러시아와 일본은 구미 강국들이 만주 철도부설권의 입찰에 뛰어들자, 이토는 서구 세력들의 개입을 막기 위해 러일회담을 제안한 것이다. 러시아 역시 서구의 만주 진출을 막기 위해 일본과 협력이 필요했다. 바로 그 시기에 익문사 독리 정재관은 블라디보스토크의 대동신문 편집실에서 상트페테르부르크의 통신 전송망을 통해 들어온 짧은 외신기사를 읽고 크게 놀란다. "러시아 재무상 코콥체프와 일본 추밀원 의장 이토가 미확정된 북간도 경계선과 한국 관련 문제를 해결하기 위해 하얼빈에서 회담을 갖는다"라는 정보를 포착한 정재관은 그 순간 가장 먼저 안중근이 머리에 떠올랐다.

당시 안중근은 대동공보사 크라스키노 지사장이자 특파원으로 일하고 있었다. 정재관에게 안중근은 지금도 여전히 "날아가는 새를 쏘아 떨어뜨리는 해주 서북 학회 출신의 후배이자 특급사수"로 머리 속에 각인되어 있었다. 정재관은 고종의 시종무관 시절에 안중근을 경운궁으로 불러, 익문사 통신원에 가입시켰고, 군사훈련을 마치자 상하이에 파견한 상관이었다.

그는 안중근과 한 약속을 지금도 잊지 않고 있다. 러시아의 자료를 보면 1909년에 정재관이 총장인 연해주의 프리아무르 지역에는 국민회의 지부가 열두 곳이나 있었다. 국민회의 회원 중에는 대동공보 사장 유진률, 크라스키노의 한인회장 최재형, 안중근이 투숙하고 있는 집주인 이치권, 거상 출신의 차석보, 매국 대신 이근택을 저격했던 기산도를 비롯한 3천여 명의 애국인사들이 신한촌 한인 마을에 살고 있었다.

1909년 10월 20일 밤, 대동공보사 편집실 극비회의의 참석자는 하얼빈 작전의 총지휘관 정재관, 유진률, 이강이 있었고, 특파 독립부대 참모중장 안중근과 의군 동지 우덕순, 한약사 유경집, 대동공보 하얼빈 특파원 김형재와 함께 온 러시아어 통역관 애국동지 조도선, 그리고 대동공보 판매원이자 의군 동지 탁공규 등이 있었다. 그들은 모여서 머리를 맞대고 하얼빈 작전의 시나리오를 본격적으로 쓰기 시작했다.

정재관은 하얼빈 작전을 지난번 미국에서의 스티븐스 저격사건의 경험을 살려서, 제1차 저격이 실패할 경우를 대비하여 제2차 거사자를 극비리에 선발 배치할 생각이었다. 이토는 선편으로 랴오둥반도의 다롄까지 왔다가 장춘에서부터 동청철도를 이용해 특별열차로 하얼빈에 도착할 예정이다.

정재관은 만일의 사태를 대비해서 동청철도와 남청철도가 교차되는 시골 간이역 차이자거우(蔡家溝)역에서 이토가 기차를 바꿔타기 위해 내릴 경우를 상정하고, 제2의 예비저격자 1명, 하얼빈역의 예비저격자 2명, 하얼빈에서 회담이 끝나고 이토가 블라디보스토크로 되돌아갈 경우를 대비한 예비저격자 1명, 다롄으로 다시 되돌아갈 경우를 대비하여 장춘역 하차를 예상한 예비저격자 1명, 마지막으로 모든 저격이 실패할 경우를 대비하여 일본 귀국선이 통과하는 쓰시마 해협에서 선박으로 이토를 공격할 예비 거사자도 대비해두었다.

정재관은 메모지에 연필로 쓴 거사 예정자 명단을 유진률과 이강에게 보여준 후, 쪽지를 성냥불로 태웠다. 만일의 경우를 대비하여 후속 작전의 거사자는 모두 극비에 부쳤다. 친일 매국노들의 처단에 나선 대동보국회의 요원들은 을사 5적과 정미 7적에 대한 저격 작전은 단지 두 번 성사되었지만 결과를 못 보고, 모두 근접 공격은 할 수도 없었다.

그 당시 현장에 투입된 의거자들의 말을 들어보면 일본의 경호 군경들이 마치 소 떼들처럼 보호자를 에워싸고 있어서 접근이 거의 불가능했고, 조준사격은 어림도 없었다고 고백했다. 하지만 저격 표적의 이동경로가 해외라면 경호 조건은 허술해질 것이다. 특히 해외에서도 경호 대상의 주위를 소 떼처럼 에워쌀 수는 없을 것이다. 정재관과 이강은 밤늦게 도착한 안중근과 격의 없는 대화를 나누었다.

"안 동지! 늙은 쥐 도둑이 열흘 후에 하얼빈에 나타난다는 해외 통신을 보고 자넬 급히 불렀네."

정재관은 명령을 내릴 때는 늘 단도직입적이었다. 그 말을 듣는 순간, 안중근은 몸을 벌떡 일으켰다. 이강이 끓어오르는 격정을 가라앉혔다. 너무 애타게 기다렸던 작전명령을 받는 순간, 그는 정재관의 말을 냉정하게 듣지 못했다.

"늙은 도둑이 정말 하얼빈에 옵니까?"

"하얼빈에 오네. 자네가 오래전에 내게 한 말을 한 번도 잊은 적이 없었지, 이토가 한성에 있었을 때, 거사를 도모하지 못하고 특파 독립부대를 도쿄에 파견하려고 여러 번 시도했네만 기회가 없었는데 그자가 제 발로 하얼빈까지 오는데 어쩌겠나. 우리에게는 하늘이 준 절호의 기회가 아닌가."

정재관의 말을 들은 안중근은 서둘러 말했다.

"저는 늙은 도둑 쥐를 머릿속에서 잊은 적이 없었습니다. 그 바램이 간절해서 저한테 기회가 온 것 같습니다. 출동 명령이 떨어지면 당장이라도 떠날 준비가 되어 있습니다."

그때 정재관은 황실에서 고종황제로부터 받은 하사품을 안중근 앞에 꺼내놓았다. 이갑이 상자를 열었고, 정재관이 브라우닝 권총을 꺼내어 안중근에게 건네주었다.

"총독 각하가 내린 하사품이네."

순간 브라우닝 권총을 받아든 안중근의 심장은 마구 뛰었고, 온몸에는 열기가 솟구쳤다. 정재관은 이번 거사를 1909년 3월 이전에 치를 계획이었지만, 그 시기는 연해주의 동의군들이 함북 지역 전선에서 승전의 기세를 올리고 있던 중이어서 기회를 잠시 뒤로 미루고 있었다. 정재관은 조선통감부에 밀파된 익문사 요원들에게 이토의 동선을 잘 파악하도록 지시해두었지만, 당시 안중근은 회령전투를 치르던 중이어서 늙은 도둑의 처단 거사도 계속 뒤로 미루어졌다.

그러나 상황이 급히 바뀌었다. 정재관은 서울 경운궁에서 총독 각하와 면담할 때도 그 기회가 이처럼 빨리 닥치리라고는 예상하지도 못했다. 이토가 하얼빈에 스스로 오겠다니. 그가 마침내 지옥으로 갈 준비를 마쳤다는 신호였다.

"난 연해주에 오기 전에 경운궁에서 이미 총독 각하로부터 오늘의 작전명령을 접수해두었네. 누가 언제 어디서 어떻게 작전을 수행할 것인지는 아직 결정되지 않았지만 날짜가 정해지자 의거자와 결행 장소와 거사 시간이 순식간에 결정되었네. 1909년 10월 26일, 9시 하얼빈역, 거사자는 안중근 참모중장. 이미 선택의 여지

255

가 없다. 우리가 확대 회의로 좀 더 정교한 작전을 짜보긴 하겠지만 결국 작전은 자네의 의지와 용기와 지혜에 달려 있으니 자네가 지휘관이자 거사자가 될 수밖에 없네."

하얼빈 이토 저격 작전의 총지휘자는 국민회 총장이자, 익문사 독리 정재관, 특파 독립부대 참모중장 안중근 외에 보조자는 대동공보사 회계 담당 우덕순, 두 명의 러시아어 통역관 조도선과 유동하 4인방이 하얼빈 거사 현장에 투입된다. 조도선은 하얼빈 주재 대동신보 기자의 추천으로 가담한 러시아어 통역관 출신이고, 18세의 청년 유동하는 안중근의 의군 동지인 한약사 유경집의 아들로 아버지의 뜻을 받아들여 안중근의 러시아어 통역사로 특수대원을 지원, 가담한다.

32

해외 항일단체 국민회 총장 정재관은 안중근과 함께 1909년 10월 20일, 거사 날짜를 6일 앞두고 사격훈련을 떠난다. 정재관과 이강은 안중근, 우덕순과 함께 블라디보스토크 남단 루스키 섬의 프리모스키 깊은 산악지대의 훈련장에 도착했다. 안중근과 우덕순은 서울 경운궁의 익문사 총독으로부터 하사품으로 받은 벨기에제 브라우닝 피스톨의 성능과 적응력 테스트를 해야 한다. 두 의거자는 10여 미터부터 5미터 간격으로 사거리를 점차 줄여가며 수십여 발의 사격훈련을 통해 무기에 대한 적응훈련을 마쳤다. 브라우닝 권총에는 니켈 탄환의 앞부분에 십자형의 홈이 파인 탄환 8발을 장착할 수 있다.

십자형 홈이 파인 탄환은 인체에 파고드는 순간, 파열 부위가 확장되면서 인체에 치명적인 파괴력을 갖는다. 그들은 사선에서 전방에 설치해놓은 원형의 타깃을 향해 연속 격발을 시작했다. 총격 소리가 계속 계곡에 메아리로 울리면서 원형 표적판들이 거의 파손되었다. 그들은 신형 브라우닝 권총의 실사 훈련은 의외로 높은 명중률을 과시하면서 자신감을 얻게 되었다.

특히 안중근의 사격술은 10여 미터의 원거리에서도 적중력이 높은 실력을 과시했다. 10월 21일 아침에 안중근과 우덕순은 대동공보사에 나가 정재관, 이강, 유진률과 마지막 작별 인사를 나누었다. 정재관이 그들에게 당부의 말을 전했다.

"저격이 끝난 후, 러시아 수비군과 일본 헌병들이 덮치기 전에 곧바로 사격 현장에서 빠져나가 하얼빈역사 밖에 대기 중인 말을 타고 현장에서 탈출해야 하네. 우리 측 특수대원들이 하얼빈 현장의 요소요소에 잠복해서 자넬 추적하는 헌병들을 따돌리는 지원사격을 할 것이네. 동지들은 모두 조국의 미래와 운명을 책임지고 작전을 수행하는 것이니, 부디 성공하여 대한독립의 대망을 이루어 주기 바라네."

정재관이 그들과 포옹하고 헤어졌다. 두 사람은 지휘부와 헤어져 기차역을 향해 떠났다. 당시 블라디보스토크에서 하얼빈까지 철도는 우편열차, 화물열차, 보통열차 세 종류가 운행된다. 두 사람은 승차료가 비싼 우편열차 이등칸을 이용하기로 했다. 하얼빈으로 가는 도중에 간이역 수히펀허에서 세관 검사를 위해 열차가 한 시간쯤 머물러 있게 된다.

우편열차의 삼등칸 세관 검사는 깐깐하게 굴지만, 그 대신 이등칸은 값이 비싼 탓인지 검사가 훨씬 느슨한 편이다. 1909년 10월 21일, 아침 9시. 블라디보스토크에서 출발한 열차는 우수리스크를 거쳐 저녁 9시 반에야 수이펀허(綏芬河)역에 도착했다. 수이펀허는 만주 헤이룽장성의 국경도시로 세관 통관을 위해 열차가 한 시간 정도 정차하는 곳이다. 안중근은 그 시간을 이용하여 철도역 앞에서 한방의원을 개설하고 있는 유경집을 찾아갔다. 그는 안중근 의군 부대 소속이었지만 의료지원군으로 참전했던 동지였다. 그는 지금 해외 항일연합단체인 국민회의 간사직을 맡고 있다.

지난번 대동공보사에서 열린 하얼빈 작전회의에 참가했을 때,

유경집은 "내 아들이 러시아어 의군 통역관으로 자넬 돕게 될 것이네. 이번에 참모중장의 부관으로 참전 기회를 주고 싶은데 자네 생각은 어떤가?"라고 물었다. 그 말에 안중근은 유경집의 제안을 기꺼이 받아들였다. 유동하는 평소부터 안중근의 신문 칼럼을 읽고 감명을 받아. 안중근의 인격과 애국충정에 깊은 존경심을 품고 있던 애국청년이었다. 유동하는 안중근이 한의원에 나타나는 순간, 예의를 갖추고 설레는 마음으로 "저를 받아주셨으니 작전에서 척후병이 되어 하얼빈의 길 안내와 통역관으로서 통신과 연락업무에 최선을 다하겠습니다"라는 결의를 했다. 하얼빈행 열차는 밤늦게 수이펀허를 출발한다.

하얼빈은 중국의 만주 헤이룽장성의 송화강 남단에 있는 공업도시다. 옛 금국의 수도였던 하얼빈이라는 뜻은 만주어로 '그물 말리는 곳'이다. 옛 송화강의 한적한 어촌이었던 하얼빈은 단군 고조선에서 시작된 부여국과 고구려로 한민족 문화의 맥락이 지금까지 이어지고 있는 도시다. 지금도 하얼빈에는 한민족의 얼과 꿈의 족적을 남긴 유적지가 도처에 널려 있다.

하얼빈은 냉기후가 형성되는 내륙분지에 속한다. 겨울의 평균온도는 영하 30도 이하. 콧물이 흐르면 고드름이 된다. 기온의 통계로만 봐도 하얼빈은 세계에서 가장 혹독한 추위로 악명이 높은 도시 중의 하나다.

1895년 청일전쟁에서 패한 중국은 일본의 만주 침략과 지배를 저지하기 위해 러시아 니콜라스 황제에게 러시아군의 만주 주둔을 허용하고 행정 관할권도 넘겨주었다. 그 후 러시아의 수도 상트페테르부르크에서 출발하는 시베리아 횡단철도가 건설되어 하얼빈에서 블라디보스토크까지 동청철도로 연장되면서 하얼빈은 만주의 중심도시로 발전을 이룬다.

이어 러일전쟁에서 패한 러시아는 뤼순에서 창춘까지의 남만주철도 관할권을 일본에 넘겨주었지만 창춘에서 하얼빈까지의 철도 관할권과 하얼빈에서 블라디보스토크까지 778km의 동청철도는 러시아가 관할권을 유지해 오고 있다.

블라디보스토크에서 우편열차를 타고 출발한 안중근은 하루 반나절이 지나서 1909년 10월 22일, 오후 9시 15분에 하얼빈역에 도착했다. 안중근과 우덕순은 유동하의 안내를 받아 하얼빈역사 주변을 탐사한 후에 다오리치(區) 쌴린제(街)에 사는 한인 교민회장 김성백(32세, 김티혼 이바노비치)의 집에 머문다. 김성백은 두 살 때 부모를 따라 러시아로 귀화한 한인교포다. 청년 시절에는 동청철도 건설사업에서 큰돈을 번 그는 하얼빈의 번화가에 한인교민들을 위한 동흥학교의 설립을 지원했다.

그는 동흥학교에서 러시아어 교사로 재직하면서 항일 지하조직 '국민회' 만주 지부장이 되어 항일전사 작전을 지원하는 역할을 수행하고 있는 중이다. 국민회 총장 정재관은 안중근 일행이 거사 날까지 안전하게 머물 수 있도록 교민회장 김성백의 집을 작전 캠프로 마련해주었다. 특히 김성백의 남동생은 유동하의 여동생 유안나와 정혼을 한 사이였다. 안중근 일행은 다음 날 10월 23일 아침, 이발소에서 머리를 단정하게 잘랐다. 그들은 귀갓길에 사진관을 발견하고 "우리 셋이 운명적인 동지가 되었으니 우리 생애의 마지막 기념사진을 세상에 남기자"라는 안중근의 제안에 따라 세 동지는 나란히 앉아서 어색한 표정으로 사진을 찍고, 하얼빈공원(지금의 자오린공원)을 산책했다. 그 사진은 현재에도 남아 있다. 지금 하얼빈의 자오린 공원에는 안중근 의사의 기념 비석이 세워져 있다. 당시 그 자리에서 안중근은 동지들에게 유언을 남겼다.

"나 죽거든 여기 하얼빈공원에 잠시 묻어두었다가 조국이 국권을 회복하는 날, 조국의 땅에 이장해주길 바라네."

그 말에 잠시 분위기가 숙연해졌다. 그날 오후, 김성백은 안중근 일행을 가까운 한인 거주지역(교민 2백 70여 명)에 있는 동흥학교로 안내했다. 그 학교는 하얼빈의 유일한 한인 교육기관으로 한국의 역사와 민족정신을 기리기 위해 지난 1909년 4월에 문을 열어 개교한 지 7개월이 되었다.

안중근은 그곳에서 정재관 총장의 '국민회' 하얼빈 비밀지하조직 동지들과 다시 만났다. 동흥학교의 설립자는 김형재다. 그는 당시 대동공보사 하얼빈 지사장이자 특파원이었고, 교사 탁공규는 대동공보사의 신문 보급 책임을 맡고 있었다. 그들 옆에는 러시아 통역관 조도선도 함께 있었다. 그들은 모두 해외 항일운동 연합단체 국민회 소속의 항일 지하조직의 전사들이다. 김형재는 안중근에게 조도선 동지를 소개했다.

"이 분은 정재관 총장께서 하얼빈 작전의 유격특공대에 추가로 임명된 조도선(36세) 동지이십니다."

안중근은 이미 조도선에 관한 인적사항을 정재관으로부터 들었다. 함남 홍원 출신 조도선은 청일전쟁 직후 러시아로 이주한 후에

261

세탁업을 하면서 러시아어 전문 통역관으로 의군 활동을 지원하던 중, 김형재의 추천으로 정재관의 특명을 받고 하얼빈 작전의 특수 유격대에 가담한다. 조도선은 평소에 늘 이토에 대한 깊은 적개심을 품고 있다가, 우연히 김형재와 얘기를 나누던 중, 하얼빈 작전 소식을 전해 듣고, 적극 참가 의사를 밝혔다. 이어 김형재는 미리 확보한 10월 23일 자, 최신 중국어판《원동보(遠東報)》와 러시아어판 철도 신문을 안중근에게 건네주었다. 안중근은 기사를 치밀하게 읽었다.

"전 조선 통감 이토와 러시아 재무상 코콥초프가 하얼빈에서 회합을 갖는다. 그들은 회담을 통해 러시아와 일본은 한국, 만주, 몽골의 지배방식을 변경하고, 만주 관할 지역의 러일 경계선을 확정지을 계획으로 알려졌다. 이토는 동청철도 총국이 마련해준 특별 열차로 10월 25일 밤 11시에 장춘역을 출발, 다음 날 오전 9시에 하얼빈역에 도착한다."

안중근은 신문 기사를 통해 이토의 시간별 이동상황을 확인했다. 애초에 하얼빈 작전은 정재관과 안중근의 작전대로 거사 장소를 하얼빈 이외에 네 곳을 추가하여 예비거사 장소로 정해두고 저격수들을 잠복시킬 예정이었다. 그러나 네 곳의 작전통제가 어렵고 동원 인원은 물론 작전 비용이 많이 들어서 포기했다. 결국, 정재관과 안중근은 철도 노선이 교차하는 차이자거우역을 우덕순과 조도선 두 사람에게 맡기고, 하얼빈은 안중근과 유동하가 맡도록 최종적으로 결정했다.

정재관은 안중근보다 조금 늦게 특수요원 26명과 함께 하얼빈역에 도착해서 거사 현장을 샅샅이 둘러보고 만일의 사태를 대비하여 제2의 예비저격수와 저격지를 물색해두었다. 안중근과 제2 저격수가 거사한 후 현장에서 벗어날 때의 예상 동선도 미리 확보 해두었다. 안중근이 저격을 마친 후에 일본인 환영인파를 돌파할 때, 일본 군경의 추격 진로를 방해하기 위해 러시아 특수훈련원 출 신 장교 십여 명이 투입된다. 이어 안중근이 플랫폼을 벗어나면 역 건물 앞에 대기시켜놓은 말을 타고 예정된 도주로를 이용하여 단 독 돌파한다. 그 길목 주변에는 일본 군경의 추격을 저지하는 특수 훈련 요원들이 잠복, 안중근의 도주를 위한 지원사격을 맡는다.

10월 23일 밤, 정재관은 유동하를 통해 안중근, 우덕순, 조도선 을 동흥학교로 불러내어 교장실에서 마지막 긴급 작전회의를 가졌 다. 정재관은 블라디보스토크에서 차출된 동지들과 합의한 작전과 탈출계획 등에 관한 세부사항을 지도를 보면서 확실히 주지시키 고, 하얼빈 교민회장 김성백을 비롯한 김형재, 탁공규 동지들과 작 전의 미세한 부분을 청취했다.

이어 정재관은 안중근에게 다음 날, 우덕순, 조도선 동지와 차 이자거우역에 가서 현장 조사와 정보 수집을 한 후에 차이자거우 에서의 작전계획을 세우고 하얼빈으로 돌아오라는 지시를 내렸다. 안중근은 동흥학교에서 회의를 마치고 거처로 돌아와 밤잠을 이루 지 못하고 블라디보스토크에 있는 편집장 이강에게 작전회의 보고 겸 마지막 편지를 썼다.

"그간 보살펴준 은혜는 하얼빈 작전의 성공으로 갚겠습니다. 머 잖아 조국이 국권을 되찾기를 간절히 바라며 내내 안녕하시기 바 랍니다." 편지 끝에는 "편집장님, 모자란 거사 자금 50원은 김성백 회장에게 빌려서 썼으니 대신 갚아주시길 바랍니다"라는 추신을 썼다. 이어 편지 끝에 안중근과 우덕순 이름을 쓰고, 그 이름 위에 각자의 도장을 꾹 눌렀다. 안중근은 울적한 마음을 달래기 위해 우덕순에게 각자 시 한 편씩 편지에 써넣기로 했다. 안중근이 그날 쓴 장부가(丈夫歌)는 하얼빈 작전을 앞둔 청년 애국자의 심경을 드러낸 한문시로 지금도 남아서 우리들의 심금을 울리고 있다.

사나이로 태어났으니/ 그 뜻이 가상하다.
시대가 영웅을 만든다면/ 영웅도 시대를 만드는 법.
천하를 굽어보니/ 끝내 그 뜻을 이룰 듯도 하다만.
동풍은 점차 추워오는데/ 사나이의 의기는 뜨거워지네.
한순간의 분노를 치밀어 올려/ 필연코 목적을 이룰지니.
쥐 도둑, 이토야!/ 네 어찌 애써 더 살기를 바라느냐.
일이 이 지경에 이를 줄/ 그 누군들 알았겠느냐만
네 놈은 이미 엎질러진 물이로구나.
동포여!/ 어서 대망의 독립을 이루고 만세를 부르세
만세, 만세, 대한독립만세다.
만세, 만세 우리 동포 만만세다!

안중근은 유동하에게 편지 봉투의 주소와 이름을 러시아어로 써 달라고 부탁했다. 그 편지는 끝내 부치지 못하고 그의 호주머니에 꾸겨진 채 들어있다가 거사가 끝나고 일본 군경에 체포되어 압수당한 후, 뤼순 법정에서 증거물로 채택된다.

33

1909년 10월 18일 일본 추밀원장 이토는 배편으로 중국 랴오닝 반도 다롄에 도착했다. 그는 러일전쟁의 마지막 승부처가 되었던 뤼순 203고지 전적지를 둘러보고, 10월 24일 랴오양, 펑톈, 푸순을 방문하고, 10월 25일 저녁 7시에 장춘시의 환영만찬에 참석한 다음, 늦은 밤 11시에 러시아가 창춘역에 마련해준 특별열차로 하얼빈까지 갈 예정이다. 뤼순에서 창춘까지의 만주 철도는 일본군이 관리하고 있었지만, 장춘에서 하얼빈까지 237km의 철도는 러시아 관할권에 들어 있다.

이토가 탄 상행선 열차는 하얼빈에 도착하기 직전, 하행선으로 바뀌는 차이자거우역에서 열차 선로를 바꾸기 위해 1시간여 지체한다. 그때 이토가 특별열차에서 잠시 하차할 수 있는 기회가 있다. 의군 대기자들에게는 그 순간이 절호의 기회가 된다. 안중근은 일단 차이자거우역의 현장을 시찰한 후로 결정을 미루었다. 그는 유동하를 하얼빈에 남겨두고 우덕순, 조도선과 하얼빈역에서 오전 9시에 출발하는 남행열차를 탔다. 차이자거우역까지는 84km였고, 우편열차로는 3시간 걸린다.

러시아 국립역사문서보관소(RGIA)가 소장한 기록물 중에 1909년 10월 26일, 만주의 차이자거우(蔡家溝) 철도역에서 체포된 한국의 항일독립전사들 얘기가 나온다. 차이자거우역 보안 담당 러시아 헌병 하사관들이 헌병 대위 볼코다보프에게 올린 보고서에는 그날 정오에 차이자거우역 플랫폼에는 안가이(안중근), 첸주기(우덕순), 치도오셴(조도선) 등 러시아인 실명으로 표기된 한국인 세 사람의 이름이 등장하고 있다. 지금까지 한국인 항일투쟁 관련 자료의 출처는 대부분 일본을 통해 발굴되었지만, 이제는 러시아 역사문서의 기록물들이 여러 곳에서 발굴되면서 지금까지 일본 편향적으로 소개되었던 역사의 팩트들이 다각도로 재조명되고 있다. 당시 하얼빈 작전에 참전한 대한의군 참모중장 안중근과 동지 우덕순, 조도선 역시 차이자거우역 플랫폼에 주인공으로 당당하게 등장하고 있다.

1909년 10월 24일 낮 12시, 하얼빈에서 남쪽으로 가는 우편열차 이등칸을 타고 있던 세 명의 한국 청년은 열차가 차이자거우역에서 멈추자 플랫폼으로 뛰어내렸다. 그때 한적한 역 구내를 순찰 중이던 러시아 헌병 하사관들은 갑자기 낯선 세 청년들이 역 구내에 나타나자 크게 당황한다.

그들은 서로를 향해 "쟤들 뭐지?" 하고 물었고, 다른 하사관이 "일본 애들 같긴 한데?"라고 말했다. 열차에서 뛰어내린 세 청년은 이곳 시골 역이 의외로 경비가 삼엄한 것을 보고 다소 놀란다. 이미 이토의 도착을 앞둔 차이자거우역에는 비상 경계령이 떨어져 러시아 헌병들이 긴장하고 있었다.

세 청년은 역 구내에 있는 간이식당으로 들어갔다. 그들 중에 러시아 통역관 출신 조도선이 역무원에게 장춘에서 오는 열차의 도착 시간과 역내의 상하행선 교차노선의 위치와 승객들의 출구 위치를 꼬치꼬치 캐물었다. 그때 감시하던 헌병 하사가 조도선에게

"당신들 말을 들어보니, 조선인들 같은데 여기서 누굴 기다리느냐?"고 물었다. 조도선은 "나는 동생을 기다리고 있고, 저기 두 친구는 어머니와 친척 누이를 마중하러 나왔다"고 말해주었다. 러시아 헌병들은 그의 말을 고지식하게만 믿는 것 같지 않았다. 러시아 헌병들은 세 청년이 의심스럽지만 무작정 범죄자 혐의를 씌어 체포할 수는 없었다.

러시아 헌병들은 경비본부에 그들의 출현과 동향을 보고했지만, 내려온 지시사항은 "그들의 동태를 놓치지 말고 계속 감시하고 역주변의 야간순찰을 강화하라"라는 명령이었다. 그날 밤 안중근은 러시아 역무원으로부터 "오늘 밤, 일본의 이토 대관을 모시러 장춘으로 가는 특별열차가 하얼빈을 출발해서 우리 역을 통과할 예정이다"라는 말을 들었다. 안중근은 "그 특별열차는 몇 시쯤 다시 이곳으로 돌아오느냐?"라고 물었더니, 역무원은 모레 새벽(10월 26일) 6시쯤이 될 것이라고 말했다. 이토의 차이자거우역 도착 시간은 보안 사안도 아니었다. 한국 청년들은 하얼빈의 유동하와 긴급 통신을 계속 주고받아야 했기 때문에 역무실에서 멀리 떨어져서는 안 되었다. 따라서 그들은 날이 저물어도 역 구내에서 벗어날수가 없었다. 차이자거우역의 주변 마을은 역에서 꽤 멀었고, 마을에는 그들이 묵을 수 있는 숙박시설은 어디에도 없었다.

그들은 결국 역 구내식당 주인에게 숙박비를 넉넉히 주고 종업원들의 숙소에 있는 창고를 빌릴 수 있었다. 안중근 일행은 그날 밤 이토를 태우고 올 특별열차가 한밤중에 역내에 도착하는 모습을 지켜보았다. 만주 철도 총국이 귀빈 이토에게 제공한 특별열차는 다른 일반 열차와 달리 객실이 3개만 있을 뿐이다. 한국 청년들은 창고에서 뜬눈으로 밤샘을 하다가 다음 날 10월 25일 교대로 보초를 서며 새벽 6시에 역 구내의 현장 상황을 눈여겨 살폈다. 안중근은 해뜨기 전에는 역 구내가 어두워서 표적을 겨냥하기 어렵다는 판단을 내렸다. 더구나 어두운 새벽에 이토가 열차에서 하차하지 않을 수도 있다는 판단이 섰다.

귀빈을 태운 특별열차가 노선을 바꾼다고 이토 대공을 열차에서 내리게 하지 않을 것이다. 그것은 대공에 대한 예우가 아니다. 어쩌면 이토는 그 시간에 하차하지 않을 수도 있다. 만일 그가 열차에서 내린다 해도 어두워서 작전이 어렵다.

다음 날 10월 25일 아침에 러시아 경비군들은 어제 본 조선 청년들이 역에서 떠나지 않고 여전히 역 구내에 머물러 있다는 것을 알고 크게 놀랐다. 아니? 저 자들이 왜 아직도 역 구내에 남아 있지? 감시병들은 그들을 수상하게 여겼다. 그들에게 불길한 의심을 품는 것은 당연한 일이었다. 하지만 여전히 그들은 역 구내에서 아무런 범법행위를 저지르지 않았으니 현행범은 아니다. 더구나 외국인을 검문할 수도 없다. 안중근은 아침에 역무실로 가서 감시자들의 의심을 사지 않기 위해 하얼빈의 김성백 집에서 대기 중인 유동하에게 전보를 쳤다.

"우린 지금 차이자거우역에 있다. 닥터 김의 도착 여부를 알려주기 바란다."

닥터 김이란 둘 사이에만 이토를 뜻하는 암호로 통한다. 곧바로 유동하의 답변이 왔다.

"닥터 김은 블라디보스토크에서 출발하여 내일 아침(10월 26일) 하얼빈역을 통과할 예정, 속히 하얼빈으로 오시기 바람."

안중근은 그 답신을 받고 혼란을 느꼈다. 유동하의 전보가 맞다면, 이토가 장춘을 출발해서 차이자거우역을 통과해서 하얼빈에 간다는 어제의 정보는 일본 측이 보안을 위해 흘린 가짜 정보가 틀림없었다. 그즈음 만주에서 발행되는 원동보를 비롯한 여러 신문에는 이토의 하얼빈 도착 날짜를 10월 25일, 혹은 26일과 27일로 제각기 달리 기재해서 하얼빈에서도 큰 혼란을 빚고 있었다. 유동하도 모든 정보를 신문 기사를 통해 알고 있어서 정확한 판단이 어려울 것이라는 생각이 들었다. 모든 정황으로 봐도 이토가 장춘에서 오는 것이 틀림없었다. 유동하의 정보가 맞고 틀렸다는 확신이 없었고, 따질 시간도 없었다.

차우거우역의 하얼빈행 다음 열차는 12시에 도착해서 오후 1시에 출발한다. 안중근은 잠시 갈등에 빠졌지만 이내 이토의 도착 날짜와 시간을 정확히 동지들에게 알렸다.

"이토가 어느 쪽에서 오든 그자가 내일 하얼빈에 도착하는 것만은 사실이다. 우린 두 곳에서 작전에 대비한다. 우 동지는 내일 새벽 6시에 창춘에서 이곳에 도착하는 이토를 맞는다. 만일 자네가 저격에 실패하거나 이토가 엉뚱하게 블라디보스토크 쪽에서 동쪽에서 출발한다면 오전 9시에 하얼빈에서 내가 이토를 맞는다."

그것이 최선의 선택이다. 우덕순과 조도선은 안중근의 말을 기꺼이 받아들였다. 그들은 차이자거우역 플랫폼에서 손을 잡고 서로에게 용기와 투지를 북돋아주었다. 러시아 역사문서보관소의 기록에 의하면 "당시 세 명의 한국 청년들은 마치 그들만의 전통적인 이별의 관습인 듯싶은, 기이한 모습의 작별예식을 보여주었다. 먼저 떠나는 안가이(안중근)가 땅바닥에 무릎을 꿇고, 납작 엎드려 절을 하자, 남은 두 사람도 똑같이 땅에 납작 엎드려 지극히 정중한 답례의 절을 올렸다. 그 광경이 너무 특이해서 역 구내의 사람들에게 큰 감동을 주었다. 그들은 이별의 슬픔으로 눈물을 글썽거렸다"라고 묘사하고 있다.

잠시 후, 안중근은 오후 1시에 하얼빈행 4호 열차를 타고, 차이자거우역을 떠나 하얼빈으로 갔다. 차이자거우역에 남은 우덕순과 조도선은 그날 밤에 다시 구내식당의 숙소로 되돌아갔다. 차이자거우역 관리소 직원들은 한국 청년들이 역에서 이틀이나 머문 것은 틀림없이 이토의 도착과 관련이 있다는 의심을 하기에 충분했다. 러시아 헌병 하사관들은 철도역 보안 책임자 헌병 대위 볼코다보프에게 그들의 동향을 사실대로 보고했다. 범법행위가 없는 조선인들을 체포할 수는 없었다.

만일 이토가 탄 특별열차가 창춘에서 출발하여 10월 26일 새벽 5시경 차이자거우역에 도착한다면 늦어도 6시 10분에는 출발해야 하얼빈역에 9시쯤 도착할 수가 있게 된다. 1909년 10월 26일, 차이자거우역 간이식당 창고 쪽방에서 초조한 밤을 새운 우덕순, 조도선은 이토가 탄 특별열차가 도착할 경우를 대비하기 위해 밖으로 나갈 준비를 서둘렀다. 그들은 휴대 권총을 장전하고 예비탄창을 확인했다. 창밖은 아직 어둠이 가시지 않았다. 그들은 특별열차가 멈추는 지점 가까이에 밤 괭이처럼 납작 엎드려 있다가 이토가 내리는 순간, 우덕순이 이토를 향해 방아쇠를 당겨야 한다. 아니면 열차가 멎는 순간, 객실로 진입하여 이토를 확실하게 처리해야 한다.

우덕순이 쪽방 문을 여는 순간, 놀랍게 방문이 밖에서 잠가져 있었다. 러시아 헌병들이 전날 밤에 식당 문을 닫아걸고, 쪽방 문을 안에서 열 수 없도록 자물쇠로 폐쇄조치를 취했기 때문이다. 잠시 후에 두 동지는 특별열차가 역내로 들어오는 소리와 떠나는 소리를 모두 들을 수 있었다. 그로 인해 이토는 그날 새벽에 예정된 운명의 덫을 운 좋게 피해 갈 수 있었다.

오랜 대망의 기회를 어처구니없이 놓친 우덕순과 조도선은 울분을 참지 못하고 애먼 벽만 주먹으로 마구 쳐야 했다. 차이자거우역에서 선로교차를 마친 이토의 특별열차가 하얼빈을 향해 떠난 후, 역 구내는 다시 무덤처럼 숨 막히는 침묵에 빠졌다. 이어 운명의 시계 초침은 어느덧 오전 9시 30분을 향해 바짝 다가서고 있었다. 우덕순과 조도선은 불면의 고통을 지샌 데다가 이토를 눈앞에 두고 놓친 절망에 빠져 거의 빈사 상태에 빠져 있었다. 그들은 잠시 후에 하얼빈에서 벌어질 안중근의 거사가 성공하기만을 빌면서 그 시간을 기다릴 수밖에 없었다.

한편 오전 9시 반의 하얼빈역 플랫폼에는 러시아 군악대의 연주가 울리는 가운데 특급 열차가 제시간에 역 플랫폼에 도착했다. 이어 이토가 열차에서 내렸다. 이토는 러시아군의 환영 사열을 마치고 난 후, 일본인 환영단을 맞기 위해 일장기를 흔들고 있는 일본인들을 향해 돌아섰다. 바로 그 순간 탕! 탕! 탕! 세 발의 총성이 연속으로 크게 울렸다. 체구가 작은 이토의 몸이 옆으로 기울어졌다. 곁에 있던 러시아 재무상 코콥초프가 순발력을 발휘하여 이토를 바짝 끌어안았다. 안중근과 이토와의 거리는 열차의 두 칸 반 정도에 해당하는 5미터의 거리에 불과하였다. 당시 안중근의 저격 위치는 러시아군 의장대의 바로 뒤쪽이다. 안중근은 의장대원 두 군인의 사이에서 권총을 들어 올린 순간, 재빠른 조준 격발을 시도했다.(지금도 하얼빈역의 플랫폼 바닥에는 안중근의 저격지점을 바닥에 세모로 표식해놓았고, 이토가 쓰러진 지점은 사각형의 표식을 새겨두었다.)

총격 소리에 하얼빈역 플랫폼은 순식간에 극심한 혼란에 빠졌다. 군악대들의 연주가 멈추고, 일장기를 흔들던 환영인파들이 비명을 지르며 흩어졌다. 러시아군 의장대들은 얼이 빠졌다. 하얼빈역의 러시아 보안군들은 이토가 쓰러진 곳을 향해 뛰었다. 그 순간 하얼빈역 옆 건물 2층에서 총격소리가 났다. 일본 헌병 몇 명이 바닥에 굴렀다. 대한의군 특수부대원들이 안중근의 퇴로를 열어주기 위한 엄호 사격이 계속되었다.

러시아 헌병들은 총격 소리에 엄호로 대응 사격을 시작했다. 이어 이토의 수행비서관 모리 다이지로와 하얼빈 주재 일본 총영사 가와카미 도시히코, 만주 철도 이사 다나카 세이타로가 연이어 안중근의 총격을 맞고 플랫폼 바닥에 쓰러졌다. 안중근의 브라우닝 권총에서는 연속 격발이 계속되었다. 불과 수십여 초 동안 하얼빈역은 총격이 이어지다가 한 순식간에 그쳤다.

러시아 수비군들의 대열은 금세 흐트러졌다. 이토가 쓰러지자,

안중근은 미리 짜인 작전의 각본에 따라 저격 현장에서 벗어나 하얼빈역사를 향해 뛰기로 되어 있었다. 안중근은 저격지점을 선택할 때, 거사 후의 퇴로보다 저격의 위치 조건을 우선순위로 잡았다. 따라서 안중근이 러시아군 의장대 안쪽으로 깊이 침투해서 현장 탈출이 더욱 어려워진 대신, 저격 성공률이 좋은 위치에 있었다. 안중근은 총격 후의 도주보다 체포를 선택했기 때문에 의연하게 저격에 대처할 수가 있었다.

그로 인해 안중근은 이미 러시아 헌병 대원들에게 완벽하게 포위되었다. 그는 하얼빈역 1번 플랫폼 쪽으로 뛰쳐나가 브라우닝 권총을 허공으로 휙 내던지며 러시아어로 '꼬레아 우라!(대한 만세!)'를 세 번 크게 외쳤다. 이어 러시아 헌병들이 안중근을 향해 와락 달려들었다. 현장에서 가장 먼저 안중근을 덮친 러시아 헌병이 '미치오 클로프'라는 이름이 훗날 기록에서 밝혀졌다. 이어서 역 구내에서 안중근의 동작을 계속 주시하던 익문사 요원들이 재빨리 역에서 빠져나가기 시작했다.

현장을 지켜보던 동지들이 '이토 피격 성공! 안 중장 러시아헌병대에 체포되다'라는 전문을 하얼빈 작전 임시본부가 있는 김성택의 집에 타전했다. 그 시간에 하얼빈역사 옆 건물 2층에서 제2의 예비 저격 대기조로 투입된 이도엽과 마샤 김은 안중근이 저격에 성공하고 체포되는 모습을 모두 지켜보았다.

그들의 눈에서는 뜨거운 눈물이 흘러내렸다. 이어 이도엽과 마샤 김은 눈물을 머금고 뛰쳐나갔다. 건물 밖에는 세 필의 말이 대기 중이었다. 그들은 각기 말 위에 올랐고, 안중근을 위해 준비된 말은 다른 의군이 올라탔다. 그들은 예정된 도주로를 통해 순식간에 바람처럼 자취를 감추었다. 이어 특파 독립군 부대원들은 지원 사격을 멈추고 모두 철수했다.

한편 총격에 쓰러진 이토는 수행원의 등에 업힌 채, 열차로 긴급 후송되었다. 이토를 수행하던 담당 의사 '코야마'는 즉각 응급 처치를 실시했지만 이토가 살아날 가망이 없다는 것을 알았다. 훗날 의사 코야마가 시신을 수습하고, 뤼순 법정에 제출한 소견서를 보면 안중근이 쏜 세 개의 탄환은 이토의 피격 부위에서 모두 관통되지 않은 채, 몸 안에 고스란히 박혀 있었다고 기록했다.

"한 발은 양쪽 폐를 관통해서 왼쪽 늑골에 박혔고, 한 발은 윗배를 관통한 후 왼편 허리뼈에 박혔으며, 또 한 발은 오른편 팔을 관통해서 왼쪽 복부에 박혔습니다. 특히 벨기에 총 8연발 브라우닝에 장전된 탄환은 십자형 홈이 파인 니켈 탄환으로 총격을 받는 순간, 내장에서 파괴력이 극대화된 치명적인 결과를 초래한 것으로 보입니다."

이토 히로부미는 내출혈로 피격 30분 만에 절명했다. 그의 나이 69세였다.

뤼순 법정

34

  1909년 10월 26일 오전 10시. 이토의 피격 소식이 일본군 뤼순 관동도독부 헌병대에 보고되면서 세계의 매스컴들이 그 뉴스를 대대적으로 보도하기 시작했다. 이토의 피격 사망은 온 세상에 큰 충격과 화제로 등장했다. 세계 각국은 일본 제국주의와 군국주의 상징적 인물인 이토에 대한 재평가를 시작했다.

  특히 일왕 메이지와 손잡고, 영국처럼 부국강병을 통해 군국주의적 패권국가가 되어 식민지를 경영하겠다는 야망을 국가 목표로 세운 이토에 대한 사후 인물평가가 나온 것이다.

  이토 히로부미는 일본에서 우상적이고 존경받는 대표적인 인물이었지만 침략의 피해를 받은 한국과 중국을 비롯한 아시아 국가들에게 그의 이름은 침략의 원흉이자, 전범이었으며, 노년에는 늙은 도둑으로 불리었다. 특별히 한국인들에게 그는 증오와 분노의 대상이었고, 특히 항일 독립전사들에게 이토는 교활한 적의 괴수이자 동양평화를 교란시킨 무뢰한이었으며, 악몽의 대상으로 늘 저격 제거의 표적 1순위였다.

해외에서의 이토를 바라보는 시선 역시 비판적이다. 러일전쟁이 시작되었을 때, 유럽의 언론은 이토를 "일본 사무라이가 영국 엘리자베스 여왕에게 비굴한 충성을 바치기 위해 러시아와의 대리전쟁을 자청한 천박한 인물"로 풍자만화에 등장시켜 희롱했으며, 일본 메이지 시대의 명예를 식민주의 전쟁과 약탈로 타락시킨 괴물로 평가하기도 했다.

이토의 피격 소식이 차이자거우역에 전달되고 그의 운구를 실은 일본의 특별열차가 차이자거우역을 거쳐 남행한다는 연락을 받은 러시아 헌병 대위 볼고타보프는 헌병 하사관들을 이끌고 먼저 차이자거우역 구내식당으로 긴급 출동했다. 그들은 간밤에 식당 숙소에 강제로 감금해둔 조선청년 두 명을 현장에서 체포하고 소지품을 압수했다. 우덕순은 브라우닝 권총과 예비 탄장, 조도선은 스미드베손식 5연발 권총과 23발의 총탄, 엑스프레스 파열탄을 압수당한 후에 헌병대 당직실로 이송되었다.

헌병 대위는 "무기를 갖고 당역에 머문 이유는 이토 대관을 저격하기 위해서였나?"라고 물었다. 그때까지도 우덕순은 이토의 죽음을 모르던 상황이었다. 그의 대답은 솔직담백했다. "그렇다. 우리는 이토를 처단하러 여기 왔다. 그자가 우리 조국을 파멸로 이끈

죄의 대가를 반드시 갚아줄 생각이었다"라고 말했다. 이어서 헌병 하사관이 말했다.

"그렇다면 넌 손도 대지 않고 소원을 이루게 되었군. 이토 대관은 조금 전 하얼빈역에서 총격으로 숨을 거두었다. 너희 둘도 공모자로 의심을 받아 내가 그 죄를 묻고 있는 중이다."

그 순간 우덕순과 조도선은 귀를 의심하고 "그게 정말인가?"라고 되물었다. 우덕순과 조도선은 하얼빈 작전이 성공한 것을 확인한 순간, 크게 환호하고 서로를 얼싸안고 엉엉 울었다. 그들은 이토의 처단에 성공한 기쁨과 안중근에 대한 존경심에 사로잡혀 흐느꼈다. 러시아 헌병들은 러일전쟁을 치른 일본에 대한 증오감이 아직도 남았던 탓에 크라스키노 한국인 공모자들에게 그다지 큰 적대감을 보이지 않았다. 안중근은 거사 직후, 하얼빈역 러시아헌병대 파출소로 연행되어, 러시아 검사의 서면조사를 받은 후, 밤 9시에 하얼빈 주재 일본영사관(현재 난강취 화위안 학교)으로 이송되었다.

다음 날 10월 27일, 차이자거우역에서 체포된 우덕순, 조도선은 하얼빈역 현장에서 체포된 한국인 혐의자들과 함께 일본영사관에 수감되었다. 이토 피격사건은 청국 영토 내의 러시아 관할지에서 발생했지만, 러시아는 한국인에게 법적인 제한조치를 취할 권한이 없었다. 일본도 러시아에 체류 중인 한국인에 대한 법적인 제재의 권리가 없었다. 그러나 일본은 1905년 제2차 한일협약에서 한국으로부터 외교권을 전면 위임받았다는 조건을 내세워 러시아에 있는 한국인에 대한 신병 인도와 재판권을 일방적으로 주장했다. 결국, 일본은 한국에 대한 외교권을 행사할 수 있다는 이유로 러시아 체류 한국인을 강압했다.

1909년 10월 27일 일본 외무대신 고무라 주타로는 하얼빈 사건과 관련된 한국인 혐의자들을 모두 뤼순의 일본 관동도독부 지방법원으로 송치했다. 하얼빈 주재 일본 총영사 가와카미는 러시아헌병대가 하얼빈역에서 체포한 안중근과 의군 동지들의 신병을 모두 인수한 것이다. 뤼순 관동도독부 소속 육군 헌병 치바 토시치 상병은 헌병 대위 히사카에 켄지의 명령으로 하얼빈 저격사건으로 체포된 관련자들을 뤼순까지 호송하는 책임을 맡게 되었다. 10월 28일에는 뤼순지방법원 미조부치 타카오가 하얼빈에 도착, 가와카미 총영사로부터 러시아 검사가 작성한 안중근의 신병과 서류를 넘겨받았다. 10월 30일, 일본 미조부치 검사는 안중근이 이토를 저격한 15가지 이유를 읽었다.

"나는 이토가 1895년에 조선 왕비(명성황후)의 시해 작전을 총지휘한 자로서 그가 저지른 국가 범죄사실에 대한 죄를 물었다. 이토는 무력으로 대한제국의 고종황제를 강제로 폐위시킨 적국의 수괴로 대한의군인 내게는 당연한 총격의 표적이었다. 일본은 고종황제를 강압한 것은 물론, 조선 정부의 친일파 대신들을 매수하여 을미 5조약과 정미 7조약을 강제로 체결, 한국의 통치권을 강탈한 강도로서 죄를 물었다. 대한제국 군대를 강제로 해산한 죄를 물었으며, 한국의 국정교과서를 압수하고 불태운 죄를 물었으며, 한국인들의 해외 유학을 금지시키고, 한국인 우민화 정책을 시행한 죄를 물었다. 또한 죄 없는 한국인들을 무수히 학살한 죄와 함께 한국의 광산, 산림, 토지 등 한국의 재산을 약탈하고 탈취한 죄를 물었다. 이토는 한국의 자주권과 독립을 위해 러일전쟁을 치렀다는 거짓선동을 통해 동양평화를 유린한 죄를 물었다."

하얼빈 일본영사관 지하 감옥에서 미조부치 검찰의 안중근에 대한 취조 심문이 계속되는 동안, 뤼순에서 파견된 헌병들은 하얼빈 사건 현장에서 체포한 기소자 12명의 호송을 위해 대기 중이었다. 일본영사관에는 안중근과의 공범 혐의로 차이자거우역에서 체포된 우덕순과 조도선도 지하 감옥에 가두었다.

11월 1일 오전 11시 현재, 감방에는 안중근을 포함한 우덕순, 조도선, 유동하, 하얼빈 교민회장 김성백, 의군 동지 정대호, 동흥학교 교장 김성옥과 교사 김형재, 탁공규를 비롯한 30여 명의 동지들이 투옥되었다.

안중근은 러시아헌병대가 어떻게 그들을 그토록 잘 파악하여 한꺼번에 포승줄로 엮었는지 의아한 생각이 들었다. 그러나 그들은 이미 하얼빈 저격사건 훨씬 이전부터 러시아의 비밀 헌병대의 체포 리스트에 올라 있었다. 그들 중, 뤼순 포르트 아르트 감옥으로 이송된 동지들은 안중근을 비롯한 8명이 전부였다. 안중근은 하얼빈역 플랫폼에서 열차에 오르기 직전에 우덕순을 비롯한 동지들이 포승줄에 결박되어 호송 열차 칸에 오르는 모습을 멀리서 지켜볼 수 있었다. 미조부치 검사는 한 달 동안 다섯 차례의 신문을 통해서 사건의 핵심 내용을 대부분 밝혀낼 만큼 모든 것을 꿰뚫고 있었다.

그동안 미조부치 검사와 일본인 한국 통역관 소노치는 물론 교도소 소장을 비롯한 교도관들의 안중근에 대한 대우는 놀랍게도 예의 바르고 정중해서 안중근은 다소 놀랐다. 어느 날 검사 미조부치는 안중근에게 재판에 변호사를 선임할 수 있다는 말을 전해주었다. 만일 일본 당국이 이번 재판에서 정말 변호사를 선임할 수 있게 해준다면 일본은 법정만큼은 세계의 만국공법을 공유하는 영국 못지않은 선진국이라는 생각이 들기도 했다. 그렇다고 이번 재판의 최대 쟁점이 될 이토의 살해 동기나 그 이유나 이토의 제국주의적 침략지배와 동양평화나 조선인 인권유린에 대해서 미조부치와 안중근의 입장 차가 좁혀질 수는 없었다. 일본 법정이 중립국 법정처럼 국가적 이해관계를 초월하는 도덕적 양심을 공유할 수 없을 것이다. 그 사실을 안중근은 너무 잘 알고 있었다.

하얼빈 작전 이전에 일본의 이토와 러시아의 코콥초프는 1907년 제2차 러일협약에서 합의한 몽골과 한국에 관한 두 나라의 기득권과 지배 문제를 미국이 본격 개입하기 전에 마무리를 지으려고 했던 것은 사실이다. 일본은 러시아와 내몽골의 동서 분리 지배에 대한 협의도 필요했지만, 일본이 러시아에 내몽골을 양보하는 조건으로 러시아로부터 한일합병을 인정받으려는 속내도 있었다. 일본 외무상 고무라는 합병이라는 말 대신 병합이라는 말이 유연하다고 해서 바꾸었다.

그처럼 민감한 대외정책들이 추진되는 가운데, 일본 정부는 안중근이 법정에서 진술한 '이토를 저격한 15가지 이유'와 관련된 국내외 여론이 재판에 미칠 영향에 대해 고심했다. 인간의 양심은 늘 죄와 거짓에 민감하게 반응한다. 일본은 본래 한국을 무력으로 침략하면서 단순히 한반도를 지배하거나 식민지 통치로 묶어둘 생각이 아니었다. 그들이 내건 정한론이라는 말의 깊은 뜻 속에는 조건이 갖추어지면 일본은 한국이라는 나라를 동아시아의 지도에서 영원히 지워버릴 작정이었다. 그처럼 약자에 대한 약탈과 소유가 일상화된 칼잡이 사무라이들의 관행으로 보면 그들에게 서구 문명사회의 평화공존은 불편한 옷이기도 했다. 만일 일본이 한일합병을 추진할 경우, 국제사회는 안중근의 이토 저격 사건을 정당화할 수 있는 근거가 된다.

"안중근은 왜 이토를 저격했으며 이토는 왜 한국인들에게 저격의 표적이 되었는가를 세계인들에게 잘 이해시키기 위해서는 하얼빈 저격사건보다 더 좋은 설득 자료는 없다."

하얼빈 사건 이후, 세계 각국은 한국인들이 왜 일본에 적개심을 갖고 미워했는지 잘 이해하게 되었다. 일본은 세계 여론의 비판을 의식하는 가운데 당시 뤼순 법정의 안중근에 대한 재판 여론은 묘한 분위기로 바뀌어 갔다. 피고인 안중근은 대한의군 총독으로부터 연해주 의군 중장으로 임명받아 적장을 처단하라는 작전명령을 받고 임무를 수행한 대한의군 신분을 가진 작전장교였다. 군인에게는 적을 타격하는 임무가 가장 중요한 일이다. 대한의군 중장 안중근은 침략국 일본의 지배로부터 벗어나기 위해 정당한 독립전쟁을 치른 대한 군인으로서 하얼빈 작전에서 적의 수뇌를 처단하고 포로가 되어 뤼순 법정에 서게 된 대한의군 특수부대의 지휘관이었다.

그렇다면 그는 마땅히 포로가 된 이상, 국제법에 의거, 군사재판에 회부되는 것이 마땅한 일이다. 그가 이토를 저격한 사실은 사적인 이해관계나 복수심과는 전혀 관련이 없다. 그는 이미 일본 검찰과의 신문에서 이토 저격의 15가지 이유를 명백하고 당당하게 밝혔다. 그처럼 안중근은 대한의군 지휘관의 이름으로 적장을 타격해야 할 군인의 본분을 지킨 것이다. 그런 그가 적국의 형사재판에서 피고의 자리에 설 수는 없다. 그 자체가 일본이 만국공법을 위반한 것을 자처하는 행위가 된다.

그게 아니라면 일본은 러일전쟁 때 뤼순전투에서 포로가 된 러시아 장교들처럼 안중근을 군사 법정에 세워야 마땅하다. 그런 가운데 뤼순 법정에서는 안중근의 법정 최고형이 '무기징역'이면 충분하고도 남는다는 소문이 나돌기 시작했다. 만일 안중근이 러시아 법정에 섰다면 어떤 판결이 났을 것인지의 대답은 자명해진다. 안중근이 뤼순 법정에서 제7차 신문에 들어가면서 안중근의 담당 검사 미조부치가 빠지고 한성의 조선통감부 경찰에서 파견된 사카이 요시아키 경시가 취조를 맡았다.

사카이는 한국어 실력이 뛰어나서 통역자 소노다가 배석하지 않아도 되었다. 안중근의 취조 담당이 바뀐 것은 한국 내의 경비 대책을 위한 조치라고 했지만, 사실은 안중근의 재판을 국제공법이 아닌 일본의 형사재판으로 격하시키려는 의도가 있었다. 안중근의 형량 문제가 한일합병의 주요 변수로 작용한 탓도 컸다. 만일 안중근의 형량이 가벼워지면 한국의 독립전쟁을 부추기거나 테러전을 정당화시키고, 한일합병도 논리적으로 어려워질 것이라는 판단도 있었다. 이어 1909년 12월 17일, 안중근의 동생 정근과 공근이 뤼순교도소 측의 호의로 형을 면회하게 된다. 3년 만의 가족 만남이었다. 정근(세례명: 시실로)이 먼저 가족의 근황을 중근에게 전했다.

"형님, 정대호 동지가 형님의 부탁대로 진남포에 오셔서 형수님(김아려)과 현생이, 준생이, 분도를 크라스키노로 데려갔습니다만, 지난 10월 22일에는 다시 안전을 위해 블라디보스토크로 이사했습니다. 형수님과 조카들은 걱정하지 마십시오."

이어 동생 정근은 어머니(조마리아)가 보낸 천주교 성물과 십자가상을 건네주었다.

"어머님께서 형에게 이 십자가를 꼭 쥐어주고 마지막 날까지 하느님께 지극정성 간구하라고 전하시면서 머잖아 형님에게 닥칠 죽음의 심판을 잘 준비하라는 당부를 하셨습니다."

안중근은 동생이 건네준 십자가상을 손안에 쥐고 눈을 감았다. 어머니의 깊은 사랑이 십자가를 통해서 가슴속으로 따뜻하게 스며드는 느낌이 들었다. 안중근의 눈은 촉촉이 젖었다.

"시실로야, 변호사는 블라디보스토크 동지들이 추천해준 상하이의 영국 변호사 더글러스 씨에게 맡길 생각이었지만, 법원에서 외국인 변호사는 안 된다고 해서 대신 너희들이 추천한 한성변호사회 소속 변영만 씨에게 부탁했다. 난 살아서 돌아갈 희망을 포기한 지 오래다. 어머님께서 말씀하신 것처럼 나는 하느님이 정해주시는 심판에 기꺼이 따를 것이다. 혹시 내가 이승에서 바라는 것이 있다면 내게 토마스라는 세례명을 붙여주시고 내 영혼에 하느님의 불씨를 밝혀주신 빌렘 신부님께 종부성사를 받을 수 있었으며 한다. 내 말을 빌렘 신부님께 전해주기 바란다. 나는 빌렘 신부의 기도를 통해서 머지않아 만나게 될 하느님 앞에 떳떳한 영혼으로 거듭나고 싶다."

두 형제는 눈물을 흘리며 성호를 긋고 고개만 끄덕였다. 그 당시 가톨릭 조선교구 통신문에는 한국 정부가 이토의 죽음을 애도하는 조위금 10만 달러를 일본 제일은행을 통해 전달했다는 발표가 있었다. 일본 아사히신문이 이유를 밝힌 전문내용이 게재되었다는 기사도 나왔다. 1909년 12월 4일 자, 조선교구 통신문에는 안중근 의거와 관련된 경향신문의 편파적인 기사를 비판한 글이 게재되었다. 당시 경향신문은 서울교구가 발행하는 일간신문이었다. 서울교구청 통신에서는 뤼순에 수감 중인 안중근의 근황을 보도하면서 "안중근은 수감생활을 하면서 감방의 벽에는 성서 그림이나 사진, 상본 등을 붙여놓고 매일 경건한 기도 생활을 하고 있다"라는 기사를 내보냈다. 그 해 12월 26일 자, 영국 가톨릭의 주요 기관지에는 "일본의 이토가 가톨릭의 로마교황 레오 13세와 면담할 때 조선의 가톨릭 사제들을 전원 교체해달라고 요구한 적이 있다"라는 기사를 썼다.

35

1909년 12월 26일 뤼순 관동도독부 지방법원은 안중근과 함께 체포된 4명의 한국인 가담자들을 무죄로 석방했다. 그들 중에는 안중근의 처와 자녀를 연해주로 데려온 정대호와 하얼빈 교민회장으로 러시아로 귀화한 김성백이 포함되었다.

그 이듬해 1910년 2월 7일 오전 10시, 뤼순법원 제1호 법정에서는 일본 마나베 판사의 주재로 안중근, 우덕순, 조도선, 유동하 등 4명에 대한 재판이 열렸다. 뤼순법원은 2심 단독심리였지만 고등법원은 판사 3인의 합의제다. 재판 전에 마나베 판사 앞으로 안중근의 변호사 선임계가 제출되었다. 연해주 크라스키노 교민회장 최재형은 안중근이 러시아 법정에서 재판할 수 있도록 전 대동공보사 사장 러시아 변호사 미하일로프를 신청했다. 안중근이 상하이에 갔을 때 만난 민영익은 프랑스와 러시아 변호사를 선임하기 위해 4만 원의 지원금을 내놓았다.

그 시기에 상하이와 블라디보스토크, 샌프란시스코 등지에서는 안중근의 변호를 위한 모금 운동이 시작되었다. 안중근의 동생들은 형의 뜻에 따라 한국인 변호사를 선임하기 위해 '한성변호사회'에 변호인 추천의뢰서를 보냈지만 아무도 선뜻 나서는 사람이 없었다. 안중근의 어머니 조성녀(영세명: 마리아)는 그 소식을 듣고 직접 평양에 가서 한국인 변호사 안병찬을 만났다.

"우리 중근이가 뤼순 법정에서 한국인 변호사를 선임하고 싶어

하지만 아무도 나서지 않아서 찾아왔소. 도와주시오."

안병찬은 조성녀의 하소연을 듣고 깜짝 놀랐다. 그는 평북 의주 출신으로 황실 내각의 법무부 주사를 지낸 적이 있었다. 그는 을사 조약 때 도끼를 들고 대한문 앞에 엎드려 국가의 반역자 을사 5적 처단을 외치는 상소문을 올렸고, 그 일로 경무청에 체포되어 옥고를 치른 후에 신민회에 가입했다.

안중근의 모친을 만난 후로 안병찬은 무료 변론을 하겠다고 뤼순으로 달려갔다. 그 당시 사람들은 안중근의 어머니 조성녀 여사를 "말투나 행동이 의연하고 거센 여장부였다. 과연 그 어머니에 그 아들이다"라고 평했다. 뤼순에는 안병찬과 뒤늦게 한성변호사회에서 추천한 변영만, 러시아의 미하일로프와 그가 추천한 상하이에서 온 영국 변호사 더글러스와 스페인 변호사들이 다수 있었고, 일본 정부가 선임계를 낸 관선 변호사 미즈노 기타로와 가마타 세이지가 있었다.

그날 뤼순 법정에는 변호사들이 모두 참석했다. 그러나 재판장 마나베는 "본 법정에서는 일본어로 변호하는 것만 허용할 것이며 통역을 쓸 수 없습니다. 모든 외국인 변호사의 선임은 제외됩니다. 오늘 법정에서는 일본인 관선 변호사 미즈노 기타로 씨와 가마타 세이지씨 만 변호를 허가합니다."

재판장의 전격적인 발표로 3백여 명이 참석한 방청석에서 웅성거리며 불만을 털어놓았다. 일본은 국내외의 모든 변호사를 제외시킴으로서 법정의 공정성을 스스로 훼손한 것이다. 그때 방청석에 있던 안중근의 동생 정근이 벌떡 일어나서 판사를 향해서 큰소리로 외쳤다.

"이런 불공정한 재판은 받을 수 없습니다!"

이어서 한국 청년들이 방청석에서 반발이 나왔다.

"무슨 재판이 이 따위냐!"

"사기 재판 즉각 중단하라!"

방청객들이 항의하며 고함이 커지자, 관헌들이 방청석의 소란을 제압하고 그들을 강제로 끌어냈다. 바로 그즈음 서울에서 한일 합병을 추진하던 일본 외무성 정무국장 구라시리 테츠키치는 일본 외무상 기무라에게 일본 정부의 정책적인 혼선이 일어난다는 문제점을 제기하고 있다.

"최근 뤼순에서는 안중근이 무기형을 받을 것이라는 소문이 돌고 있습니다. 그렇게 되면 일본이 추진하고 있는 일한병합에 큰 차질이 빚게 됩니다. 만일 뤼순 법정에서 안중근의 죄를 관대하게 처리할 경우에는 이토의 죽음이 당연한 일로 귀결되면서 일한병합은 탄력을 받을 수가 없습니다. 정부는 그 문제에 관해 확실한 방향을 제시해야 합니다."

서울로부터 그 전문을 받은 일본외상 기무라는 그 사실을 쿠라시리 정무국장에게 전문을 보냈다.

"안중근은 극형에 처할 것이다. 일한병합정책은 흔들림 없이 추진하라."

이미 안중근의 법정 구형은 일본 정부의 재판 개입으로 확정되어 있었다. 일본은 황실의 초헌법 정책 결정기구에서 일단 확정되면 그 정책은 신성불가침이 되어 변경이 불가능해진다. 동시에 뤼순 법정의 미조부치 검사나 마나베 판사의 안중근에 대한 법정판결은 재량권이 사라진다. 그 말은 뤼순 법정은 일본 권력의 허수아비라는 뜻이다.

일본의 사쓰마번과 조슈번(사초동맹) 세력은 270여 년간 교토를 수도로 형성된 에도막부 체제를 쿠데타로 붕괴시키고, 메이지 왕정체제를 부활시키며 근대화를 시작했다. 일본사에 등장하는 최초의 통일 권력 야마토 정권은 큐수와 혼슈의 일부를 통합한 정치적 연합세력이 세운 일본 최초의 국가였다.

그 야마토 국왕의 후손이 현 황제의 직계 자손이며, 오늘날의 일본은 여전히 사츠마 출신의 고이즈미 총리와 조슈번 출신의 아베 총리(2020년 현재) 등 존황파들이 중앙권력을 유지하는 중이다.

당시 메이지유신 정권을 창출한 존황 세력은 사츠마와 조슈의 고위급 무사들이 아니다. 그들은 이토를 중심으로 뭉친 하급 사무라이들이 주축을 이루고 있었다. 그들은 조슈번 출신의 사이고 다카모리가 주장한 정한론(한국 침략)을 통한 한반도 지배와 만주 대륙 진출을 국가전략의 목표로 삼았다.

저들 전쟁의 주축 세력들은 러일전쟁 때 만주군 총사령관으로 봉천 전투에서 러시아 육군 대장 크로파트킨을 격파한 일본 육군 총사령관 오야마 이와오, 쓰시마 해전에서 러시아의 발틱함대를 전멸시키고 일본 해군의 전설이 된 도고 헤이하치로가 있다. 그들은 하급 무사들의 거주지인 가지야마치 마을의 친구들이었다.

사츠마와 조슈의 혈통맥락을 거슬러 올라가 보면 그들의 대부분이 한반도에서 최단 거리에 있는 일본지역으로 이주한 한민족의 족적이 고스란히 드러나고 있다. 그 지역이 바로 한반도 도래인들의 집단거주지였다는 것은 역사유적과 주거인들의 미토콘드리아 y염색체 DNA 과학 분석을 통해서 명백하게 밝혀져 있다. 일본 국립 유전자협회의 공식자료에도 일본 본토의 순수 본토인 DNA 비율은 4.8%일 뿐이고, 50%가 한국인과 중국인의 DNA로 구성되어 있다고 발표했다. 인류학적으로 일본의 원주민은 죠몽인, 아이누인과 류큐인의 후손으로 이루어진 갈래였다.

한국인의 DNA가 대부분 몽골 북방계와 중국 남부 먀오(苗)족으로 분류된 것은 현재 일본인의 50%가 한반도의 도래인들이었다는 뜻이기도 하다. 일본 황실의 직계혈통으로 승계된 제125대 아키히토는 2001년 12월에 기자회견을 통해 "자신의 모계혈통은 백제 무령왕의 직계후손"임을 밝혔다. 그것은 사츠마와 조슈번 사람들의 본향이 대부분 한반도의 도래인이었다는 사실을 입증해준다. 그 사실은 일본인들이 백제의 실향민들이며 그들의 핏속에는 섬사람들의 강력한 귀향본능 의지가 DNA로 숨어 있다는 뜻이다.

사츠마 출신의 사이고 다카모리가 주장한 정한론은 결국 본토회복의 침략 의지로 변질되면서 일본은 한국침략과 정벌이 체질적으로 고착되어 끝없이 한국을 괴롭혔다. 일본이 강해지면 그 힘을 뻗칠 출구는 한반도가 되었다. 그것이 실향민의 귀향 의지와 역사 콤플렉스가 작동되면 어쩔 수 없이 그 속성이 나온다. 그것이 한국과 일본이 지정학적 애증의 운명이 되어 비극적 역사로 되풀이되어 왔다. 그와 반대로 메이지정권 이전의 에도시대(지금의 시코쿠 남부 고치현)에서 막부시대를 지배하던 쇼군들은 고치성을 본거지로 둔 도사번 지역이 정치적 기반이었다. 도쿠가와 이에노부가 죽은 후, 제15대 쇼군이 된 요시노부는 계속 사츠번과 대립하면서 막부의 통치력 재건에 힘썼지만, 끝내 사츠마 조슈 동맹군에 패배한다.

그 이후로 지도자 사카모토 료마는 황실 중심의 정치체제를 개혁하는 일본 국가의 새로운 미래권력을 구상하던 중, 도쿄에서 암살되면서 그의 야망이 좌절된다. 그 후로도 도사번 출신들은 인권운동을 펼치면서 계속 천황체제가 도전하는 가운데 사츠마 조슈 출신들을 비판했다.

특히 도사번 출신 정치인들은 이토의 한국침략과 식민지 탄압정책에 강력한 반대자들이었다. 그 당시 뤼순지방법원에는 도사번 출신의 판검사들이 대부분 차지하고 있었다. 그들은 도쿄의 권력으로부터 점령지의 땅으로 밀려난 법관들이었다. 그들은 이토를 처단한 안중근의 하얼빈 거사를 침묵으로 지지하고 있었다. 뤼순 감옥에서 안중근이 피고인으로 받은 대우와 친절과 배려가 그 사실을 뒷받침해주고 있다.

뤼순 법정의 법조인들은 안중근과 정치적인 공감대가 같았기 때문이다. 특히 《안응칠 자서전》을 보면, 미조부치 검사는 신문 중에 안중근으로부터 '이토를 저격 처단하게 된 15가지 이유'를 오랫동안 경청한 후에 일본 정부로부터 들었던 사실들과 크게 달랐던 점에 경악한 반응을 보였다는 대목이 있다.

"피고의 진술을 듣고 보니, 당신이야말로 참으로 동양의 의인이라는 생각이 들었소. 그런 의인이 어찌 사형을 받을 수가 있겠습니까. 그런 일은 없으니 걱정하지 마시오."

미조부치 검사가 피고에게 그런 말을 해준 것은 전례가 없는 발언이다. 안중근은 그때 말했다.

"내가 죽고 사는 것보다 더 중요한 일은 내 뜻을 천황이 빨리 깨닫고 이토의 잘못된 정책을 중단시켜서 동양평화에 위급사태가 오지 않기를 바랄 뿐이오."

안중근이 세계관은 넓고 높은 경지에 올라 있었다. 혹시 마조부치 검사가 도사번 출신의 검사가 아니었다면 안중근이 감옥에서 《안응칠 자서전》과 《동양평화》의 집필이 가능했을까? 그런 의문의 여지는 여전히 남는다.

당시 일본은 청국에 이어 러시아와 전쟁을 두 번이나 치르면서 국가재정이 바닥이 났고, 수많은 청년들이 전쟁터에서 목숨을 잃는 국민적 반감과 비판에서 자유롭지 못했다. 모든 전쟁은 승패가 갈리지만 승자와 패자는 똑같이 잃게 된다.

특히 군국주의 침략정책에 반대하면서 안중근의 이토 저격을 마음속으로 지지하던 세력들이 당시 일본 국민들 사이에는 광범위하게 존재하고 있었다. 당시 상하이 총영사 대리 마츠오카 요스케가 일본외상 고무라 주타로에게 보낸 1909년 10월 31일 자, 중국의 《민우일보》에 게재한 기사를 보자.

"이토의 저격 처단은 일본의 한국 지배가 얼마나 혹독했는가를 보여준 분노의 표시다. 지금까지 세계의 침략 지배 사례에서 영국의 인도 지배와 일본의 한국 지배를 비교해보면 분명 일본의 한국 탄압은 비교할 수 없을 정도로 잔혹했다. 이토의 만주 방문은 조선

통감의 권력을 북경까지 확대하여 내정간섭을 시도하려는 숨은 의도가 있었다. 일본이 한국을 지배할 때도 가장 먼저 재정고문관을 한국에 파견해서 국가의 재정기능부터 전면 마비시킨 것을 잘 알고 있다. 돈줄이 막히면 경제가 파탄 나고 국가가 멸망하는 것이 순서다. 이토의 만주 방문은 일본이 청국에 재정 고문을 파견하기로 결정한 직후에 이루어졌다는 것이 그 사실을 증명해준다. 일본의 조선 탄압은 다른 서구국가의 식민지보다 더 비인도적이고 더 처참하고 잔혹했던 것은 사실이다. 오죽하면 일본 국민들조차 조선 통감 정치는 이토가 다 망쳤다고 통탄하며 자국 내에서조차 이토를 배척한 사람들이 그렇게 많았겠는가."

하와이 체류 청국인 루쉰혁명파 중국어 신문《자유신보》는 사설에서 "이토가 한국에 도착하는 순간 한국은 이미 멸망한 것이나 다름없었다. 이토가 만주에 갔다면 청국 역시 제2의 조선이 안 된다는 법이 어디 있겠는가. 외국 기독교 선교사들이 조선에서 목격한 일본의 한인 살육 참상이 얼마나 극악무도했는지 우리는 잘 알고 있다. 안중근의 이토에 대한 저격 처단은 실로 장렬하고 위대한 희생의 결과였다. 아아! 그런 애국자가 있고 자유를 갈망하는 마음을 가진 의인들이 있는 한, 조선은 멸망하지 않을 것이다. 그럼 청국은 어떻게 해야 하는가? 우리는 이대로 자멸을 초래해야 할 것인가?"라고 썼다.

하얼빈신문은 "고요한 아침의 나라를 노예로 만든 정복자 이토는 한국인의 총격으로 그 대가를 톡톡히 치렀다. 이 사건은 일본을 비롯한 침략 지배자들에게 준 확실하고 정당한 경고였다"라고 썼다. 극동 러시아 쪽 신문들은 안중근 의거를 대부분 정당한 것으로 판단하지만 놀랍게도 러시아 수도 상트페테르부르크의 신문들은 러일전쟁에 패전한 국가답게 일본에 저자세로 비겁하게도 자국에서 발생한 저격 사건은 러시아와 무관하다는 점을 강조하고 있다. 러시아는 이토의 죽음이 극동의 평화에 큰 손실을 초래했다는 한심스런 논평을 하고 있다. 러시아는 러일 관계의 악화만 우려했다.

미국의 언론 특히《워싱턴포스트》《뉴욕타임즈》《시카고 트리뷴》등의 논조는 당시 이토가 대미정책에서 우호적이었던 점을 내세워 안중근을 비판적인 시각으로 보았다. 그 당시 미국은 만주 진출을 적극적으로 추구하는 외교정책에 집중하던 시기였다. 아직도 오늘날 국내의 일부 지식인 중에는 안중근의 이토 저격 이후에 초래한 일본의 강경파들의 등장을 두고, 안중근을 비판적 시각으로 바라보는 사람들도 있다.

하지만 그것은 당대의 국민의 정서적 감정을 외면한 말이다. 이토는 일본의 군부 강경파와는 달리 한일합병을 친화정책을 통해 서서히 다스렸다. 하지만 친화정책이나 강경책이나 조선 멸망의 결과는 똑같다. 일본 정부는 이미 안중근을 극형에 처한다는 결정이 확고히 정해져 있었다. 그것이 일본 최고 권력의 감정이고 의지였다. 그들이 안중근의 형량을 정해놓은 순간, 일본 뤼순 법정의 진실과 이해와 관용은 무기력해졌고, 만국공법 역시 순식간에 무력화되었다. 그 이후로 안중근은 침묵을 지키며 옥중에서 원고를 집필하기 시작했다.《안응칠 전기》와 미완성《동양평화론》을 옥중에서 쓴 것은 바로 그 시기였다.

36

  1910년 2월 12일 오전 9시 30분, 뤼순 법정에서는 안중근의 다섯 번째 결심공판이 열렸다. 재판장 마나베의 첫 질문은 "하얼빈 거사를 3년 전부터 준비한 것이 사실이냐?"였다. 안중근은 마나베에게 담담하게 대답했다.

  "그렇습니다. 나는 3년 전에 고향을 떠나면서 이토 처단을 결심하고 대한의군에 가담, 연해주에서 특파 독립부대의 참모중장으로 참전하던 중, 오랜 기다림 끝에 이토를 저격할 수 있는 기회를 만나 마침내 그 뜻을 이루었습니다. 나는 결코 이토에 대한 사적 감정이나 이해관계에 얽혀 있었던 적이 없습니다. 오직 조국의 독립을 위해 헌신하는 것이 군인의 본분(爲國獻身軍人本分)이라는 제 의지와 본분에 충실했을 뿐입니다. 대한의군 지휘관이었던 나는 항일 독립전쟁의 작전 중에 전쟁 포로가 된 것입니다. 본 법정은 나를 전쟁 포로로 인정하여 군사재판에 회부해야 마땅함에도 불구하고, 나를 파렴치한 살인자로 몰아 형사재판을 하고 있다는 것을 잘 알고 있습니다. 일본 정부는 엄연히 존재하는 국제법(만국공법)을 무시하면서 자칭 선진 문명국가임을 자처하고 있는 위선적인 국가라는 것을 스스로 증명하고 있습니다. 나는 대한의군 중장의 이름으로 적장 이토를 저격했습니다. 내 말의 진실과 거짓은 재판관이 증언해주기 바랍니다."

  이어서 그날은 재판부의 결심공판을 앞둔 일본의 관선 변호사

가마타 마시하루와 미즈노 요시카의 최종 변론이 있었다. 방청석
에는 변호 금지조치를 받은 한국인 변호사를 비롯한 러시아, 스페
인, 프랑스 등 각국 해외 변호사들이 안중근의 공판에 참가했다.
먼저 일본 정부가 관선 변호사로 지정한 가마타 세이조가 안중근
에 대한 변론을 시작했다.

"이 사건은 한국 국적을 가진 피고가 중국에서 저지른 범죄입니
다. 제2차 한일협약(1905년)에 근거하여 일본 정부는 한국인 피고
인을 보호할 의무가 있습니다. 해외에 체류하는 한국인은 한국의
법에 따라 일본의 보호를 받아야 합니다. 따라서 피고는 한국 형
법을 적용하여 판결을 내려야 합니다. 피고에게 일본 형법을 적용
하는 것은 한일협약의 위임 범위를 벗어나 한국 사법권을 침해하
는 결과를 초래하는 일입니다. 하지만 유감스럽게도 한국 형법에
는 해외에 체류 중인 자국 범인을 처벌하는 법규가 없습니다. 따라
서 피고는 본 법정에서 어떤 판결도 받아서는 안 됩니다. 피고인의
범죄는 조국을 사랑하는 충정에서 나온 행동이기에 동정의 여지가
충분합니다. 본 법정은 피고인의 정상을 참작하여 최소한의 판결
을 내리셔야 합니다."

가마타 변호사는 법적 근거를 따지면서도 안중근을 국제법(만국
공법)에 적용시키는 문제는 한 마디도 하지 않고, 피고를 한국 군
인의 신분으로 보지 않았다. 그는 단순 형사소송법에 의거한 변론
으로만 일관했다. 이어서 오후에 속계된 변호사 미즈노 키타로 역
시 피고의 관대한 처벌을 주장했다.

"피고는 지적 능력의 결여로 애국충정의 뜻을 왜곡한 것으로 보

입니다. 물론 동정의 여지가 전혀 없는 것은 아닙니다만 이런 종류의 범죄 전례로는 메이지유신 전후에 발생한 몇 가지 돌발적인 범죄 유형들과 유사합니다. 그러나 이 재판은 전 세계가 주목하고 있는 만큼, 본 법정에서는 피고에게 징역 3년의 가벼운 판결을 내리기를 바랍니다."

미즈노 관선 변호사는 옛 일본의 범죄유형을 예로 들면서 안중근을 영웅 심리에 의거한 도발 사건으로 간주하고, 그 역시 만국공법과는 관련이 없는 형법에 의거한 변론을 마쳤다. 이어 마나베 판사는 안중근에게 피고로서 최종진술을 요구했다. 안중근은 이미 언급된 말을 다시 강조했다.

"이토가 한국에 저지른 만행은 열거할 수도 없이 많습니다. 한국에서는 수십여만 명의 의병항쟁이 일어났고, 수많은 의군들이 이토에 의해 체포되어 학살되었으며, 무고한 민간인들이 무차별한 처형을 당했습니다. 전쟁이 끝난 후에 한국은 마치 지옥의 현장처럼 파괴되었습니다. 하지만 이토는 한국에 대한 폭정과 파괴를 일삼은 악마의 발톱을 감춘 채, 일왕과 일본 정부에 거짓 보고를 통해 한국과의 조화로운 협력관계가 유지되고 있다고 속였을 뿐만 아니라, 철저한 언론 통제로 한국의 통치를 탄압과 압제로 기만했습니다. 이토의 간교하고 사악한 식민지 노예 정책으로는 한국을 지배할 수 없습니다. 전국적으로 한국 의병들이 거병을 하고 백성들의 항일투쟁이 도처에서 격렬하게 일어났습니다. 그래도 이토의 위선과 패악질은 끝나지 않고, 그 지옥은 영원히 계속될 것입니다. 제가 이토를 저격 처단한 이유는 너무 명백합니다. 이토는 동양평화의 교란자였고, 한국민의 증오와 원한을 계속 고조시킨 악귀나 다름없었습니다. 일본인 변호사 마즈노 씨는 제가 지적 능력이 결여되어 이토를 오판으로 살해했다고 한 변론은 거짓입니다. 또한 가마타 변호사는 저를 영웅심에 사로잡힌 돌발행위라는 억지 주장을 펴면서 한국 형법에는 처벌할 법규가 없다고 말했습니다. 그 말역시 무지를 드러낸 말입니다. 이 세상 사람들은 모두 자국의 법질서와 통제 속에서 살고 있습니다. 어떤 살인자도 처벌되지 않고 살수 있는 나라는 없습니다. 본 법정에서는 저에게 어떤 법의 잣대로 처벌할 것인지를 문제 삼고 있지만, 다시 말씀드립니다. 저는 대한의군 참모중장의 자격으로 적의 포로가 되어 이 자리에 서 있다는 사실을 일본 법정이 호도해서는 안 됩니다. 이토는 개인의 사적인 보복 대상이 아니라 한국인을 적국으로 삼았던 침략자로 저격당한 것입니다. 저에 대한 모든 재판 절차와 판결은 오직 만국공법에 따라야 합니다."

안중근은 최후진술을 마쳤다. 안중근은 자서전에 자신이 처한 미묘한 존재의 자괴감을 다음과 같이 서술해 놓은 대목이 있다.

"내가 지금 왜 여기 앉아 있는지 모르겠다. 일본 법정에서 일본인 판검사와 일본인 변호사와 일본인 통역관과 방청객들 속에 나혼자 갇혀서 앉아 있다니. 나는 일본인도 아니고 일본 귀화인도 아니다. 나는 당당한 한국인인데 내가 왜 일본 법정에서 저들의 재판을 받고 있어야 하는가. 이것이 정녕 꿈인가? 꿈이라면 당장 깨어나고 싶다."

그날 관동도독부 지방법원의 재판에서 안중근에 대한 결심이 나왔다. 이틀 후인 1910년 2월 14일 오전 10시 뤼순 법정 제6회 공판에서 안중근에 대한 최종판결이 열렸다. 법정은 방청객들로 꽉 들어찼다. 방청석에는 한국 변호사 안병찬을 비롯한 많은 변호사들이 참석했다. 안중근의 가족 중에는 안정근, 안공근과 조카 안명근이 참석했다. 오전 10시 30분이 되자 마나베 재판관과 미조부치 검사와 서기관, 통역관들이 입장했다. 마나베 판사는 4명의 피고에 판결을 내렸다.

"피고 안중근은 사형에 처한다. 피고 우덕순은 징역 3년, 피고 조도선과 유동하는 각각 징역 1년 6개월에 처한다. 피고 안중근은 1909년 10월 26일 오전 9시 30분, 러시아 동청철도의 하얼빈역에서 일본 추밀원 의장 이토 히로부미와 그의 수행원을 살해할 의도로 그들을 향해 권총을 발사했다. 그가 쏜 총탄 세 발로 이토 공은 피격 사망했다. 그 외에 하얼빈 총영사 가와카미 토시히코, 궁내 대신 비서관 모라 야즈지로, 남만주철도회사 이사 다나카 키오지로에게도 총상을 입혔다. 하지만 세 명의 수행원들은 목숨을 구할 수 있었다. 피고 안중근이 이토 공을 살해한 행위는 그것이 비록 사적인 감정이나 이해관계가 아니었다 하더라도 사전에 치밀한 저격계획을 세우고 삼엄한 경호망을 뚫고 공개된 장소에서 실행한 대담한 행위로서 정상 참작의 여지가 없다. 따라서 피고에게는 법정 최고의 형에 처하는 것이 당연한 귀결이다. 피고 안중근의 범죄사실에 대한 법 적용에 관해서는 관동도독부 지방법원이 정당한 법 집행 관할권을 가졌다는 것을 알려드린다. 피고가 이번 판결에 승복하지 않으면 5일 이내에 고등법원에 공소신청을 할 수 있다."

뤼순 법정에서 마나베 판사로부터 극형 선고를 받은 안중근은 얼굴색 하나 변하지 않고 이미 예상했던 것처럼 태연하게 "그보다 더 무거운 형벌은 없느냐"라고 물을 정도로 시종 의연한 모습을 보였다. 그것은 안중근의 인생관이 18살 때부터 천주교 신앙의 견고한 틀 속에서 터득된 가치관을 지녔기 때문에 가능했다. 안중근은 고난의 시기와 마주칠 때마다 가톨릭 신앙에서 얻은 천명(天命)론이 그의 결기를 단단히 잡아주곤 했다. 그가 의군 전쟁 때, 함경도 회령전투에서 일본군과 대치하던 중, 포위를 당해 죽음의 위기에 처했을 때, 두려움에 떠는 동지를 이런 말로 위로하기도 했다.

"사람의 목숨은 내가 정한 것이 아니라, 하늘이 정해서 매어둔 것이다. 우리가 지금 죽어야 할 때라면 천명이니 따라야겠지만 혹시 그게 아니라면 죽음의 경지를 넘긴 후에야 그다음 삶이 오지 않겠는가. 자아, 두려워한다고 해결될 일이 아니라면 천명에 맡겨보세."

지금 사형선고를 받은 안중근은 그때의 순간을 떠올리며 하느님이 자신의 목숨에 정해놓은 천명을 떠올렸다. 사형 언도가 떨어지자 동생 안정근은 그 사실을 황해도 청계본당 빌렘 신부와 서울주교관의 뮈텔 주교에게 전보로 알렸다. 특히 안정근은 빌렘 신부에게 "신부님께서 형님을 위해 뤼순에 직접 오셔서 종부성사를 주시기 바랍니다"라고 부탁했다. 안정근은 지난해 빌렘 신부에게 이미 그 말을 전했지만, 이제는 사형선고가 떨어진 마당에 형의 마지막 소원을 들어줘야 할 일이 급해졌다.

안중근의 재판문제는 각국의 변호사들 사이에 논란이 되었다.

일본은 한국인 안중근을 뤼순 법정에 세울 법적 근거도 없이 중국 하얼빈에서 발생한 사건을 일본이 한일조약체결을 통해 외교권을 가졌다는 이유로 한국의 위임 범위를 넘은 월권행위를 자행했다는 비난이 있었다. 특히 뤼순 법정은 안중근이 진술한 대한의군 참모 중장이라는 사실을 애써 무시하고, 전쟁 포로로 인정하지 않았다. 특히 해외 변호사의 선임을 못 하도록 하고, 관선 변호사를 통해 안중근을 형사범으로 판결했다는 강한 비판을 받았다. 그 자리에 는 평양의 안병찬 변호사와 러시아 법학자 야부친스키 부처가 있 었고, 재판에서 변호사 선임에서 제외된 해외의 변호사들과 각국 언론사들에게 일본 정부와 뤼순 법정의 법적인 절차 위반에 대한 항의와 비판이 있었다.

한편 가톨릭 서울교구장 뮈텔 주교는 일본 식민지 치하의 한국 선교 활동을 보장받기 위해서 조선통감부에 대해 계속 비굴한 저 자세로 일관했다. 조선통감부가 정한 이토의 애도의 날에 전국의 성당들이 모든 자체 행사를 취소시킨 것도 뮈텔 주교가 내린 조치 였다. 뮈텔 신부는 억압받은 한국인들보다 일본 정부에 적극 협조 함으로써 평신도들로부터 뮈텔은 친일파 주교라는 나쁜 평판이 돌 았다. 당시 천주교인들의 공개적인 항일독립운동은 교회 내에서 금기 중의 하나였다.

마지막 고백성사

37

하얼빈 사건은 한동안 언론 통제로 묶여 있다가 닷새 후인 11월 1일이 되어서야 일본 신문에 겨우 공개되었다. 서울교구 뮈텔 주교는 11월 2일에 중국 다롄교구로부터 하얼빈에서 이토가 조선인의 피격을 받았다는 소식을 전해 들었다. 빌렘 신부는 교우들에게 고백성사를 준 후에 잠시 침묵의 기도를 하던 중, 고해소의 칸막이 마대천 반대편에서 성호경이 들렸다.

"인노미네 빠뜨리스, 엣필리, 엣스삐리뚜스 상띠, 아멘."

라틴어 성호경은 천주교에서 오른손으로 이마에서 가슴과 양어깨로 십자가의 동선 궤적을 그리는 짧은 기도다. 한국어로는 "성부와 성자와 성령의 이름으로 아멘"이다. 빌렘 신부는 순간 가슴이 털컥 내려앉았다. 이어서 프랑스어로 고백하는 귀에 익은 목소리가 들려왔기 때문이다.

"신부님, 고해성사를 한 지 5년도 넘었습니다."

순간 빌렘 신부는 고해자가 마샤 김이라는 것을 금세 알았다. 성당에서 프랑스어로 고해성사를 할 수 있는 여자는 마샤 김밖에 없었다. 그녀는 빌렘 신부에게 지난 5년 동안 겪었던 수난과 격동의 세월을 짧게 요약해서 서술한 다음, 자신이 지난 달 1909년 10월 26일, 안중근과 함께 하얼빈 의거에 가담했다는 사실을 고백했다. "아니! 그럼 안토마스가 이토를?" 빌렘 신부는 놀라서 차단된 휘장을 와락 밀어제쳤다. 마샤 김은 고해소에서 빌렘 신부의 눈빛을 마주해야 했다.

"네, 맞습니다. 신부님, 안토마스가 마침내 해냈습니다. 그 사실을 외신들은 이미 해외에서 밝혔지만 일본 신문들은 언론통제로 그 사실을 감추고 있습니다. 어쩌면 조만간에 그 소식이 곧 신문에 게재될 것입니다. 안토마스는 꼬레아 우라를 크게 외치고 곧바로 현장에서 체포되었습니다. 저는 그 모습을 모두 지켜본 후에 현장에서 떠났습니다."

마샤 김은 그 길로 일본 헌병대의 추격을 따돌리고 의군부대에서 마련해준 군마를 타고 황해도 신천에 도착했다. 며칠 동안이 걸린 밤으로의 긴 도주였다. 그녀는 집으로 돌아와 그리던 어머니를 만난 후, 며칠 동안 은밀히 숨어 살다가 마침내 빌렘 신부를 만났다. 그 이후 11월 4일, 빌렘 신부는 안중근의 사촌동생 명근이 찾아왔을 때, 그 사실을 처음 말해주었다. 안중근의 동생 정근과 공근은 빌렘 신부로부터 하얼빈 저격사건의 거사자가 안중근이라는 사실을 처음 듣고, 즉시 진남포를 떠나 뤼순감옥을 찾아가서 형의 면회를 신청했다. 그들에게 면회가 허용된 것은 1909년 12월 23일이었다. 하얼빈 의거 이후 2개월이 지난 후였다. 그날 세 형제는 한동안 얼굴을 들지 못하고 흐느껴 울기만 했다. 안중근이 동생들에게 먼저 어머니의 안부를 물었을 때 그들은 고개를 들었다.

"어머님께서 특별히 빌렘 신부님에게 형님의 종부성사를 부탁하셨습니다. 어머님께서는 빌렘 신부님이 형님을 대신해서 하느님께 깊은 참회와 용서를 구할 것이라고 말씀하셨고, 형님이 천주교회 의식에 따라 미련 없이 세상을 하직하셔야 한다는 말을 전하라고 저에게 당부하셨습니다."

그때 안중근은 눈을 감고 동생의 말을 귀 기울여 들었다.

"모든 장례절차는 천주교 의식에 따를 것이다. 나는 천주교 신자로서, 대한 주군의 신하로서, 독립전쟁을 수행한 지휘관으로서, 내가 결행한 행위에 대한 신념과 품위와 정의에 조금도 누를 끼치지 않을 것이다. 나는 일본 법정에서 재판을 받는 것은 부당하고, 내게 판결을 내리는 법정도 불법이라는 것을 잘 알고 있다. 저들이 내게 제1심에서 어떤 판결을 내리더라도 나는 그 판결을 인정하지 않을 것이다. 그들은 판결을 내릴 권리가 있지만 나는 그 판결을 국제법과 내 양심으로 인정하지 않을 권리가 있다. 고등법원에는 상고를 하지 않을 것이다.

내가 상고하는 것은 법원의 판결을 인정하는 셈이 된다. 저들이 나를 사형에 처하더라도 나는 아무 미련도 없이 당당하게 죽어서 하느님의 세상으로 갈 것이다. 나는 누구에게도 목숨을 구걸하지 않을 것이다. 일본 법정의 불법 판결을 감면받을 마음이 전혀 없다. 나는 변호사를 통해서 내 행위를 애써 변명하지 않겠다. 나는 어머니의 말씀을 어기지 않을 것이다."

그 시기에 뤼순 지역이 속한 남만주 대목구의 술래 주교는 안중근의 영세신부가 빌렘 신부라는 것을 알고, 뮈텔 주교에게 "저는 성사집행의 권한을 안토마스의 교부이신 빌렘 신부에게 양보하기로 했다"라는 편지를 서울교구에 보냈다. 천주교회에서 종부성사는 임박한 죽음을 앞둔 영혼을 하느님께 맡기는 고백과 사죄의 마지막 성사의식 행위와 절차이다.

이미 일본 신문들은 서울의 드망즈 신부에 대한 비판을 시작했다. "드망즈 신부는 안중근이 뤼순감옥에 갇히자, 변호사를 구하려고 바쁘게 뛰어다닌 것은 물론 안중근이 재판을 받기도 전에 동생들을 부추겨 형의 유해를 하얼빈으로 옮겨서 장례미사를 치르고 매장하라는 지시까지 내렸다"라는 기사를 써서 드망즈 신부를 비방하는가 하면, 안중근의 저격 배후가 드망즈 신부라는 날조된 기사를 게재하기도 했다. 안정근은 2월 14일 공판에서 안중근이 사형 언도를 받은 후에 마조부치 다카오 검사에게 빌렘 신부의 안중근 면회를 신청했고, 안정근은 면회 허가가 나오자, 즉시 빌렘 신부에게 전보로 그 사실을 알렸다.

빌렘 신부은 곧바로 서울 주교에 뤼순 방문의 허가신청을 냈지만 뮈텔 주교는 빌렘 신부의 뤼순행을 허락하지 않았다. 뤼순에 있던 안정근은 그 말을 듣고 사촌형 안명근을 서울로 급히 보내어,

뮈텔 주교에게 "안토마스의 종부성사를 위해 신부의 파견을 허락해 달라"고 부탁했지만 뮈텔 주교는 거절했다.

"안토마스가 이토 살해를 뉘우친다는 사실을 공개적으로 표명하지 않는 한, 빌렘 신부의 뤼순 방문을 허락할 수 없다"라고 단호하게 말을 잘랐다. 안명근은 뮈텔 주교의 설득에 실패하자, 곧장 청계성당으로 가서 빌렘 신부에게 뮈텔 주교의 뜻을 전달했다. 빌렘 신부는 뮈텔 주교의 예기치 못한 반대에 부딪치자, 고민에 빠졌다. 그는 뮈텔 주교를 만나서 다시 설득해볼 생각을 하고 있을 때 마샤 김이 찾아왔다.

"사형을 앞둔 안토마스가 신앙의 교부이신 빌렘 신부님께 종부성사를 부탁한 것은 당연한 일입니다. 빌렘 신부님께서 안토마스의 부탁을 받아들이는 것, 또한 자연스럽고 당연한 일입니다. 뮈텔 주교님께서 안토마스의 종부성사를 조건부로 내세워 사과를 요구한 일은 안토마스에 대한 인격 모독이자, 가톨릭 주교의 명예를 타락시키는 말이고, 동시에 2천만 한국인에 대한 치욕적인 발언입니다. 지금 신부님께서 안토마스가 있는 뤼순으로 가겠다고 말씀하시면, 비록 저는 안토마스를 만날 수는 없겠지만, 안토마스를 격려하고 위로하고 싶어하는 수많은 동지와 친구를 대표하여 저도 기꺼이 신부님과 함께 뤼순까지 동행하겠습니다. 허락해주십시오."

그 말을 잠자코 듣고 있던 빌렘 신부는 고개를 끄덕거렸다.

"그래, 당연히 너도 가야지. 네 말을 듣고 보니 내가 교회법에도 없는 뮈텔 주교의 허락을 받아야 할 이유가 없다는 것을 깨달았다. 나는 뮈텔 주교의 허락 여부와 관계없이 뤼순에 가기로 지금 마음을 정했으니 그리 알아라."

1910년 3월 2일 빌렘 신부는 안명근과 마샤 김을 앞세워 다롄을 경유하는 열차를 타고 3월 7일에 뤼순에 도착했다. 뤼순 법정에서는 3월 9일 오전 10시에 안중근의 종부성사 날짜를 허락해주었다. 종부성사 때, 통역관 소노키와 교도소 직원이 입회하는 조건이었다. 뤼순 법정은 두 사람이 고해성사를 핑계로 정치적인 밀담을 나눌 수 없도록 감시자를 붙이겠다고 말했다. 빌렘 신부는 법원 당국자에게 "가톨릭의 종부성사는 사제와 고해자의 비밀대화가 보장되도록 해줘야 한다. 가톨릭교회에서는 신앙 절차에 사적인 밀담을 할 수 없다는 사실을 설득했지만 법원 측은 빌렘 신부의 제안을 받아들이지 않았다. 빌렘 신부는 안중근의 참회를 천주교회의 십계명에 있는 "살인하지 말라"는 계명을 어긴 사실 이외의 어떤 정치적인 행위의 개입을 원하지 않았다. 살인은 살해 당사자가 선인이거나 악인이거나를 따지지 않는 대죄이기 때문이다.

천주교 신자 안중근 토마스는 빌렘 신부의 뜻을 받아들였다. 마침내 빌렘 신부와 안중근은 뤼순감옥의 면회실에서 단둘이 만나 감격의 눈물을 흘렸다. 빌렘 신부가 안중근의 손을 부여잡았을 때, 고해성사에 입회 중인 소노다 통역관과 교도관은 그들의 극적인 만남과 순수한 마음에 감동을 받아, 두 사람이 낮은 목소리로 도란도란 나누는 대화를 애써 듣지 않고, 그들과 조금 떨어진 출입문까지 자발적으로 물러서는 예의를 지켜주었다. 실제로 두 사람은 신앙적인 대화 이외에는 어떤 말도 섞지 않았다. 빌렘 신부가 2년 후인 1912년 3월 9일 고향 알자스 로렌의 친구들에게 보낸 편지가 공개되었을 때, 빌렘 신부는 그날 안중근을 만난 소감을 편지에 남겼음이 밝혀졌다.

"그날의 미사는 얼마나 아름다웠는지 모른다. 내가 안토마스에게 가장 알맞은 성서의 말씀을 찾아서 들려주고 싶은 일은 그리 어렵지 않았다. 기뻐하여라. 너희가 하늘에서 받을 상은 아주 크다. 우리 주님은 착한 도둑에게 그가 지은 죄를 나무라지 않으시고, 그에게 천국을 약속해주셨다."

3월 11일, 안중근은 빌렘 신부에게 고백성사를 마친 후, 마지막 한 마디를 덧붙였다.

"신부님, 제가 죽은 후, 머지않은 시기에 저세상에서 한국이 독립되었다는 소식이 들려오기를 손꼽아 기다리겠습니다."

안중근의 비원의 한 마디는 빌렘 신부의 가슴을 울렸다. 빌렘 신부는 그저 눈물 젖은 눈빛으로 웃으며 고개를 끄덕거렸다. 그의 마음은 안중근과 통했다.

"내가 지금 너에게 해줄 수 있는 말은 머잖아 한국의 독립이 이루어질 것이라는 확신이다. 내 조국 알자스 로렌도 끝내는 독일군이 철수하면서 조국 프랑스는 나를 품 안에 다시 안아주었다. 내가 너에게 지금 해줄 수 있는 말은 그 말 한 마디뿐이니 그리 알아라. 한국은 반드시 독립한다."

빌렘 신부가 종부성사를 끝내고 뤼순감옥 정문으로 나왔을 때 교도소 밖에는 안정근, 안공근, 안명근 형제들과 마샤 김이 빌렘 신부를 기다리고 있었다. 그들은 빌렘 신부가 안중근에게 성사를 주는 동안 벽돌담 밖에서 서로 손을 마주 잡고 침묵과 눈물의 기도

307

로 감옥에서 진행되는 성사에 동참했다.

뤼순에서 나흘간의 성무 일정을 끝낸 빌렘 신부는 3월 12일 다롄까지 배웅해준 안중근 형제들과 헤어져서 선편으로 귀국했다. 이어 빌렘 신부와 마샤 김은 진남포에 가서 안중근의 모친 조성녀 마리아를 만났다. "교부님께서 안토마스를 찾아가 이승의 마지막 길에 성사의 축복을 주셨으니, 저는 어미로서 이 세상에서 어떤 여한도 없습니다. 제게 남은 일은 토마스가 저세상에 가는 날, 입고 갈 한복 한 벌을 새로 지어주는 일만 남았습니다"라고 말했다. 1910년 2월 14일, 안중근에게 사형선고를 내린 뤼순법원에서는 "판결에 승복하지 않으면 5일 이내에 고등법원에 상고할 수 있다"라는 말을 전해주었다. 안중근은 공소 기간 중, 뤼순법원의 고등법원장 히라이시와의 면담을 가졌다. 그가 안중근에게 2심 판결을 포기할 것이냐고 물었을 때 안중근은 조용히 말했다.

"나는 대한의군 참모중장으로 일본군 포로가 된 몸이었소. 일본 법정은 한국인 피의자를 일본 법정에 불법으로 감금시켜놓고 일본 형법을 적용하여 제 판결을 내렸습니다. 나는 정당한 법 절차를 밟지 않는 일본 법정을 법원으로 인정하지 않습니다. 고등법원장은 그 사실을 잘 알고 있으면서도 제게 무엇을 알고 싶어 하십니까. 당신이 바른 법정의 의로운 법관이라면 이런 법 집행은 거부해야 옳다고 생각합니다."

그때 고등법원장 히라이시가 말했다.

"나는 피고의 말에 공감합니다만 판결은 일본 정부에서 내립니다. 내 뜻대로 판결을 바꿀 수가 없는 것이 현실입니다."

308

일본 법정의 검찰과 판사는 정부의 명령을 집행하는 하급 공무원에 불과하다는 것이 히라이시 고등법원장의 말을 통해 밝혀졌다. 일본 정부는 선진국 영국과 동맹을 맺고 겉모습으로만 선진국 행세를 할 뿐, 그들은 천박한 미개 국가의 법정 쇼를 하고 있을 뿐이었다. 일본 침략자 사무라이 법정이 정한 안중근의 사형 날짜는 2월 19일로 확정되었다. 그날 이후로 사형집행 날짜가 여러 차례 연기되더니, 안중근이 《안응칠 자서전》의 집필이 끝난 3월 15일 저들은 사형 날짜를 3월 26일로 사형일을 다시 확정했다. 안중근이 《동양평화론》의 앞부분 제1장을 쓰던 중이었다. 안중근은 사형을 사흘 앞둔 3월 23일 집필을 중단하고 아내에게 편지를 썼다. 장부 안토마스가 아내(김아려 아네스)에게 보내는 마지막 편지였다.

"주 예수를 찬미합니다. 우리는 이슬처럼 허무한 이 세상에서 천주님의 은혜로 배필이 되었지만, 이제 주님의 뜻에 따라 영원히 헤어져야 할 것 같소. 비록 우리는 이 세상에서 작별의 인사를 나누지만, 머지않아 주님의 은총으로 우리 둘의 영혼은 영원한 천국에서 다시 만나서 부부가 될 것이라고 믿고 있소. 이제부터 그림자와 같은 허상의 세상에 마음을 두거나, 따르지 말고, 오직 주님만을 믿고 따르며 신앙생활에 전념하기를 바라오. 나는 오래전부터 우리 장남 분도가 사제의 길을 걷기를 바라고 있었소만, 내 소망을 새겨들으시고 우리 분도가 사제가 될 수 있도록 당신이 대신 길잡이가 되어 주기를 바라오. 그럼 우리 저세상에서 다시 만날 때까지 잠시 떨어져 삽시다."

38

빌렘 신부가 뤼순에서 돌아와 청계본당에 도착했을 때, 서울교구 뮈텔 주교가 보낸 "성무 집행 정지 처분"이라는 징계가 기다리고 있었다. 안중근 같은 흉악한 테러범에게 종부성사를 주지 말라는 주교의 말을 거역했다는 벌칙이었다. 사제에게 미사 집전이며 성사권 행사와 선교 활동의 기본권리를 박탈하는 것은 극약처방이나 다름없는 엄중한 벌이다.

그날부터 빌렘 신부는 미사 집전을 비롯한 모든 성무 활동을 중지해야 했다. 뤼순법원은 사형 전날, 안중근의 옥바라지를 위해 뤼순에 남아 있는 두 동생에게 마지막 면회를 허용했다. 세 형제는 면회소에서 만났지만 슬픔에 겨워 서로 말을 하지 못하고 눈물만 흘렸다. 동생 안정근은 모친이 형을 위해 손수 지은 한복과 편지를 전했다. 모든 어머니는 아들이 태어나면 배내옷을 지어 입히지만, 아들이 어머니에게 수의를 짓게 한 불효를 저지른 것 같아서 괴로웠다. 안중근은 무거운 마음으로 어머니의 편지를 눈으로 읽었다.

"네가 항소하지 않았다는 말을 듣고 한시름 놓았다. 나라를 위해 헌신한 네가 무슨 미련과 변명이 더 있겠느냐. 너는 부모에게 지극한 효자였고, 조선에는 조국의 독립 의지와 기상을 크게 떨친 애국자다. 여기 어미가 지은 한복을 보내니 입고 가거라. 자식을 먼저 저세상에 보내는 어미보다 가슴 아픈 일이 세상에 어디 있겠느냐만, 응칠아! 우리 다음 세상에서도 이 세상에서처럼 선한 어미와 아들로 다시 만나자."

안중근은 어머니의 편지를 읽고 눈을 지그시 감았다. 넘치는 눈물을 멈출 수 없었다. 그는 동생들에게 유언을 남겼다.

"내 뼈는 하얼빈공원에 잠시 묻어두었다가 조국이 독립하거든 고국에 옮겨 다시 묻어주길 바란다. 나는 천국에 가서도 조국의 독립을 위해 계속 싸울 것이다. 너희도 힘을 모아 국민 된 도리와 책임을 다하여 대업을 이루기 바란다. 훗날 대한독립만세가 천국까지 들리는 날, 나 역시 너희들과 함께 춤추며 큰 소리로 만세를 부를 것이다."

그는 동생들에게 그런 유언을 남겼지만 일제는 안중근의 유해마저 가족들에게 넘겨주지 않고, 유해와 관련된 어떤 기록도 남기지 않았다. 일제는 조선에 독립 의지와 민족의 기상을 드높인 안중근의 죽음을 후세의 한국인들이 기릴 수 없도록 한 것이다. 안중근이 뤼순감옥에 수감되던 날부터 사형당한 날까지 5개월 동안 곁에서 감시하고 지켜봤던 일본 헌병 치바 토시치 상병이 있었다. 그는 안중근의 정신과 품격을 존경심을 갖고 지켜보던 중, 사형 당일에 슬픔을 참으며 감방을 지키고 서 있었다. 그때 안중근은 그를 불러서 그간 자신을 보살펴준 호의에 감사의 뜻으로 글을 써주겠다고 말했다. 치바는 급히 비단천과 붓을 준비해왔다.

안중근이 그때 단숨에 내려쓴 글이 유명한 유필로 남아 있는 "爲國獻身軍人本分(나라를 위해 목숨을 바치는 것은 군인의 본분)"이다. 치바 토시치의 족자는 유족들이 가문의 보배로 간직하고 있다가 훗날 안중근 탄생 100주년이 되던 해, 안중근 의사 숭모 기념관에 기증하면서 세상에 공개되었다.

일본 헌병 치바 토시치는 일기에 "안중근의 유해는 봄비가 내리는 날, 동료들에 의해 형장에서 1.5km쯤 떨어진 뤼순감옥의 공동묘지에 매장되었다"라는 기록을 남겼다. 그 당시 조선통감부에서 파견된 통역관 소노키 스에키가 쓴《안중근 사형보고서》에도 안중근의 시신은 그날 1시에 뤼순감옥의 공동묘지에 안장되었다는 기록이 남아 있다.

그 당시 일본의 신문들도 안중근의 유해는 뤼순감옥의 공동묘지에 묻혔다는 기록을 공식적으로 남기고 있다. 1988년 북한은 그때까지 북한에 살아 있던 안중근의 조카 안우생을 뤼순에 파견하여 뤼순감옥의 공동묘지를 현장 답사시켰지만, 그곳은 이미 고구마밭으로 바뀌어 있었다고 말했다. 1945년 8월 15일, 한국이 해방되고, 독립국가가 된 지, 1백여 년이 지난 지금까지도 안중근의 유해는 '뤼순감옥 공동묘지'에 안장되었다는 기록 이외에는 밝혀진 것이 하나도 없다. 그로 인해 안중근이 동생에게 남긴 유언, 해방된 조국의 땅에 뼈를 묻고 싶다는 유언은 아직도 이루어지지 않고 있다.

안중근 토마스의 사형이 집행되던 1910년 3월 26일, 아침 10시, 당시 서울교구로부터 성무 집행 정지 처분을 받은 빌렘 신부는 사제로서 안중근의 위령미사와 공식 추모 행사를 갖지 못하고 식복사로 봉사하던 마샤 김의 어머니 정안나의 집에서 안중근의 어머니 조성녀 마리아와 가족들이 앉아서 묵념 기도를 드렸다. 그들은 성호를 긋고, 텬쥬경(주의 기도)을 시작으로 슬픈 비공식 위령 기도회를 가졌다.

"하늘에 계신 우리 아버지…."

마샤 김은 주의 기도를 하면서 창밖을 보았다. 그날 아침에는 뤼순에서처럼 황해도 청계마을에도 봄비가 내렸다. 멀리 산 계곡에서 피어오른 안개는 천봉산 허리를 휘어 감은 채, 나직이 흐느껴 울고 있었다.

"안중근 토마스 형제여! 그대가 조선 땅에 금자탑처럼 우뚝 세운 불굴의 독립 의지는 한 알의 죽은 열매가 수많은 진리의 씨앗과 꽃을 세상천지에 틔워내듯이, 이 나라를 구원하는 위대한 영성의 빛으로 커나가 마침내 우리 대한의 자주독립을 끝내 이루어 내고 말 것이다. 그 빛나는 이름은 세대를 뛰어넘어 먼 훗날까지 전해질 것이다. 부디, 잘 가시라. 우리도 그대의 발자취를 부지런히 따라갈 것이니 천국에서 외로워하지 말기를."

마샤 김은 눈을 감고 기도를 했다.

빌렘 신부의 기도에 따라 안토마스의 가족들은 서로를 끌어안고 어깨를 들먹이며 흐느꼈다. 그날 안토마스의 위령기도는 침묵과 눈물의 영결식으로 끝났다. 위령기도회가 끝나자, 마샤 김은 빌렘 신부를 따라 성당으로 가면서 "신부님, 안토마스는 분명 천국에 가셨겠지요?" 하고 물었다. 빌렘 신부는 고개를 끄덕이며 말했다. "아무렴, 마샤야! 안토마스가 천국에서 대한독립만세 소리가 들리면 춤추고 만세를 부르겠다고 말했다지. 그의 영혼은 이미 천국에 있다."

"네, 안토마스가 천국에 들었다면 우리도 안토마스에게 느끼는 미안함을 조금이나마 덜 수 있겠네요. 참, 신부님, 신부님께서 로마교황청에 보낸 질의서는 답변이 왔나요?"

마샤 김은 뮈텔 주교가 빌렘 신부에게 내린 성무 집행 정지 처분에 대한 교회법의 위반 여부에 대한 질의서가 로마교황청에서 왔는지를 물은 것이다. 빌렘 신부는 고개를 끄덕였다.

"넌 그걸 잊지도 않고 묻는구나. 교황청의 포교성 장관께서 뮈텔 주교가 나한테 내린 징계는 위법이라는 답변을 주교님께 보냈다는 연락을 받았다. 하지만 마샤야, 나는 억울한 누명을 벗었지만, 그 대신 뮈텔 주교에게 미운털이 박혀서 어쩌면 머잖아 서울교구에서 쫓겨날 신세가 될 것 같다."

"어마! 설마, 그렇게 야박하게 하겠어요? 교회법을 어긴 것도 아닌데… 신부님께서 너무 앞서 나가시는 거 아닌가요? 오히려 제가 신부님보다 먼저 여길 떠날 거예요."

"그게 무슨 말이냐?"

"제가 국내에 잠입했다는 사실을 일본 첩보대가 밝혀 내고, 극비리에 체포령을 내렸대요. 의군 지휘부에서 그 첩보를 듣고 저에게 즉각 출국하라는 지시가 왔거든요."

마샤 김은 해외 항일연합단체 국민회 총장 독리 정재관으로부터 그 지시를 전해 들었다. 서울 경운궁 돈덕전의 서양 전례관장 손탁은 자기 소유로 등록된 정동의 손탁빈관을 프랑스 호텔사업가 보에르에게 매각한 후, 대궐에 사직서를 내고 귀국 준비를 서두르고 있었다. 머잖아 일본이 정식으로 한일합병의 공식절차에 들어갈 것이라는 소문이 돌았다. 한국 내의 모든 외국인 자산이 동결되었고, 일본 정부가 한국인의 해외 출입을 통제할 것이라는 소문도 돌았다. 마샤 김은 돈덕전의 익문사 이갑 대령의 협조로 손탁 관장과 함께 제물포를 출발하는 프랑스 함대 편으로 한국을 탈출할 계획이었다. 그 시기가 대략 1910년 4월 초라는 것을 마샤 김으로부터 들었다.

"넌 지금 나에게 강제로 작별 통보를 하는 거냐?"

"신부님, 제가 언제 돌아올지 모르지만, 그때까지 신부님께서 청계 본당을 굳건히 지키고 계셔야 해요."

"암, 그래야지. 그때가 빨리 오기를 바라지만, 마샤야! 너는 이번에 출국하면 일본군이 만주와 조선에서 철수하고 조선총독부가 해체되어야만 귀국할 수 있을 것이다. 내가 죽기 전에 조선이 해방되는 것을 보고 싶지만 그게 어디 맘대로 되겠나?"

과연 미래에 그런 날이 오기나 할 것인가. 그녀는 생각만 해도 머릿속이 어두워지면서 우울해졌다.

"신부님께서 저에게 희망고문을 하시는군요. 저는 하느님께서 일본의 탐욕과 폭력을 그리 오래 두고 보지 않을 것이라고 봅니다. 물론 저 혼자의 바람이긴 하지만요."

"그래, 네 말이 맞다. 하잖은 우리가 미래를 위해 할 수 있는 일은 기도밖에는 없구나. 기도라도 할 수 있다는 것이 얼마나 큰 은혜인지 요즘은 절실히 느끼면서 살고 있다."

그때 빌렘 신부는 주머니에서 꼬깃꼬깃 구겨진 전신 문구 한 쪽지를 마샤 김에게 건네주었다. 어젯밤 알자스 로렌의 메츠 교구에서 발신된 긴급전문이었다. 마샤 김은 프랑스어로 된 전문내용을 읽고 놀랐다.

"신부님, 이도엽입니다. 저는 기적으로 살아났다는 안부부터 전합니다. 안토마스의 소식은 신문을 통해서 읽었습니다. 제가 안토마스에게 위로의 말을 전할 자격이 있는지 모르겠군요. 깊은 슬픔만 제 가슴을 짓누르고 있을 뿐입니다. 신부님, 혹시 마샤 소식을 들으시면 알자스 로렌 메츠교구 사무실로 전문을 남겨달라고 전해주십시오. 저는 지금 프랑스에서 부초처럼 떠돌며 사는 신세라서 연락 주소가 없습니다. 그럼 곧 뵙기를 바라며 건강하시길."

전문을 읽는 순간, 마샤는 가슴은 크게 벅차서 한동안 숨을 쉬지 못하고 서 있었다. 이도엽은 1909년 10월 26일 하얼빈 작전 이후, 지금까지 생사 여부를 알 수가 없었다.

그는 하얼빈 작전에서 마샤 김과 함께 예비 저격조가 되어 작전에 가담하였고, 거사가 끝난 후에 마샤 김과 헤어져서 특수부대원 26명과 함께 '안중근 중장 구하기 작전'에 돌입했다. 그들은 차우자거우역에서 안중근을 태운 호송 열차의 공격조가 되었지만 일본군과 러시아군의 강력한 경비로 인해 접근이 불가능했다. 그 당시 체포된 안중근과 의군들을 태운 열차가 역내에서 노선 변경을 시도하던 중, 이도엽을 비롯한 특수대원들과 일본군 호송부대 사이에 격렬한 총격전이 벌어졌지만, 그들은 차우자거우역에서 러시아 경비군에 밀려 퇴각해야 했다.

바로 그때 일본 첩보대의 지원군들이 도착하면서 특수대원들은 끈질긴 추격을 받아 거의 전멸하고 일부 잔여 대원 서너 명만 뤼순 항만까지 도주한 끝에 모두 바다로 뛰어들어 익사했거나 실종되었다. 마샤 김은 서울 정동의 손탁 관장 집에서 그 소식을 들었다. 그 말이 사실이라면 이도엽 역시 잔여 대원들과 함께 뤼순항에 뛰어들어 최후의 운명을 함께 했다. 그 후로 마샤 김은 안중근과 함께 이도엽을 마음의 묘소에 눈물로 합장할 수밖에 없었다. 그 후로 세월은 28년이 무심히 흘렀다. 그 말을 들은 빌렘 신부는 마샤 김을 달래며 위로했다.

"마샤야! 지금은 혼자 이런저런 불행에 상상의 날개를 달지 말아라. 네가 지금의 고통과 위기를 견디지 못하면 훗날 그로 인해 누리게 될 더 큰 기쁨의 기회를 잃게 된다. 지금 너는 기도를 통해 하느님이 주시는 메시지를 기다려야 한다."

그렇다. 황해도 진남포에서 은둔하고 살던 안중근은 끝내 의군 자원에 나선 것처럼 마샤 김 역시 항일 독립전쟁의 전사가 되기 위해 고향을 박차고 뛰쳐나갔다. 그날 이후로 24년이라는 긴 세월의 필름은 저 혼자 계속 돌아갔다. 그 모든 고난의 과거들이 찍힌 필름들의 중간 부분을 몽땅 잘라내고, 청계성당이 배경이 된 풍경과 지금 마샤 김이 서 있는 동화 속의 성채 같은 생떼띠엔느 성당까지의 모든 과정을 이어 붙일 수 있다면 지옥과 천국이 얼마나 다른지 한눈에 식별할 수 있을 것이다. 지옥이든 천국이든 그 운명의 순간은 인간의 자유의지가 정한 것이 아니다. 왜냐하면 자유의지 역시 이미 하느님이 정해놓은 예정된 운명이기 때문이다. 그날 마샤 김이 손빈 관장과 한국을 떠난 이후, 빌렘 신부는 청계본당에서 버티다가 1914년 4월 22일 끝내 뮈텔 주교에 의해 한국에서 추방되어 귀향했다.

대한제국의 황실 서양 전례관장 마리 앙트와네트 손탁은 그로부터 12년 후인 1909년까지 고종황제를 성실히 보좌한 후에 황실에서 퇴직하고, 자신의 프랑스 칸 별장인 아네모네 맨션으로 돌아갔다. 손탁은 칸 별장에 돌아온 후, 며칠 동안 잠을 못 이루고 14년간 한국에 살던 과거의 꿈과 현실의 혼돈 속에 빠져 있었다가 겨우 자신의 서재를 찾았다. 그녀는 서가에 꽂혀 있는 편지 한 장을 발견했다. 무심히 한지에 묵필로 쓴 한글체 서간을 펴들고 읽기 시작했다.

　"먼 훗날 손탁 관장께서 이 방에 오시면 이 서간을 날 보듯 반기시길 바라오. 손 관장, 중궁이 귀국 환영 인사를 드리오…."

　순간 손탁은 잠시 편지를 든 채 왈칵 눈물을 쏟았다. 그 이후로 손탁은 여생을 칸느 별장에서 살다가 1922년에 세상을 떠났다.

메스역

39

가톨릭 교회법 967조는 "사제는 비록 파문당했거나 환속했더라도 죽음을 앞둔 위기의 교우를 만나면 예외 없이 광범위한 성사 권한을 공식적으로 허용한다"라는 규정이 있다.

빌렘 신부가 사형을 앞둔 안중근의 요청으로 종부성사를 준 것은 사제로서 정당한 의무와 권리의 행사였다. 그러나 서울교구 뮈텔 신부는 빌렘 신부가 "일본에 대한 정치적 반역행위를 했을 뿐만 아니라, 주교에게 항명했다"는 이유로 프랑스 선교사들에게 찬반투표를 유도하여 빌렘 신부의 조선 선교권을 박탈하고 추방했다. 그 말을 듣고 마샤는 우울한 마음을 감출 수 없었다.

"마샤야! 저기, 생떼띠엔느 성당의 십자가를 보아라. 하느님의 정의가 없다면 저 십자가는 한낱 장식품에 불과하고, 내가 입은 사제복은 연극의 무대의상에 불과할 뿐이다. 세계의 역사는 수많은 환난 속에서도 하느님의 정의는 이 세상을 끝내 본래의 모습으로 되살려 놓으셨다. 그렇다면 하느님의 정의는 오직 인간이 사는 이유와 목적일 뿐만 아니라, 삶의 가치와 희망의 확신이라는 것을 깨닫는 순간, 우리는 죽음도 절망도 두렵지 않게 된다. 그것이 이미 너와 나의 삶의 현장이 되었다."

마샤 김은 빌렘 신부의 말이 큰 메아리가 되어 들렸다. 이어 그 말로 인해 갑자기 분노가 사라지면서 마음이 편안해졌다. 불의는 때때로 정의를 큰 시련과 고통에 헤매게 하지만 사람들은 그것을 통해 선과 정의의 가치를 더 크게 깨닫게 해준다. 그래서 우리는 더 큰 선과 정의를 얻기 위해 더 큰 악과 시련을 극복할 힘이 필요한 것이 아닐까.

"그럼 저는 앞으로 어떻게 살아야 하죠?"

"네가 원하는 것을 하느님에게 기도하듯 끝없이 말해야 한다. 네 마음속 천 길도 더 깊은 밑바닥에서 우러나는 기도를 해야만 비로소 네 기도가 하느님의 귀에 들리게 될 것이다. 네 삶을 모두 기도로 가득 채워도 모자란다. 그 말은 하느님께서 우리에게 해주신 말씀이다."

마샤 김은 생떼띠엔느 성당의 십자가를 다시 바라보았다. 십자가가 더 큰 의미로 가슴속을 가득 채우는 것 같았다. 청계동 시절에는 들리지 않았던 빌렘 신부의 한 마디 한 마디가 왜 지금은 눈물의 폭포처럼 가슴 한복판에 쏟아지는 것일까. 빌렘 신부는 그토록 험난한 땅 한국으로 다시 가고 싶어 했지만, 서울에 있는 빌렘 신부의 친구 드망즈 신부는 "아직은 때가 아니다"라는 답장을 계속 보내왔다. 그때가 도대체 언제란 말인가. 당시 조선총독부는 해외 선교사들의 조선 선교 활동을 엄격하게 통제하던 시기였다. 특히 반일 선교사 블랙리스트의 맨 앞자리에 올라있던 빌렘 신부의 입국은 거의 불가능했다.

1910년 8월 22일, 일제가 한일합방을 끝낸 후, 러시아의 수도 상트페테르부르크에 있던 주러 한국공사관도 폐쇄되었다. 공사관에서 통역사로 일하던 마샤 김 역시 직장을 잃고 민스크로 떠나야 했다. 민스크에는 연해주 크라스키노 의군 지도자였던 최재형의 다섯째 딸 최올가 페트로브나가 혼자 살고 있었다. 최재형은 세 아들과 다섯 딸을 두었다.

그 당시 최올가(35세)는 모스크바대학을 나온 민스크의 여성 에너지 전문가였고, 남편 김세르게이는 모스크바음악원 출신의 바이올리니스트였다. 두 부부는 스탈린정권의 반체제인사 혐의로 체포(1937년)되어 강제노역에 끌려갔다. 그 가운데 최올가의 남편 김세르게이가 먼저 총살형을 받는 불행을 당했다. 그 당시 최올가는 강제노역 10년 형을 복역하던 중이었다. 마샤 김은 민스크에게 최올가의 어린 아들을 돌보면서 그녀의 옥바라지를 해야 했다. 최올가의 아버지 최재형도 이미 러시아 혁명 전에 한인 출신의 의병 총장이었다는 연좌제가 적용되어 만주의 '4월의 참변' 때 비참하게 처형(1920년)되는 운명을 맞고 말았다.

러시아군 50여 명이 수비하고 있던 신한촌에는 일본헌병대가 습격, 항일 애국지사들은 물론 어린이, 부녀자, 노약자들까지 건물 안에 밀어 넣고 불을 지른 잔학한 학살을 자행했다. 거의 인종 청소 수준이었다. 이어 1930년대 강철 독재자 스탈린이 벌인 죽음의 광기로 무려 2천 5백여 명의 한인동포들이 외국인 반동분자들이라는 이유로 처형되었다. 그로 인해 최재형의 가족들은 대부분 숙청되었다. 그들 중에 살아남은 최재형의 8번째 막내아들 최발렌틴(최선학)이 쓴 회고록에는 이런 대목이 나온다.

"모든 것들이 제거되던 시대였다. 우리 부모 형제와 조카들 총 63명의 가족 가운데 두 명의 형제와 여섯 명의 매형들이 총살당했다. 나의 누나 올가, 리자, 밀라, 소냐만 살아남았다."

항일 독립군 지도자 최재형의 가족들은 그처럼 큰 희생을 치러야 했다. 영국의 역사가는 1천 페이지의 책을 통해 20세기 최악의 강철 권력 스탈린 독재에 관한 글을 남겼다.

"스탈린 독재정권은 1천만 명 단위의 자국민을 처형한 것은 물론 스탈린을 공격한 히틀러의 독일군에 의해 다시 1천만여 명에 이르는 소련인들이 전쟁에서 희생되었다."

하느님은 세상에 등장한 악마 독재자들을 무서운 심판으로 파멸시키고, 끝내 하느님의 정의를 되돌려놓았다. 어느 시대 어느 국가나 스탈린 같은 독재자들이 다시는 나오지 않도록 인간 세상에 범례를 제시하여 경계심을 갖게 한 것이다.

마샤 김은 빌렘 신부의 초대로 사제관이 있는 사랄브 요양병원을 방문할 수 있었다. 1937년 4월 1일 현재, 빌렘 신부는 76세의 노신부가 되었다. 1914년 4월 22일 서울교구에서 추방되어 고향 알자스 로렌으로 귀국한 지 24년의 세월이 흐르는 동안 빌렘 신부는 마음의 병이 깊어 2년 동안 병상 생활을 한 후에 겨우 회복되어 메츠교구 소속 달렘성당에서 사제생활을 이어갈 수 있었다. 빌렘 신부와 마샤 김 사이에 통신이 두절된 시기는 빌렘 신부가 요양원에서 지병을 치료하던 시기였다.

마샤 김과 빌렘 신부와 연락이 된 것은 각 가정에도 전화기가 보급된 덕택이었다. 마샤 김이 최올가의 아들과 살고 있던 러시아 민스크에도 전화가 연결되면서 알자스 로렌의 메츠교구까지 국제전화가 가능해졌다. 빌렘 신부는 은퇴한 후에 매주 생떼띠엔느 성당에서 성무일을 도우며 요양병원에서 신앙 상담과 미사 집전을 할 때 둘 사이에는 다시 통화가 이루어졌다.

"네가 온다는 연락을 받고, 이미 죽었던 기억의 세포들이 마구 되살아나기 시작했다. 참으로 놀랍고 신기한 경험이었다. 네가 까르멜리트(카르멜 수녀)가 되고 싶다고 말했던 기억도 떠올랐다. 특히 네가 러일전쟁 직전에 러시아 공사관이 철수하면서 중국 즈푸로 망명을 떠나지 않았더라면 넌 지금쯤 이곳 낭시수녀학교를 마치고 수석 수녀가 되어 있겠지? 너를 만나고 나니, 우리들 옛 추억의 바다에는 과거에 이미 침몰된 미완의 꿈들이 여전히 살아나서 뒤척거리고 있더구나."

마샤 김은 그 이후로 남은 삶을 하느님의 손에 맡겼다. 인간의 자유의지 역시 세상을 살아가는 데 너무 많은 벽과 경계가 있다. 그녀의 가슴 한쪽에 묻힌 두 사람의 묘지에서는 지금도 슬픔과 그리움의 향이 여전히 피어오르고 있다. 빌렘 신부 역시 안중근과 이도엽을 마샤 김과 함께 늘 잊지 않고 기도했다.

빌렘 신부의 조선 복귀는 조선총독부와 서울주교의 반대로 계속 무산되었다. 빌렘 신부가 예상했던 것처럼 일본군이 조선에서 철수하고 조선총독부가 해체되지 않는 한, 빌렘 신부는 물론 마샤 김도 당국의 감시로 청계동으로 귀국할 수가 없었다.

"내가 1915년 5월에 귀국하고 두 달 후에 전쟁(제1차 세계대전)이 터졌다. 전쟁이 끝난 1918년까지 3년 동안은 모든 통신이 두절되었다. 내가 본당 달렘성당에 있을 때 종전이 되고 전화가 가설된 후에 나는 이도엽의 연락을 받았다."

그 말을 듣고 있던 마샤 김의 뺨에는 눈물이 계속 흘러내렸다. 아아! 이도엽이 살아 있었구나. 살아서 빌렘 신부에게 소식을 전했구나. 내가 지금 꿈을 꾸고 있는 것이 아닐까. 빌렘 신부는 마샤 김이 지금도 이도엽과 서로 연락을 하고 지내는 줄로 잘못 알고 있었다.

"누굴 탓하겠느냐. 하지만 이젠 네 마음속의 두 묘지에서 도엽이를 끌어내야겠다."

어차피 빌렘 신부도 마샤 김이 먼저 연락하기 전까지 민스크에 살고 있었다는 사실을 몰랐다. 마침내 빌렘 신부가 마샤에게 속삭이듯 말했다.

"마샤야! 내일 오후 2시에 메스역에 가서 도엽이를 데리고 오너라. 저녁 6시에 생떼띠엔느 성당에서 함께 만나자."

마샤 김은 그 자리에 풀썩 주저앉았다. 한참 후에야 마샤 김은 몸을 일으키고 빌렘 신부를 덥석 끌어안고 한참 흐느꼈다.

"신부님! 절 이렇게 놀라게 하실 거예요?"

"내가 조금 전 도엽이와 통화가 되어 네 소식을 전했더니 당장 달려오겠다고 하더구나. 마샤야, 그렇게 기도해도 듣지 않으시던 하느님께서 마침내 네 기도를 들어주셨다."

그날 밤, 마샤 김은 빌렘 신부가 소개해준 낭시의 수녀원에서 내내 밤잠을 설쳤다. 다음 날 아침 6시에 마샤 김은 수녀원의 기도실에서 오랜 침묵의 기도를 마쳤다. 그녀는 미사 시간에 마음속에 묻어두었던 도엽의 주검을 기도로 되살려냈다.

마샤 김은 생떼띠엔느 성당 주변에서 한가한 아침 산책에서 돌아온 후에 메스역으로 향했다. 파리에서 메스역까지는 기차로 두 시간 거리다. 마샤 김은 역에서 이도엽을 기다리는 동안 지금은 저세상에 있는 대한제국 의군 특수부대 참모중장 안중근에게 자신의 속내를 모두 전해주었다.

"오라버니! 저는 오늘 도엽 씨를 만납니다. 우리는 조국이 독립되는 그날까지 선배님의 뒤를 열심히 따라갈 것입니다. 아직 제 곁에는 한 명의 동지가 남아 있고, 벨기에제 브라우닝 권총과 탄환이 남아 있고, 싸울 힘과 의지도 남았습니다. 조국이 독립하는 그날까지 선배는 우리의 영원한 지휘관이십니다."

마샤 김은 큰 한숨을 몰아쉬었다. 잠시 후, 메스역에는 열차가 플랫폼에 들어오는 소리가 들렸다. 마샤 김은 대합실에서 몸을 일으켰다. 그녀는 흐르는 눈물을 손으로 닦아내고 큰 심호흡을 내쉰 다음, 플랫폼에서 나오는 사람들을 놓치지 않으려고 열심히 지켜보기 시작했다. *

이 소설은 대한의군 특전사 지휘관 안중근 참모중장이 그 시기에 안창호 선생의 구국 비밀결사단 신민회가 항일 독립전쟁을 선포하면서 우리 민족의 주적 리스트 첫 번째에 올린 일본의 초대 조선통감 이토 히로부미를 타격하기 위한 하얼빈 작전을 그린 작품이다.

그간 안중근 관련 자료들은 주로 일본 측 역사 문헌을 위주로 편향되어 왔지만, 이 소설은 다양한 해외자료들은 물론 외부 유출이 금지되었다가 최근 개방된 러시아의 역사문서들 속에서 발굴된 새로운 안중근 관련 자료들을 참고하여 쓸 수 있었다. 그 시기에 일제는 대한제국의 국권을 박탈하고 본격적인 식민 통치를 시작했다. 그런 국난의 위기에서 안중근 의사는 만주 경영에 나선 이토에 대한 하얼빈 작전을 감행한다.

마침내 하얼빈의 하늘에 울린 세 발의 총성은 한민족의 불굴의 저항정신과 독립 의지를 전 세계에 드높인 감동적인 메시지였다. 그동안 얼마나 많은 우리 국민들이 이토의 총칼에 쓰러졌으며, 억압과 채찍에 숨죽여 살았던가. 안중근 의사는 꽉 막혔던 겨레의 숨통을 툭 터 주었을 뿐만 아니라, 우리 민족혼의 맥락을 이어준 기념비적인 업적을 유산으로 남겨주었다.

그로부터 한 세기를 넘긴 지금도 하얼빈 공원(현재 자오린공원)에는 안중근 의사의 기념비가 우뚝 서 있다.

"나 죽거든 하얼빈공원에 묻어두었다가 국권이 회복되는 날, 조국 땅에 이장해주길 바라네."

하얼빈 거사 전에 그가 동지들에게 남긴 유언이 아직도 실현되지 못한 것이 못내 안타깝다. 나는 그가 일본 검찰에게 한 말을 떠올리면서 이 글을 마친다.

"저는 이토에 대한 사적 감정이나 이해관계가 없습니다. 오직 조국의 독립을 위해 내 몸을 바치는 것이 군인의 본분이라는 제 의지에 충실했을 뿐입니다."

끝으로 이 책의 집필을 적극 지원해 주신 ㈜비센미디어 이형모 회장, 그리고 우리에게 민족의 영웅을 이 시대에 다시 기릴 수 있도록 출판을 기획해 주신 안중근 의사의 직계 증손이자, ㈜비센바이오 안창기 회장에게 이 자리를 빌려 감사의 말씀을 전한다.

2020년 9월 1일
유홍종

소설로 읽는 안중근 이야기
하얼빈 리포트

펴낸날 2020년 9월 1일 초판 1쇄 펴냄
찍은날 2020년 9월 1일 초판 1쇄 찍음

지은이 유홍종
펴낸이 이향원

기 획 안창기 ((주)비센바이오 회장)

펴낸곳 소이연
전 화 070-7571-5328　　**이메일** whybooks5328@gmail.com
주 소 경기도 고양시 덕양구 충장로 152번길 39, 2002-604
등 록 제311-2008-000019호

전국총판 시간여행 070-4350-2269

ISBN 978-89-98913-13-7 03810

ⓒ 소이연 2020, Printed in Seoul Korea

값 15,000원

이 도서의 국립중앙도서관 출판시도서목록(CIP)은 e-CIP 홈페이지(http://www.nl.go.kr/ecip)에서 이용하실 수 있습니다.(CIP제어번호: CIP 2020033788)